MILIONÊRS

MILIONÊRS

MARLYN SAMUEL

bwthyn
GWASG Y BWTHYN

ISBN 978-1-90742-459-5

Cyhoeddwyd gyda chymorth ariannol
Cyngor Llyfrau Cymru

Dyluniad y clawr: Sion Ilar

Cyhoeddwyd ac argraffwyd gan Wasg y Bwthyn, Caernarfon
gwasgybwthyn@btconnect.com

I MAM A DAD,
AC I FY FFRIND, MANDI

DIOLCH

- i Janice Davies am ei chymorth gyda'r manylion
  ariannol

- i Iwan Arwel Griffith am ei gymorth gyda'r manylion
  pêl-droed

- i Iwan am gael pigo ei frêns yntau ac am dynnu'r
  llun ar y clawr cefn

- i Marred Glynn Jones am ei hawgrymiadau
  gwerthfawr a'i chymorth fel golygydd

- i Marian Beech Hughes am ei hamynedd a'i gwaith
  golygu copi manwl a gofalus.

MILIONÊRS

More tears are shed over answered prayers than
unanswered ones.
– Y Fam Teresa

Be careful what you wish for, it might come true.
– Anhysbys

Hei Lwc!

Fuodd Wendi Anne Jones erioed yn berson lwcus.

Enillodd hi erioed raffl, tombola, lyci dip na *grand prize draw*, heb sôn am gystadleuaeth ar raglen deledu, er ei bod hi wedi cystadlu sawl tro ar y rhaglenni boreol rheiny am wyliau tramor ecsotig neu fotorhôm neu gar go grand. Wnaeth hi ddim hyd yn oed ennill beiro ar raglen Jonsi slawer dydd. Mi gafodd hi glec y tro cynta cysgodd hi efo Mal, dros ugain mlynedd yn ôl bellach, er mawr siom i'w thad a'i hathrawon, a hithau'n un o'r disgyblion disgleiriaf yn y chweched. Pan alwodd neb llai na Kate Middleton yn y ganolfan arddio lle roedd Wendi'n gweithio i brynu bagiad o gompost, a dau drê o lobelias, roedd Wendi'n gegagored yn sedd y deintydd yn cael llenwi dau ddaint. Na, doedd lwc dda erioed wedi bod yn gyfaill mynwesol i'r hen Wendi. Tan rŵan.

Hyd y dydd heddiw, tydi hi'n dal ddim yn gwbod be wnaeth iddi brynu tocyn loteri. Roedd Mal yn prynu un yn ddeddfol bob wythnos, ond ar ôl iddi ddarllen yn rhywle mai dim ond un mewn pedair miliwn ar ddeg oedd siawns rhywun o ennill, fe gadwodd Wendi ei dwybunt yn ei phwrs. Ond ar ei ffordd adra o'i gwaith y pnawn Sadwrn hwnnw mi stopiodd yn y siop fach i brynu torth a bar mawr o Cadbury's Dairy Milk iddi hi ei hun. Roedd hi'n haeddu trît bach ar ôl y diwrnod roedd hi wedi'i gael, Slimming World neu beidio.

Pan gyrhaeddodd y til, cofiodd eu bod yn gorfod mynd draw i dŷ ei brawd, Gwyn, a'i chwaer-yng-nghyfraith, Nicola, y noson honno. Roedd Nicola'n trefnu rhyw *buffet* bach gan fod Gwyn yn dathlu ei ben-blwydd yn bedwardeg un.

'Dim byd mawr fatha llynadd!' datganodd pan ffoniodd i wahodd Wendi a Mal draw i'r *soirée*. 'Croeso i Karen ddod hefyd os nad oes ganddi hi ddim byd gwell i neud,' ychwanegodd wedyn am ei nith ar hyd ei thin.

'Be am Gari a Bradley?' holodd Wendi am ei mab a'i hŵyr bach.

Mudandod yr ochor arall i'r lein.

'Wel ... ym ... tydi o'm rili yn rhwbath i blant ... Does 'na ddim plant er'ill yn ...'

'Paid â phoeni, dwi'm yn meddwl y bysa Gari isio dŵad p'un bynnag, sdi. Na Bradley chwaith.' Cafodd Wendi fflashbac sydyn i'r *buffet* diwetha yn nhŷ ei brawd pan daflodd ei hŵyr bach wyth mis oed i fyny dros y carped crîm.

Gafaelodd Wendi yn y botel agosaf o win gwyn, ac ar ôl tsiecio bod ei phris yn rhesymol, waeth am ei phedigri hi, ymunodd â'r ciw unwaith eto.

Petai'r dyn bach oedd o'i blaen heb brynu tocyn loteri, yna mae'n debyg na fyddai Wendi wedi prynu un chwaith. Ac, yn digwydd bod, roedd ganddi bishyn dwybunt yn llechu yng nghornel ei phwrs ymysg y briwsion coch oedd mor hoff o ymgartrefu yno, yn wahanol iawn i'w cefndryd arian. Fel arfer, pan fyddai'n gweld rhywun yn prynu tocyn, mi fyddai hi'n meddwl – y diawl gwirion yn gwastraffu'i bres ar freuddwyd ffŵl.

Ond, y pnawn Sadwrn arbennig yma, mi gododd yr hen nodwedd honno sy'n perthyn i'r natur ddynol ei phen ynddi, nodwedd sy'n gryfach mewn ambell un na'i gilydd, sef yr 'A fi hefyd'. Felly, dilynodd Wendi esiampl y dyn bach ac estyn am slip a dechrau marcio'i rhifau. Un ar hugain, ei phen-blwydd hi; wyth ar hugain, pen-blwydd Mal; dau ar bymtheg, pen-blwydd Karen; rhif un, pen-blwydd Gari; rhif pedwar ar bymtheg, dyddiad pen-blwydd Bradley bach; ac yn ola'r rhif bonws – saith, pen-blwydd ei mam, heddwch i'w llwch.

Ar ôl talu ei dwybunt, stwffiodd Wendi'r tocyn i'w bag heb feddwl dim mwy am y peth. Roedd ganddi bethau pwysicach ar ei meddwl, sef y glaw oedd yn pistyllio i lawr erbyn hyn. Suddodd ei chalon i wadnau ei bŵts tyllog. Damiodd o dan ei gwynt. Fe roddai'r byd i gyd am allu fforddio car bach i'w hebrwng yn ôl ac ymlaen i'w gwaith. Er mai dim ond rhyw gwta ddeg munud roedd o'n ei gymryd iddi gerdded, roedd yn fwy na digon o amser iddi wlychu at ei chroen. Ond prin roedd hi'n gallu fforddio beic, heb sôn am gar.

Wrth iddi gerdded adra a hitha'n wlyb fel sbangi, ychydig a wyddai Wendi fod y tocyn loteri hwnnw oedd yn ei meddiant, y pishyn bach o bapur oedd yn llechu ynghanol hen lipstic oedd wedi colli ei dop, ei ffôn symudol, *baby wipes*, crib oedd wedi colli hanner ei ddannedd, dwy feiro hesb, a hen dderbynebau, yn werth naw miliwn o bunnau.

Petai Wendi'n gwybod hynny, mae'n debyg y byddai gwell hwyliau o lawer arni, traed gwlyb neu beidio. Falla y byddai hi wedi bloeddio canu a dawnsio yn y glaw fel y gwnaeth Gene Kelly yn y ffilm enwog honno, a hyd yn oed wedi bwrw ei thin dros ei phen.

Ond 'dan ni'n mynd o flaen y stori ryw fymryn rŵan.

Vol neu vent?

'Oes raid i ni fynd i'r blwmin parti 'ma heno?' cwynodd Mal gan roi ei ben moel rownd drws y stafell wely.

Gwgodd Wendi mewn ymateb i'r cwestiwn dwl. 'Dos am gawod reit handi.'

'Gei di ddreifio. Ma'n iawn i mi ga'l lysh – gan mai dy deulu di ydyn nhw!' gwaeddodd Mal o'r bathrwm.

'Gawn ni dacsi. Chostith o ddim llawar!' gwaeddodd Wendi yn ôl.

Doedd hithau chwaith ddim yn ffansïo gorfod wynebu'r noson yn sobor fel sant; byddai arni hithau angen ychydig o alcohol i wneud y noson yn un fwy goddefadwy.

Syllodd yn ddigalon i mewn i grombil ei wardrob. Estynnodd drowsus du oedd wedi ffedio ac wedi rhyw hen foblio yn y pen-ôl. Byddai'n rhaid iddi fo wneud y tro, doedd ganddi hi ddim byd arall. Gwisgodd dop blodeuog, amryliw efo fo.

Daeth cri ddramatig o rywle, 'Dwyt ti ddim yn mynd fel'na, Mam!'

'Sgin i ddim byd arall,' ebychodd Wendi wrth Gari, ei mab deuddeg oed oedd wedi cael ei wahanu yn y groth oddi wrth ei efaill Gok Wan.

'No wê ti'n mynd yn yr hen dop hyll 'na. Mae o'n *ancient*!'

Ymhlith y llu o resymau pam roedd Wendi'n casáu

soirées Nicola yr oedd y dilema mawr bob amser beth roedd hi'n mynd i'w wisgo.

Agorodd Gari ddrysau'r wardrob led y pen yn wyllt.

'Asu, cymer bwyll, hogyn, ma'r wardrob 'ma ar ei *last legs* yn barod heb i ti fod yn ryff efo hi.'

Anwybyddodd Gari sylw ei fam a dechrau bodio'r cynnwys, a golwg ddifrifol iawn ar ei wyneb.

Yna, gydag ochenaid fawr, trodd at Wendi a datgan, fel petai'n feddyg ac ar fin rhoi'r newyddion gwaetha i glaf, 'Ti'n iawn. Sgin ti ddim byd.'

'Ddudis i, yn do!'

'Ond fedri di ddim mynd fel'na chwaith! Fedri di ddim benthyg rwbath gin Karen?'

'Be haru ti? Tydi dillad honna ddim yn fy ffitio i, siŵr.'

'Ma hi 'di mynd yn reit foliog yn ddiweddar.'

Trystio hwn i sylwi ar rwbath fel'na, meddyliodd Wendi. Roedd hithau wedi sylwi hefyd, a gweddïai nad oedd hi'n disgwl eto. Gwaetha'r modd, roedd Karen wedi tynnu ar ei hôl hi. Roedd hithau hefyd wedi gorfod canu'n iach i'w haddysg a chroesawu yn ei lle nosweithiau di-gwsg, clytiau budur a hel dannedd. Er, yn wahanol i'w mam, doedd Karen ddim wedi cael modrwy ar ei bys gan fod tad Bradley bach i mewn ac allan o'r clinc ac yn gaeth i'r stwff gwyn. Wedi dweud hynny, roedd Bradley bach yn werth y byd i gyd yn grwn, a fyddai Wendi ddim yn gallu dychymygu bod hebddo fo bellach. Ond doedd hi ddim yn barod i fod yn nain i un arall am sbelan go lew eto.

Tywyllwch. Tawelwch. Hyd nes daeth cri o'r gawod.

'Cachu rwj!'

Damia, meddyliodd Wendi. Roedd y *meter* lectrig wedi rhedeg allan eto.

Ymlwybrodd yn y fagddu i tsiecio sgrin y *meter*.

'Ynda, Mam.'

Llewyrchodd golau llachar yn wyneb Wendi. Roedd tortsh bychan wedi ymddangos o rywle. Trystio Gari i fod â'i fys ar y pyls. Doedd y sgowts ddim ynddi o'u cymharu efo hwn.

Pwyntiodd Wendi'r tortsh i gyfeiriad y *meter*. Roedd yn arddangos yr hen air hyll, cyfarwydd hwnnw: £6 DEBT. Ochneidiodd a mynd i chwilio a chwalu yn nrôrs y gegin am yr allwedd. Cafodd hyd iddo'n llechu dan y bil ffôn. O, siwgwr, mi oedd angen talu hwnnw hefyd. Roedd hi'n ddiddiwedd.

'Gari! Picia i'r siop bach i nôl lectric i'r metar.'

'O, pam fi?' griddfanodd. 'Ma'r niws ar y teli.'

Meddyliai Wendi a Mal yn aml fod yna ryw flerwch mawr wedi digwydd yn yr ysbyty ar ôl geni eu mab, a bod y fydwraig wedi rhoi eu babi nhw i rieni eraill mewn camgymeriad ac mai mab i aelod o Mensa neu ysgolhaig PhD-aidd oedd Gari mewn gwirionedd. Ond, wedi dweud hynny, o ran ei edrychiad roedd o 'run sbit â'i dad yn union – ei wallt syth, brown yn disgyn dros ei dalcen, fel gwallt Mal yn ei ieuenctid ffôl cyn i wallt hwnnw ddechrau teneuo a gorfodi Wendi i roi nymbar wan dros ei gorun; y llygaid brown, mawr a'r bwlch amlwg rhwng y ddau ddant blaen. Peth lwcus, meddan nhw. Yn hytrach na diddordebau arferol hogyn deuddeg oed fel ffwtbol neu rygbi, a FIFA ar yr Xbox, di-ddorebau *eclectic*, a deud y lleia, oedd diddordebau Gari – gwleidyddiaeth, newyddion, cerddoriaeth o bob math a ffasiwn. Roedd fel petai wedi cyrraedd ei ddeugain oed ymhell o flaen ei amser.

'Wel, ma dy dad at ei geseiliau mewn sebon, a dwi yn

fy mra a nicyr. Sut wyt ti'n meddwl wyt ti'n mynd i wylio Huw Edwards, a ninna heb lectric?'

'Pwynt teg, Mam.'

Estynnodd Wendi ei phwrs, gan weddïo y byddai ganddi ddigon o bres ynddo. Deg punt. Diolch i'r mawredd. Roedd wedi bwriadu talu am dacsi efo hwnnw. Noson sobor iddi hi heno, felly. Mi fysa'n neis tasa Mal yn cynnig dreifio ambell dro.

'Paid â bod yn hir neu mi fydd dy dad fatha prŵn!'

'Hy! Mae o fel un yn barod.'

Clywyd cri o'r gawod unwaith eto.

'Hei! Glywis i hynna!'

Roedd y parti mewn ffwl swing erbyn i Mal a Wendi gyrraedd. Suddodd traed y ddau i'r *shag pile* crîm oedd ar loriau'r tŷ pum stafell wely. Fel arfer, byddai gofyn i bawb oedd yn camu dros y rhiniog dynnu eu sgidia rhag ofn difetha'r *shag pile*, ond roedd heno'n eithriad gan fod Nicola wedi gosod amryw o fatiau sychu traed wrth y drws ffrynt a'r drws cefn. Ond rhag ofn i unrhyw un feiddio anufuddhau i'r ddeddf, roedd matiau wedi'u gosod yn tŷ hefyd, drwy'r lobi ffrynt a thrwy'r lobi gefn.

Carpad crîm. Doedd 'na ddim sens yn y peth, meddyliodd Wendi. Fysa neb call yn rhoi carpad crîm drwy'r tŷ i gyd. Mi fysa fo'n stremps i gyd cyn amser swper yn eu tŷ nhw. Ond dyna fo, doedd gan Gwyn a Nicola ddim plant i faeddu, nagoedd? Hawdd y gallen nhw gael eu carpedi crîm a'u soffas crîm a'u hornaments delicet, drudfawr. Dim rhyfedd fod Wendi ar binnau bob tro roedd hi'n mynd draw yno, yn enwedig pan oedd Bradley bach a Gari efo hi. Ond, diolch i'r drefn, doedd Wendi'n cael fawr o reswm i alw draw ar wahân i adegau fel hyn.

Anelodd Mal yn syth am y gegin lle roedd y bar mêc-dŵ, ac yno fuodd o. Cafodd Wendi ei dal yn y stafell fwyta wrth y *buffet* mewn sgwrs hynod o ddiflas yn trafod manteision ac anfanteision melinau gwynt, a phan ddechreuodd y sgwrs droi'n ffrae go hyll symudodd yn dinfain yn nes i gyfeiriad y salad pasta.

'Tyd yn dy flaen. Helpa dy hun, ma 'na ddigonadd yma,' anogodd ei chwaer-yng-nghyfraith, ond cyndyn iawn oedd hi i gymryd dim byd ei hun, sylwodd Wendi.

Ew, rwyt ti 'di bod yn brysur, ti 'di gneud spred biwtiffyl.'

'O, ddim y fi nath o. Ges i *outside caterers* i mewn, sdi. Mae o'n lyfli, chwara teg. Er fedra i i ddim twtsiad dim ohono fo. Llawn carbs. Tyd yn dy flaen, Wendi bach, tisio mwy o pasta salad na hynna.'

Does 'na ddim byd gwaeth na phobol yn mynnu hwrjio bwyd i lawr eich corn gwddw chi a nhwytha ddim yn bwyta briwsionyn eu hunain. Ac un o'r bobol yma oedd Nicola. Wastad ar ryw ddeiet neu'i gilydd i gadw'i ffigwr maint wyth, ond wrth ei bodd yn gweld pobol eraill yn bwyta llond eu boliau. Roedd Wendi'n grediniol fod 'na dwtsh bach o anorecsia yn llechu yn Nicola ar y ciw ti. A deud y gwir, roedd Wendi'n grediniol fod 'na dwtsh bach o lot o bethau yn llechu yn ei chwaer-yngnghyfraith. Ac yn anffodus doedd synnwyr cyffredin ddim yn un ohonyn nhw.

'Top neis, Wendi.' Gwyddai Wendi o'r ffordd ffwrddâ-hi y cyflwynodd Nicola'r compliment nad oedd 'na ddim owns o ddidwylledd yn perthyn iddo. 'Newydd, yndi?' ychwanegodd wedyn, yn cofio'n iawn ei bod wedi gweld Wendi'n ei wisgo ar sawl achlysur teuluol o'r blaen.

Anwybyddodd Wendi'r sylw. 'O'n i isio sgwrs bach sydyn efo chi, deud y gwir.'

'O, ia?' Dechreuodd llygaid Nicola grwydro o gwmpas y stafell, yn chwilio am rywun pwysicach a difyrrach na'i chwaer-yng-nghyfraith i'w gyfarch.

'Ma'n siŵr dy fod ti wedi clwad bod Snip and Scissors yn cau, a rhyw feddwl o'n i ella y bysa ...'

'Do, glywis i,' torrodd Nicola ar ei thraws a gwên lydan ar ei hwyneb, gwên ddidwyll gynta'r noson. '*News* grêt i ni, 'de? Gawn ni fachu eu cleients nhw i gyd rŵan.'

'Wel, gan fod Karen ni yn colli ei job, meddwl o'n i tybed fysa gen ti joban fel *stylist* iddi yn dy salon di.'

Hoeliodd Nicola'i holl sylw ar Wendi a diflannodd y wên mor sydyn ag y daeth hi.

'Sori, Wendi bach, 'swn i wrth fy modd yn helpu, ti'n gwbod hynny. Ond 'dan ni ddim angan *stylist* arall ar hyn o bryd. Ond munud fydd 'na rwbath yn mynd, fydda i'n siŵr o gofio am Karen chi. Yli pwy sy 'di landio? Gillian! Alan! Sut ydach chi'ch dau?'

Trodd Nicola'i chefn yn ddisymwth ar Wendi, a mynd yn din ac yn dro yn ei stiletos a'i ffrog shifft ddu, dynn i gyfarch ei gwesteion gan adael Wendi yng nghanol y *coleslaw* a'r *buffet* llawn carbs dieflig.

Roedd Wendi'n wallgo'. Gwyddai'n iawn nad oedd gan Nicola unrhyw fwriad i gadw Karen mewn cof. Doedd hi'n gwybod bod Andrea'n gadael y salon gan fod ei gŵr wedi ca'l posting i rwla yn yr Alban. Pam na fysa hi wedi deud rhywbeth? Wedi deud wrth Nicola'i bod hi'n gwybod bod Andrea'n gadael. Ond un fel'na oedd Wendi. Llwfr. Gadael i bawb ei sathru. Asu, mi oedd isio mynadd. Roedd hi'n difaru dŵad i'r blincin parti rŵan.

Sôn am wneud i rywun deimlo fel baw isa'r doman hefyd. *Typical* o Nicola. Roedd Wendi'n berwi wrth iddi helpu ei hun i'r *vol-au-vents* – y ffordd y gwnaeth hi ei diystyru hi fel'na. Wel, twll dy din ditha, Pharo. Jyst am fod Gillian yn berchen ar siop ddillad neis yn y dref a Nicola'n gwsmer ffyddlon. Yn wahanol iawn i Wendi, fyddai byth yn twllu ei drysau gan fod y prisiau'n dechrau o hanner canpunt i fyny, a dim ond prisiau'r beltiau a'r sgarffiau oedd hynny.

O gongl ei llygaid, gwelodd Nicola'n cusanu Gillian a'i gŵr, Alan, yn gynnes; chafodd hi a Mal ddim ffasiwn groeso o bell ffordd. Ond dyna fo, dreifar bws ysgol oedd Mal, ddim perchennog *builders' merchants*.

Gwraig fawr gachu, meddyliodd. Pwy uffar oedd Nicola'n ei feddwl oedd hi efo'i *outside catering* a'i charpedi crîm? Buan iawn roedd Nicola wedi anghofio'i bod hi'n arfer cael cinio ysgol am ddim, ac yn arfer troedio ar deils Marley oedd ar lawr cegin y tŷ cyngor lle cafodd hi ei magu yn un o bump, a'i phen yn un o lau.

'Wendi, sut wyt ti erstalwm?' Daeth llais cyfarwydd i darfu ar ei meddyliau.

A'i cheg yn llawn *vol-au-vent*, trodd Wendi i gyfarch y llais. Yn sefyll o'i blaen roedd Alan, ffrind bore oes ei brawd, Gwyn, a'r ddau'n dal yn gyfeillion mynwesol. Roedd y ffaith fod Gwyn yn gwmser gwych i Alan a'i fusnes adeiladu tai llwyddiannus ac Alan, chwarae teg, wastad yn rhoi dipyn o ddisgownt i Gwyn, yn help i selio'r cyfeillgarwch hefyd.

Roedd gan Wendi dipyn o grysh ar Alan yn ei har-ddegau cynnar, ond ddim bellach – a hwnnw, ar ôl blynyddoedd o ista ar ei ben-ôl, nid yn unig yn magu proffit i'w gwmni ond yn magu tipyn go lew o floneg hefyd.

Wrth iddi gnoi'r *vol-au-vent*, meddyliodd Wendi ei fod yn beth reit drist fod y rhan fwyaf o'r hogiau oedd yn cael eu cyfri'n bishyns yn eu harddegau wedi troi'n blaen uffernol erbyn iddyn nhw gyrraedd eu canol oed. Wrth iddi drio llyncu, aeth y *vol* i lawr yn ddidramgwydd ond, yn anffodus, ni ellid deud yr un peth am y *vent*. Dechreuodd dagu; roedd y blwmin peth wedi mynd i lawr y ffordd anghywir ac wedi mynd yn styc! Roedd yn methu cael ei gwynt. Aeth yn chwys domen dail. Ceisiodd anadlu, ond i ddim pwrpas. Roedd ei chalon yn mynd fel trên. Ceisiodd wneud arwydd ar Alan ei bod yn methu cael ei gwynt.

'Ti'n iawn, Wendi?' holodd hwnnw.

Ydw i'n edrych fel mod i'n blincin iawn? Ysgydwodd ei phen yn wyllt gan nad oedd hi'n gallu siarad na gweiddi. Prin oedd hi'n gallu anadlu, ond roedd y panig ar ei hwyneb yn dadlennu'n amlwg fod rhywbeth mawr o'i le.

Erbyn hyn roedd amryw o'r gwesteion, gan gynnwys Mal a oedd wedi llwyddo i lusgo'i hun oddi wrth y mêc-dŵ bar, wedi ymgasglu o'i chwmpas. Gafaelodd Wendi yn ei gwddw i geisio gwneud arwydd ei bod yn methu cael ei gwynt ac y dylai rhywun wneud rhywbeth i'w helpu. Ond roedd y cwbwl lot ohonyn nhw fel masg snorclio yn y Sahara, yn iwsles. Roedd hi'n marw a doedd 'run o'r ffernols yn gwneud dim byd ond syllu'n ddiymadferth arni hi.

Yn sydyn, teimlodd Wendi rywun o'r tu ôl iddi'n gafael fel feis amdani gan wasgu ei bol yn galed. Yna, diolch i'r mawredd, mi dagodd hi'r pishyn myshrwm oedd wedi'i lojio'n styfnig yn ei gwddw ac fe wibiodd hwnnw heibio clust dde Alan.

'Ti'n iawn?' Rhwbiodd Nicola gefn Wendi ar ôl i honno, o bawb, achub y dydd.

Anadlodd Wendi'n ddwfn. Y fath ryddhad!

'Yndw, dwi'n meddwl.' Rhoddodd edrychiad o werth-fawrogiad ar ei chwaer-yng-nghyfraith cyn dechrau tagu'n galed. O beth bach mor eiddil, roedd yn syndod i bawb sut yn y byd y cafodd Nicola'r nerth i daclo Wendi a honno bron dwywaith cymaint â hi.

'Panig drosodd. Dwi'n mynd 'nôl at fy mheint,' meddai Mal heb droi blewyn ac ymlwybro'n ôl i gynhesu ei din drachefn wrth yr Aga lliw hufen.

Blydi hel, ma isio gras, meddyliodd Wendi. Roedd hi newydd fod o fewn trwch blewyn i dagu i farwolaeth a doedd Mal ddim hyd yn oed wedi holi a oedd hi'n iawn.

'Ynda, sipia hwn yn ara deg,' a gwthiodd Nicola wydriad o ddŵr i'w llaw grynedig.

'Diolch.' Cymerodd Wendi'r dŵr yn ddiolchgar. 'Wn i ddim be 'swn i 'di neud tasa chdi ...'

'O'n i'n gwybod y bysa'r cwrs *first aid* 'na 'nes i'n dod yn handi ryw ddiwrnod. Tro cynta i mi neud yr *Hitler Manoeuvre* go iawn 'fyd.'

'Heimlich,' cywirodd Alan. '*Heimlich Manoeuvre* ydi o.'

'Hitler, Heimlich – beth bynnag nath hi. Mi achubodd Nicola fy mywyd i.' Cymerodd Wendi sip arall o ddŵr.

'No wê oeddat ti'n mynd i ga'l marw yn fy nhŷ i. Difetha noson pawb.' Roedd yr olwg ddifrifol ar wyneb Nicola'n dangos yn glir fel jin nad jocian oedd hi, roedd hi'n golygu pob un gair.

'Ti'n iawn, yr hen chwaer?' Daeth Gwyn draw a rhoi slap chwareus ar ei chefn. 'Trystio chdi i dynnu sylw atach chdi dy hun,' chwarddodd wedyn. 'Neith hon rwbath i ga'l sylw, yn gnei Wendi?'

'Sgiwsiwch fi.' Symudodd Wendi i ffwrdd oddi wrth y criw yn y stafell fwyta. Roedd Gwyn yn gallu bod yn rêl coc oen weithiau. Camodd i fyny'r grisiau llydan a'u carped crîm i gyfeiriad y stafell molchi enfawr i gael ei gwynt ati ac i drio sortio'i masgara oedd wedi rhedeg fel dwy nant i lawr ei bochau ar ôl yr helynt.

Rhoddodd sêt y tŷ bach i lawr a phloncio'i hun ar y pan i sadio'i hun. Roedd ei chalon yn mynd ar garlam o hyd. Blydi hel, ochneidiodd, dyna be oedd clôs shêf. Cael a chael fu hi ei bod hi'n fyw, a Nicola o bawb wedi'i hachub hi. I feddwl, petai Nicola heb wneud beth wnaeth hi, yna mi fysa wedi canu arni hi – mi fysa hi'n gelain, gonar. Wedi'i phegio hi. Ded. O Dduw mawr.

Cododd Wendi ac edrych yn y drych; gwelodd wyneb blinedig, gwelw a dwy lygad panda fawr yn syllu'n ôl arni hi. Roedd ei gwallt yn gudynnau blêr o gwmpas ei hwyneb. Edrychodd yn agosach yn y drych. Roedd hi'n desbret angen lliw. Cachu rwj, Wendi bach, sbia golwg sy arnat ti, a rhoddodd ochenaid fawr arall. Ceisiodd ei gorau glas i glirio'r llanast. Yna cododd sedd y pan a thynnu ei throwsus a'i nicyr i lawr i bi-pi.

Wrth iddi neud dŵr edrychodd o'i chwmpas. Mi oedd y bathrwm yma'n fwy na'i chegin hi – yn wir, yn fwy na'u lawr grisiau nhw i gyd. Edmygodd y *suite* claerwyn a'i sebonach drudfawr, a chymharu'r stafell molchi foethus hon efo'i stafell molchi syml hi a'i *suite* afocado di-raen a'i Tesco Value bybl bath. Doedd y stafell yma byth yn cael iws gan fod gan Gwyn a Nicola eu *en suite* eu hunain, wrth gwrs. Meddyliodd Wendi pa mor lyfli fysa cael stafell molchi fatha hon efo'i *walk-in shower* a'i *bidet*, er mai rhyw hen beth da i ddim oedd hwnnw, a deud y gwir – yno am sioe ac yn handi i gadw magasîn ella. Edmygodd y teils marmor Eidalaidd, llwyd a gwyn – ac un deilsan yn costio bron i fis o gyflog Wendi a Mal efo'i gilydd, mwn.

Clywodd sŵn siarad a chwerthin mawr yn dod o'r gegin oddi tani. Roedd honno *out of this world* hefyd, efo'i ynys hirsgwar lle roedd y sinc wedi'i osod, y cypyrddau sgleiniog lliw hufen a'r topiau gwenithfaen du yn coroni'r cwbwl. Beth oedd yr obsesiwn yma efo'r lliw hufen gan Nicola, tybed? meddyliodd Wendi wrth olchi ei dwylo efo'r sebon Molton Brown. Ochneidiodd yn ddiflas unwaith eto wrth feddwl am ei chegin *oak laminate* MDF-aidd, ceiniog a dima' hi: y cypyrddau simsan a'r drôrs oedd yn disgyn yn ddarnau yn raddol bach ond a fysa'n gorfod gwneud y tro am sawl blwyddyn eto.

Dwi ddim yn genfigennus; eiddigeddus ydw i. Ma 'na wahaniaeth, meddai Wendi wrthi'i hun. Agorodd ddrws y stafell molchi efo'i handlen bres a chymryd un cip sydyn o gwmpas yr ystafell yn llawn eiddigedd, ond nid mewn cenfigen. Amser mynd adra dwi'n meddwl.

''Dan ni ddim yn mynd rŵan! The night is young, Wendi bach. Paid â bod mor boring,' slyriodd Mal, yn amlwg wedi cael llond crats.

'Dwi isio mynd adra, Mal.'

'Pam?

'Ella 'na 'nest ti ddim sylwi, ond bron iawn i mi dagu i farwolaeth gynna.'

'Paid â bod mor ddramatig, wir Dduw.'

'Ti'n dŵad adra ta be?' sibrydodd Wendi wedi'i brifo

nad oedd Mal yn sylweddoli difrifoldeb yr hyn oedd wedi digwydd iddi.

'Dos di os tisio.'

'A sut wyt ti am ddod adra felly?'

'Ga' i lifft gin rywun.'

Ffarweliodd Wendi efo Gwyn a Nicola, gan ddweud nad oedd hi'n lecio gadael Gari ar ei ben ei hun i warchod Bradley bach yn rhy hwyr. Roedd Karen wedi mynd allan i Fangor a fyddai hi ddim yn ei hôl tan berfeddion. Felly, gadawodd Wendi ei gŵr yn dal i bwyso'i din ar yr Aga, potel o lager yn ei law, ar ganol deud rhyw jôc fudur hynod o ddi-chwaeth fysa'n gneud i Roy Chubby Brown wrido.

'Lle ma Dad?' holodd Gari pan welodd ei fam yn ei hôl ar ei phen ei hun. Roedd o'n gorweddian ar y soffa yn gwylio un o'i hoff raglenni ar y teledu, sef *Newsnight*. Roedd hi'n arferiad ganddo i recordio'r pum rhaglen yn wythnosol efo Sky+ a'u gwylio nhw wedyn yn ei amser ei hun dros y penwythnos.

'Ma *aliens* wedi mynd â fo. Un munud o'dd o'n ista yn sêt y pasenjyr a'r funud nesa o'dd o 'di mynd!'

'Mam, ti'n meddwl dy fod ti mor ffyni,' ochneidiodd ei mab. 'Ddim wedi gorffan yfad o'dd o, ia?'

'Bradley bach yn iawn?' Trodd Wendi'r stori'n reit handi a mynd i gadw ei chôt.

'O'dd o isio i mi ddarllan stori iddo fo.'

'O ngwas i, siwgwr candi Nain.'

'Felly mi 'nes i ddarllan pennod o hunangofiant John Major iddo fo.'

'O Gari, 'nest ti ddim.'

'Pam? O'dd o'n cysgu'n braf ar ôl dwy dudalen.'

'Wyt ti isio panad?'

'Mi fysa panad yn dderbyniol iawn.' Er nad oedd Gari'n ymddwyn nac yn siarad fel hogyn cyffredin yn ei arddegau – hynny yw, yn hen ddiawl bach oriog, diserch a dihiwmor – yn dawel bach diolchai ei fam yn aml am hynny. 'Pwy o'dd yna heno 'ta?'

'O, ti'n gwbod, yr *usuals*.'

'Be o'dd gin Anti Nicola amdani?'

'Ew, dwn 'im, rhyw ffrog ddu, dynn.'

'O Reiss neu Zara, ma siŵr. Bwyd neis yna?'

'Oedd, chwara teg. Oeddan nhw wedi ca'l *caterers* i mewn.'

'Oedd 'na *couscous* yno?'

'Oedd 'na be?'

'*Couscous*.'

'Wn 'im wir. Ond dwi yn gwbod bod 'na *vol-au-vents* myshrwm yna.' A rhwbiodd Wendi ei gwddw, oedd yn dal yn ddolurus ar ôl ei *near miss*.

'Dwi'n lyfio *couscous* a *sun-dried tomatoes*. Ges i nhw yn barbeciw Yncl Gwyn ac Anti Nicola ha' diwetha.'

'Fysa hi ddim yn well i ti ei lyfio hi am dy wely, dwa'?'

'Dwi isio gweld diwadd y rhaglan 'ma gynta. Ma'r boi newydd 'ma sy'n cyflwyno, Ioan Rhys, yn briliant. Mae o newydd roi'r Boris Johnson 'na yn ei le.'

Stopiodd Wendi yn ei thracs, gan droi yn ei hôl a syllu ar y sgrin fach. 'Ioan Rhys ddudist ti?'

'Ia. Cymro ydi o.'

'Ia, dwi'n gwbod. Oedd o'n 'rysgol efo fi.'

Eisteddodd Gari i fyny fel bwled wedi cynhyrfu'n lân ar ôl clywed datganiad ei fam. 'Be? Oeddat ti yn 'rysgol efo Ioan Rhys? *Oh my God*! Ma'r boi yn *legend*! Ti'n nabod Ioan Rhys?'

'Wel, o'n i yn y chweched efo fo. Roeddan ni'n ca'l Hanas a Saesneg efo'n gilydd. Boi andros o glyfar. Dwi'n siŵr ei fod o wedi mynd i Oxford ne' Cambridge ne' rwla. Hogyn tawal, clên.'

'O, ma hyn mor cŵl! Chdi'n ffrindia efo Ioan Rhys!'

'Dwi ddim yn *ffrindia* efo fo. Ddim o bell ffordd. Dwi ddim yn meddwl y bydda fo hyd yn oed yn fy nghofio i. Dim ond am chydig fues i yn y chweched. Ond fuodd o'n dda iawn efo fi ar ôl i mi golli Mam.'

'Ym mha ffor, 'lly?'

'Dim byd mawr, jyst cynnig ei lyfrau a'i nodiadau i mi eu copïo i fyny. Holi sut o'n i a ballu.'

'Ella mai dy ffansïo di oedd o.'

'Dwi'm yn meddwl,' chwarddodd Wendi. 'Doedd gan Ioan Rhys ddim diddordeb mewn merched 'radag hynny, gwaith ysgol oedd ei betha fo. Rêl *geek*, bechod. Oeddat ti isio panad, dwa'?' holodd wrth fynd drwodd i'r gegin.

'Ia, plis. A paid â sgimpio efo'r siwgwr,' gwaeddodd Gari ar ei hôl gan droi ei sylw yn ôl i'w raglen lle roedd Ioan Rhys wrthi'n sychu'r llawr efo rhyw wleidydd oedd yn bell allan o'i ddyfnder a rhyw atal deud mawr wedi dod drosto mwya sydyn.

Wrth i Wendi rannu'r bag te rhwng y ddau fŷg, gan fod raid i'r bagiau te bara tan ddiwedd yr wythnos, a llais awdurdodol Ioan Rhys i'w glywed yn y cefndir, daeth y ddelwedd o Clark Kent a'i *alter ego* i'w meddwl. Roedd y gymhariaeth rhwng yr arwr hwnnw o blaned Krypton â thrawsnewidiad Ioan yn debyg iawn, meddyliodd.

Clep y drws ffrynt. Bagliad a rheg.

Deffrowyd Wendi o'i thrwmgwsg. Chwarter wedi un o'r gloch y bore, yn ôl y cloc bach wrth ochor ei gwely. Daeth sŵn traed yn drwm i fyny'r grisiau ac agorwyd drws y stafell wely led y pen.

"Ma hi, lyf of my leiff,' meddai Mal yn floesg gan daro homar o rech.

Stripiodd i'w drôns bach gan anelu ei grys a'i jîns a'i sana yn aflwyddiannus i gyfeiriad y fasged ddillad, a neidio i mewn i'w wely. Trawodd rech arall, un ddrewllyd y tro hwn.

'Mal! Oes raid i ti?' griddfanodd Wendi, yn mygu yn y drewdod. Ymhen dau funud daeth taran o rech arall yn ogystal â sŵn chwyrnu mawr.

Trodd Wendi at y pared. Ochneidiodd. Olréit, falla doedd hi ddim yn briod â George Clooney, doedd hi ddim yn byw mewn tŷ mawr crand, chwaith, ond o leia, diolch i'w hannwyl chwaer-yng-nghyfraith, roedd hi'n fyw ac yn iach.

Ma'r blydi lot yn matsio!

Y bore wedyn, cyn deg o'r gloch, roedd Wendi wedi golchi llond lein o ddillad a llawr y gegin ac wedi cwcio sosbannaid o *spaghetti bolognese*. Roedd hi wedi codi cyn cŵn Caer er nad oedd hi wedi cysgu'n rhy sbesial y noson cynt, ac am newid nid chwyrnu Mal oedd yn gyfrifol. Roedd hi wedi cael breuddwyd od iawn a honno wedi'i thaflu braidd ac wedi bod ar ei meddwl drwy'r bore.

Yn y freuddwyd roedd hi mewn parti yn nhŷ Gwyn a Nicola, ond nid tŷ Gwyn a Nicola oedd o chwaith. Roedd y tŷ yma'n gyforiog o liwiau yn un peth. Roedd hi'n gwisgo ffrog goch grand, ddrudfawr ac yn mwynhau ei hun rêl boi. Yna daeth Alan ati a chynnig gwydriad o siampên iddi. Doedd dim golwg o Mal yn unlla. Na Gillian chwaith, tasa hi'n dŵad i hynny.

'Iechyd da,' medda fo wrthi'n hynod awgrymog, gan edrych i fyw ei llygaid hi. Wrth iddi gymryd y sip cynta, aeth y bybls i fyny ei thrwyn a dechreuodd Wendi dagu gan dywallt y gwydriad siampên llawn dros ei ffrog grand.

Heb droi blewyn, fel petai'n stripio'n gyhoeddus bob dydd, camodd Wendi allan o'r ffrog gyda help Alan, a agorodd y sip cefn iddi'n ddeheuig iawn. Safodd yng nghanol y stafell mewn *basque* du a coch heb unrhyw gywilydd yn y byd. Yna gwnaeth Alan arwydd arni i'w ddilyn i fyny'r grisiau, ac ufuddhaodd hithau. Aeth i mewn i un o'r stafelloedd gwely, ac aeth hithau ar ei ôl. Ond ar ôl iddi fynd i mewn, cafodd sioc ei bywyd. Nid stafell wely oedd yno ond stiwdio deledu. Stiwdio deledu *Newsnight*.

'Stedda i lawr, Wendi Edwards,' gorchmynnodd neb llai nag Ioan Rhys wrthi.

'Wendi Jones ydw i bellach,' atebodd hithau'r holwr.

'Wendi Edwards fyddi di i mi am byth. Stedda.'

Gwnaeth Wendi fel y gofynnwyd iddi, gan drio meddwl pa un oedd y ffordd orau i ista heb ddatgelu gormod. Roedd hi'n difaru tynnu ei ffrog.

'Mi wyt ti'n hogan ddrwg, Wendi. Hogan ddrwg iawn. Ac mae'n rhaid i genod drwg gael eu cosbi. Rŵan, tyrd yma.'

Yn ei law roedd chwip wedi ymddangos o rywle ac roedd rhyw fflach rywiol iawn yn lygaid y cyflwynydd. Cyn i Wendi benderfynu oedd hi am ufuddhau i'w orchymyn neu beidio deffrodd yn chwys doman. Yn dri deg wyth oed roedd hi'n bell o fod yn ddigon hen i ddechra cael rhyw hen *hot flushes*.

'Lle ma Brad?' tarfodd cwestiwn ei merch ar ei hatgof o'i breuddwyd, neu'i hunllef yn hytrach.

'Cael nap. Faint o gloch ddaethost ti i mewn neithiwr, neu bora 'ma ddylwn i ddeud?'

Y bore hwnnw roedd 'na amlen frown wedi'i chyfeirio at Karen wedi dod drwy'r post. Gwyddai Wendi'n syth beth oedd cynnwys yr amlen: *visiting order* oddi wrth Liam, tad Bradley, iddi fynd i'w weld o yn y carchar. Roedd Wendi wedi gobeithio na fyddai o'n cysylltu. Ar boen ei bywyd, doedd hi ddim eisiau mynd i lawr y lôn yna eto.

'Dwi'm yn cofio. Dio'r ots?' brathodd ei merch. Doedd Karen ddim yn ferch hynaws ar y gorau ond, a hithau'n dioddef efo hymdingar o hangofyr, roedd hi'n fwy piwis nag arfer. 'Oes 'na fara 'ma?'

'Nagoes. Cymra sîrial.'

Ond cofiodd Wendi wedyn nad oedd 'na rawnfwyd chwaith. Ddylia hi fynd i siopa am fwyd ond roedd hi'n trio dal arni hyd nes y câi gyflog ddiwedd yr wythnos nesaf. Byddai petha'n dynnach eto arnyn nhw rŵan bod joban Karen ar fin dod i ben.

''Na fo, tydi'r hogyn 'ma byth yn ca'l dŵad efo fi eto!' bytheiriodd Mal wrth i Gari ac yntau ddod i mewn drwy'r drws cefn.

'O'n i ddim isio dŵad efo chdi eniwê,' atebodd Gari'n bwdlyd.

Bob bore Sul roedd Mal yn hyfforddi tîm pêl-droed dan bymtheg y pentre a'i ddymuniad mawr ers pan roddodd Gari ei gri gynta allan o'r groth oedd gweld ei unig fab yn chwarae pêl-droed. Ond dangosodd Gari'n fuan iawn nad oedd ganddo rithyn o ddiddordeb mewn cicio pêl nac owns o dalent yn y cyfeiriad hwnnw chwaith, er mawr siom i'w dad. Gallai Mal gydymdeimlo'n llwyr â Graham Carr, prif sgowt Newcastle a chyn bêl-droediwr ei hun a thad y comedïwr Alan Carr. Doedd gan Alan chwaith ddim diddordeb dilyn ôl troed ei Dad, gwell oedd ganddo fo ei "champio" hi yn y byd adloniant.

Y bore hwnnw roedd o wedi llwyddo i berswadio Gari i fynd efo fo i helpu i rannu'r bibs a llenwi'r poteli dŵr ac ati i'r hogia gan fod y person oedd yn arfer gwneud y gorchwyl hwnnw newydd gael triniaeth i dynnu *ingrowing toenail.* Roedd Gari wedi cytuno'n gyndyn, ar yr amod fod Mal yn rhoi deg punt iddo fo. Ond drwy'r sesiwn dim ond cwyno'i fod yn oer wnaeth o a swnian pryd oeddan nhw am fynd adra.

'Reit, ma 'na lond sosban o *spaghetti bolognese* yn fanna i chi, dwi'n piciad i weld Dad,' meddai Wendi ar ôl iddynt ddod yn eu holau. Roedd hi newydd gael wy wedi'i ferwi a dwy Ryvita, roedd nodwydd clorian Slimming World dal yn rhy fyw yn ei chof i adael iddi hi fwynhau powliad o sbageti.

'Pam, ydi o'n wael?' holodd Mal â llygedyn o obaith yn ei lais.

'Wel nachdi, wel, dwi'm yn meddwl neu mi fysa'r Cartra wedi ffonio, yn bysa?'

'Cofia fi at yr hen go',' meddai Mal yn sych. Cododd gaead y sosban i gael golwg ar ei ginio. 'Hei, lle ma'r sbageti?'

'Siawns na fedrith un ohonach chi ferwi ychydig o sbageti rhyngthoch chi.'

Mi oedd isio gras weithia. Roedd yr hen ddywediad yna'n berffaith wir, meddyliodd Wendi: mwya gwnewch chi, mwya gewch chi neud. Ac mi oedd hynny'n sicr yn wir yn 11, Min-y-nant.

> 'Nid wy'n gofyn am gyfoeth,
>   Aur ac arian y byd,
> Ond cael sicrwydd o'r nefoedd:
>   Dyna geisiaf o hyd,
> Geir yn llyfr mawr dy deyrnas,
>   Llyfr a'i ddail fel y wawr,
> Dywed, Iesu fy Ngheidwad,
>   Geir fy enw i lawr?

Geir fy enw i lawr
Yn y dwyfol lyfr mawr?
O! mi garwn gael gwybod
Fod fy enw i lawr.'

Wrth gerdded ar hyd coridor Preswylfa, clywodd Wendi lais tenor cyfarwydd yn bloeddio canu.

'Ma Mr Edwards wedi bod yn canu emynau drwy'r bora, cofiwch. Ma hi wedi bod fatha Cymanfa Ganu 'ma,' chwarddodd Gwyneth, rheolwraig y Cartref – rhyw hen chwerthiniad bach ffals.

Diolchodd Wendi'n dawel bach mai emynau roedd o'n eu canu ac nid rhai o'r hen ganeuon budur 'na roedd o mor hoff o'u morio a'u dysgu i Gari.

'Sut hwyliau sydd arno fo?' holodd Wendi gan dynnu potel o Lucozade a phaced o Marie Biscuits allan o'r carrier bag – er y bysa'n llawer iawn gwell gan Harri Edwards gael potel o wisgi, neu'r 'calad' fel roedd o'n ei alw fo, na photel yn llawn bybls siwgwraidd, sicli.

Ar ôl ei strôc chwe mis yn ôl, doedd Harri ddim bellach yn gallu ymdopi â byw ar ei ben ei hun ac felly roedd o wedi gorfod symud o Dŷ Capel Sardis, ei gartref ers dros ddeugain mlynedd a lle y magwyd Gwyn a Wendi, i gartref nyrsio ar gyrion y pentref. Petai Wendi wedi cael ei ffordd, mi fysa hi wedi croesawu ei thad i 11, Min-y-nant â breichiau agored, heb feddwl ddwy-waith. Ond y gwir amdani oedd nad oedd 'na ddim lle i un bach arall rhwng pawb, a gwyddai hefyd, yn y bôn, na fydda hi wedi gallu ymdopi â gofalu ar ôl ei thad bedair awr ar hugain y dydd, ac yntau'n ddiffrwyth i lawr un ochor o'i gorff, heb roi'r gorau i'w gwaith. A no wê y gallai Wendi fforddio gwneud hynny. Roedd hi'n ddigon anodd iddyn nhw gadw eu pennau uwchben y dŵr fel roedd hi. Lwcus, felly, fod yna hen begor wedi'i phegio hi ar yr union amser yr oedd Gwyn a hithau'n chwilio am gartref nyrsio i'w tad.

Roedd Gwyn wedi bod yn andros o awyddus i'w tad symud i mewn i gartref Preswylfa cyn gynted â phosib gan fod arno fo a Nicola ofn drwy eu tina y byddai disgwyl i Harri fynd i aros atyn nhw am sbel, a nhwytha â digonedd o le yn eu cartref nhw efo'i bum stafell wely crîm, pedair ohonynt yn rhai sbâr. Felly, cyn i Harri ganu'n iach i ward yr ysbyty, roedd y trefniadau i gyd yn eu lle. Roedd Gwyn wedi ysgrifennu llythyr at y blaenoriaid yn datgan bod Harri'n ymadael â'r tŷ, a hyd yn oed wedi'i wagio.

'Fysat ti'n meddwl mod i wedi marw, myn diawl,' oedd ymateb Harri, o'i go' fod Gwyn wedi'i berswadio i adael y Tŷ Capel. Roedd y cradur ar ei wannaf yr wythnosau cynta rheiny ac mi fysa fo wedi cytuno i unrhyw beth, hyd yn oed i wneud *loop the loop* neu *wing walking* mewn eroplên. 'Gwerthu a chael gwarad o mhetha i fel'na! Lwcus ar y diawl na chafodd o ddim gwared ar recordiau Mario Lanza neu mi fysa 'na gythgam o le 'ma.'

Diolch i Wendi yr oedd hynny: roedd hi wedi llwyddo i'w hachub nhw ar ôl iddi sylwi ar bentwr o recordiau wedi'u taflu blith draphlith ar ben bocsiad o ryw hen lyfrau llychlyd oedd ar eu ffordd i'r sgip. Roedd hi wedi mynd draw i'r tŷ ar gais ei brawd i gael gwared ar hen bethau ei mam, pethau nad oedd wedi cael eu cyffwrdd ers y diwrnod y bu hi farw, dros ugain mlynedd yn ôl.

'Tshiampion. Hwyliau ardderchog, yn does Mr Edwards?' Cododd Gwyneth ei llais ryw shedan a rhoi gwên glên arall ar Wendi. 'Ydach chi am fynd â fo drwodd i'w stafell? Gewch chi fwy o lonydd i siarad yn fanno,' meddai hi wedyn, yn dal i wenu.

Oedd hon wedi bod ar gwrs i ddysgu gwenu'n barhaus? Doedd y Cheshire Cat ddim ynddi, meddyliodd Wendi. A pham roedd pobol mewn llefydd fel hyn yn mynnu siarad fel petai ei thad ddim yn clywed nac yn dallt be oedd yn cael ei ddweud. A fynta'n dallt ac yn clywad yn berffaith. Pam na ofynnwch chi i i Nhad ydi o isio mynd i'w stafell 'ta ydi hi'n well ganddo fo aros lle mae o, oedd y geiriau ar flaen tafod Wendi. Ond wnaeth hi mo'u dweud nhw.

Cododd Wendi a Gwyneth ei thad o'i gadair, a gyda help y pulpud ymlwybrodd y tri i'w stafell. Wrth weld ei thad yn ymlwybro efo'i bulpud bedair olwyn, câi Wendi ei hatgoffa o dodlar bach yn mynd rêl boi efo'i *baby walker*.

'Pawb yn iawn 'cw? Yr hogia bach yn iawn?' holodd ei thad ar ôl iddo gael ei roi mewn cadair arall a chael cefn Gwyneth.

'Yndyn, tad.'

'A'r Malcolm 'na, be am hwnnw?'

Doedd barn nac agwedd Harri Edwards tuag at ei fab-yng-nghyfraith wedi altro dim ers y tro cyntaf i Wendi fynd â Mal dros riniog drws y Tŷ Capel yr holl flynyddoedd yna yn ôl bellach. Ddim y Mal 'na oedd wedi arwain ei hogan bach ar gyfeiliorn? I ddistryw? Difetha'i dyfodol hi? Oni bai amdano fo mi fysa Wendi wedi gallu mynd i'r coleg, yn athrawes. O'i herwydd o roedd hi'n styc mewn joban ceiniog a dima yn gweithio mewn canolfan arddio. Roedd o wedi gobeithio am gymaint mwy i'w ferch. Doedd hi ddim yn ddeugain eto, ac yn nain.

'Gawsoch chi ginio neis? Be oedd 'na heddiw –biff?'

'Ew, ia, a homar o Yorkshire Pudding a grefi nionyn lyfli.'

'Felly dwi'n gweld – ma'i hannar o i lawr eich cardigan chi.'

Tyrchiodd Wendi yn ei handbag am *baby wipes* Bradley i sychu'r grefi oddi ar y gardigan a'r mymryn oedd wedi caledu'n grwst ar ei ên. Wrth chwilio a chwalu sylwodd ar y pishyn papur pinc golau, a'i estyn allan o'i bag.

'Gest ti rwbath?' holodd ei thad.

'Mm?'

'Enillist ti rwbath?' amneidiodd i gyfeiriad y tocyn loteri yn ei llaw. 'Ro'dd hi'n *rollover* neithiwr.'

'Dwi'm hyd yn oed wedi tsiecio. Wn i ddim pam brynis i o, myrrath mwy na dim.'

'Ella dy fod ti werth dy filoedd a chditha ddim yn gwbod.'

'Ha ha.'

'Edrycha yn y papur newydd 'na i ni gael gweld, hogan.'

Felly, er mwyn plesio'i thad, estynnodd Wendi'r papur newydd oddi ar y cwpwrdd bach wrth ochor y gwely a dechrau chwilio am ganlyniadau loteri'r noson cynt ynddo.

'Wyt ti wedi cael hyd iddyn nhw?' Un reit difynadd fuodd Harri erioed.

'Daliwch eich dŵr, wir. A! Dyma ni ... Rhif Un ...'

'Ia.'

'Dau ar bymtheg.'

'Ia.'

'Pedwar ar bymtheg.'

'Ia.'

'Un ar hugain.'

'Ia.'

'Wyth ar hugain.'

'Ia.'

A'r rhif bonws – saith. Cododd Wendi ei phen o'r papur newydd. 'Wel, oedd rhai o'r nymbars 'na'n matsio 'ta?

'Ma nhw i gyd yn matsio, mechan i! Y blydi lot!'

'Be? Peidiwch â'u malu nhw,' wfftiodd Wendi, yn grediniol mai ei thad oedd wedi cam-weld neu wedi cam-ddallt.

'Tsiecia dy hun 'ta, os ti ddim yn fy nghoelio i.'

Cymerodd Wendi'r tocyn o law ei thad a tsiecio eto yn araf, ofalus. Ond na. Roedd ei thad yn llygad ei le: roedd pob un o'r rhifau'n cyfateb.

'Cachu Mot ...' Syllodd Wendi ar y tocyn gwerthfawr. Fedrai hi ddim credu'r peth.

'Ti 'di ennill y loteri! Mi wyt ti 'di ennill y blydi loteri!' gwaeddodd Harri dros y lle, wedi cynhyrfu'n lân. Cododd ar ei draed a cheisio gwneud rhyw lun o jig er gwaetha'i anabledd.

'Nyrs, nyrs! Help! Helpwch fi rywun!'

Rhuthrodd dwy nyrs i fewn i'r stafell yn wyllt.

'Be ddigwyddodd?' holodd un ohonyn nhw a phlygu'n bryderus dros y claf.

'Wedi ffeintio ma hi, dwi'n meddwl,' esboniodd Harri gan syllu ar ei ferch yn un swpyn diymadferth ar y llawr.

Newyddion da o lawenydd mawr

Chysgodd Wendi na Mal yr un winc y noson gynta honno; a dweud y gwir wnaethon nhw ddim cysgu'n iawn am nosweithiau lawer wedyn. Fedren nhw fwyta fawr o ddim byd drwy'r wythnos ac fe gollodd y ddau hanner stôn yr un mewn pum diwrnod, er bod y dyn bach o Camelot wedi dweud yn glên wrthyn nhw, 'Beth bynnag dach chi'n ei neud, cofiwch fyta.'

Na, doedd bywyd ddim wedi bod yr un fath ers i Wendi ffonio Camelot y pnawn dydd Sul hwnnw a deall ei bod hi'n edrych yn debyg ei bod hi wedi ennill £9.1 miliwn ar y loteri.

Fe gysgodd Wendi â'r tocyn o dan ei gobennydd a'r bore wedyn, ar ôl deffro, a hithau'n dal i fethu credu'r peth, mi guddiodd hi'r tocyn, ar ôl rhoi clamp o sws iddo, yn ei bra, cymaint oedd ei hofn iddo fynd ar goll. Gwrthodai'n lân hefyd â thrafod efo Mal be roeddan nhw'n bwriadu ei wneud â'r pres.

'Taw, Mal. Dwi ddim isio gwbod!' meddai hi, yn rhoi fflat warning iddo gau ei geg, pan ddechreuodd ramanteiddio am 4×4 newydd, *top of the range* a *world cruise*, ac ati. ''Dan ni ddim wedi gweld ceiniog eto a mi wyt ti wedi'i wario fo'n barod.'

Roedd ar Wendi ofn temtio ffawd: ofn mai camgymeriad mawr oedd yr holl beth, ofn gadael iddi hi ei hun gredu bod y fath beth yn wir. Andros o beth ydi codi gobeithion rhywun, yna'u gweld nhw'n cael eu chwalu'n deilchion wedyn.

'Gwranda, Mal. 'Dan ni ddim i sôn gair am hyn wrth neb, dallta, ddim hyd yn oed wrth Karen na Gari. Ddim hyd nes byddan ni wedi cael cadarnhad go iawn gan y bobol loteri 'na.'

Felly pan ffoniodd dynes o Camelot ben bore Llun yn cadarnhau eu bod yn wir wedi ennill, dim ond yr adeg honno y dechreuodd yr holl beth suddo i mewn, a dim ond yr adeg honno y gadawodd Wendi iddi'i hun ecseitio'n lân loyw. Pan glywodd Karen a Gari y sgrechfeydd yn dod o'r gegin, roedd y ddau'n grediniol fod eu mam a'u tad yn lladd ei gilydd. Rhuthrodd y ddau i mewn, a gweld eu rhieni'n gweiddi a dawnsio o gwmpas y lle fel dau o'u co'.

'Dach chi'ch dau 'di colli'r plot, ta be?' holodd Karen.

''Dan ni wedi ennill y loteri!' gwaeddodd Mal.

Trodd Gari at ei chwaer fawr, a golwg ddifrifol iawn ar ei wyneb. 'Ma'r ddau wedi'i cholli hi go iawn.'

'As if!' ychwanegodd Karen gan droi ei thrwyn.

'Wir yr! Cris croes tân poeth!' meddai Wendi allan o wynt yn lân ac yn methu stopio gwenu. 'Ma Camelot newydd ffonio rŵan a ma nhw isio i ni fynd i Lerpwl fory i tsiecio'r tocyn a derbyn y siec.'

Mwy o sgrechfeydd a dawnsio.

''Dan ni'n filionêrs!' datganodd Gari mewn rhyfeddod. 'Ga' i bâr o sgidia Gucci?'

'Gei di ugian pâr, 'y ngwas i!'

'Ga' inna bâr o Manolo Blaniks a bag Mulberry?' holodd ei chwaer, yn fwy barus na'i brawd.

£9.1 miliwn. Allai Wendi ddim credu'r peth. Dim mwy o grafu byw, dim mwy o boeni o ble roedd y geiniog nesa'n mynd i ddod. Talu biliau heb boeni dim iot amdanyn nhw: bil ffôn, dim problem; bil dŵr, dim problem; bil bwyd, dim probs. Waitrose a Marks fyddai hi o hyn allan. Tripiau i Gaer, i Lundain. Siopa yn Harrods. Dillad newydd. Holides. Car. O'r diwedd, roedd hi'n mynd i gael car! Pres rhent, dim problem. Dim mwy o redeg allan o bres i'r *meter* lectrig ... Pres rhent? Hold on, hold on! Pa bres rhent? Mi fydden nhw'n symud o 11, Min-y-nant ac yn prynu clamp o dŷ arall, wrth gwrs. O Dduw, diolch i ti! Diolch, diolch fod hyn wedi digwydd. Roedd ei breuddwyd wedi'i gwireddu. £9.1 miliwn! Roedd hi'n gyfoethog. Milionêr! Roedd ganddi bres a, mam bach, roedd Wendi'n benderfynol o ddechrau byw o'r diwedd. Ac un o'r pethau cynta roedd hi'n benderfynol o'u prynu oedd pâr o fŵts lledr.

Pan gyrhaeddodd Wendi'r ganolfan arddio ugain munud yn hwyr, roedd wyneb Marian, y rheolwraig, fatha bwch. Ymddiheurodd Wendi a dweud y byddai'n gwneud yr amser i fyny yn ei hawr ginio.

'Tydi hynna ddim digon da, nadi Wendi. Be os bysa pawb yn cymryd yr un agwedd ac yn hwylio i mewn yn hwyr? Ma dy gytundeb di'n deud yn glir dy fod ti'n gweithio o naw tan bump. Felly, er mwyn i chdi fod yn dy le tu ôl i'r til 'na, ma gofyn i chdi fod yma o leia bum munud i naw. Dwi wedi sôn am hyn wrthat ti o'r blaen, yn do, Wendi.'

Na, ti'n iawn, Marian. Tydi hyn ddim yn ddigon da. Ac i chdi ga'l dallt, yr astan drwynsur nawddoglyd, hyll, dwi wedi ca'l llond fy mol o ga'l fy nhrin fel 'swn i'n rhyw hogan fach ysgol yn cael row gin ryw athrawes. Felly, stwffia dy job cyn belled ag yr eith hi!

Dyna be fysa Wendi wedi'i lecio'i ddeud wrth Marian. Ond wnaeth hi ddim. Yr unig beth ddeudodd hi oedd, 'Wsti be, Marian, dwi ddim isio gweithio yma ddim mwy. Hwyl.'

Roedd wyneb Marian yn bictiwr wrth i Wendi afael yn ei chôt a'i bag a martsio allan yn wyllt drwy'r drysau sleidio heb edrych yn ei hôl unwaith. Yr unig drueni oedd nad oedd Julie, ei ffrind gorau a'i chydweithiwr, yn dyst i'r cwbwl gan bod ganddi ddau ddiwrnod o wyliau yr wythnos honno.

Un o'r teithiau mwyaf pleserus a gafodd Wendi erioed yn ei bywyd oedd y daith arbennig honno i Lerpwl i dderbyn y siec, Roedd Mal a hithau wedi cynhyrfu'n lân. Mewn llai nag wythnos roedd eu byd wedi'i wyrdroi, Roedd bywyd teulu bach 11, Min-y-nant wedi newid er gwell. Llawer iawn gwell hefyd. Ar ôl y cyflwyniad pan ofynnodd y ddynes o Camelot a fysan nhw'n lecio ychydig o bres i'w cadw nhw i fynd tan i'r siec fawr glirio, atebodd Wendi, 'O, diolch yn fawr i chi. Dach chi'n meddwl y bysan ni'n medru cael rhyw bum cant, 'ta ydi hynna'n ormod, dwch?' Chwerthin wnaeth y ddynes, yn meddwl mai tynnu coes oedd hi a rhoi pum mil o bunnoedd mewn arian parod iddyn nhw.

Stopiodd y ddau ar eu ffordd adref i gael bwyd mewn gwesty moethus pum seren.

'I'm afraid that trainers, T-shirts and tracksuits are not acceptable in the dining room, sir,' meddai'r *maître d'* wrth Mal yn drwynsur pan landiodd y ddau, a Mal yn cerdded yn dalog i gyfeiriad y stafell fwyta.

'Tyd, Mal, dio'm ots. Stopian ni yn Little Chef neu rwla,' meddai Wendi gan deimlo fel pysgodyn allan o ddŵr.

'Little Chef? Little Chef! Ti'n gall, ddynas? 'Dan ni newydd ennill y loteri ac mi wyt ti isio mynd am de i Little Chef? 'Dan ni'n mynd i ga'l ffidan mewn uffar o steil yn fama, dallta.'

Felly, ar ôl *detour* bach sydyn i Cheshire Oaks i brynu pâr o drowsus, crys a siaced newydd i Mal, dychwelodd y ddau yn ôl i'r gwesty, er y bysa'n llawer iawn gwell gan Wendi fod wedi peidio.

Archebodd Mal botelaid o siampên, y ddrutaf ar y rhestr, ac wrth iddo gynnig llwncdestun i'r ddau, fe gafodd Wendi fflashbac o'r hen freuddwyd honno gafodd hi. Gwthiodd hi o'i meddwl yn sydyn a cheisio canolbwyntio ar y stafell foethus a'r pryd bendigedig oedd o'i blaen. Mwythodd y napcyn lliain startslyd ar ei glin.

'Dyma'r bywyd i ni o hyn ymlaen, Wends.'

''Dan ni ddim isio mynd yn wirion, chwaith, neu mi fyddan ni fatha'r ddynas 'na,' atebodd Wendi, a bybls y siampên yn cosi ei thrwyn.

'Pa ddynas, dwa'?' meddai Mal gan stwffio darn o gig oen yn awchus i'w geg.

'Honna enillodd y pŵls flynyddoedd yn ôl, 'de. Mi wariodd hi bob ceiniog gafodd hi. Doedd ganddi hi ddim ceiniog ar ôl yn y diwadd. Roedd hi 'nôl lle dechreuodd hi. Viv rwbath oedd ei henw hi. Roedd ei hanas hi yn *Bella* yr wsnos diwetha.'

'Trystio chdi i edrach ar yr ochor ddu bob amsar. 'Dan ni wedi ennill £9.1 miliwn, Wends. Mi gymerith hi dipyn i ni fynd drwy hynna i gyd.'

'Dwi'n gwbod hynna, ond 'dan ni isio gneud yn siŵr y bydd Karen, Gari a Bradley bach yn iawn. 'Dan ni isio buddsoddi'r rhan fwya ohono fo, does? Mi fydd ganddon ni well syniad ar ôl cael sgwrs efo rhywun sy'n dallt y dalltings.'

'Sgwrs efo rhywun sy'n dallt y dalltings?'

'Cyngor ariannol 'te? Mi ddudodd pobol Camelot y dylian ni gael cyngor ariannol.'

'Pam? I be?'

Ochneidiodd Wendi. Teg oedd dweud nad brêns Mal a'i denodd hi ato yn y lle cyntaf. O na, nid brêns ond yn hytrach y *brawn* – ei gorff ffit a'i *six-pack*, er bod Mal, ar ôl iddo roi'r gorau i chwarae pêl-droed, wedi hen adael iddo'i hun fynd ers sawl blwyddyn bellach. Fel roedd ei thad yn arfer ei ddweud wrthi, 'Ma llygodan bach yn beth ddel, ond i be ma hi'n da?'

'Faint ti'n meddwl rown ni i'n teulu a'n ffrindia, dwa'?'

'Be ti'n feddwl?' Rhewodd fforc Mal rhwng ei blât a'i geg.

'Faint o bres rown ni iddyn nhw?'

'Be? Ti'n meddwl rhoi pres iddyn nhw?'

'Wel, yndw debyg.'

'Pam? I be? Pres ni ydi o. Ac ma gin Gwyn a Nicola fwy na digon.'

'Ddim dyna'r pwynt.'

'Dyna'r holl bwynt, 'swn i'n ddeud. Dim blydi *charity* ydan ni!'

'Sh! Cadwa dy lais i lawr,' gwenodd Wendi drwy ei dannedd ar y ddau ar y bwrdd agosaf, oedd wedi stopio bwyta'u cwrs cyntaf ac yn syllu'n hyll ar Wendi a Mal.

'Gwranda, Mal, y peth lleia fedran ni ei neud ydi

helpu teulu a ffrindia. A tasa hi'n dŵad i hynny, y fi brynodd y tocyn loteri 'na.'

Y munud roedd y geiriau allan o'i cheg sylweddolodd Wendi ei bod wedi rhoi ei throed ynddi. Rhoddodd Mal ei gyllell a'i fforc i lawr yn swnllyd.

'Fel'na ma dallt petha, ia. Dy docyn loteri di. Dy bres di.'

'Do'n i ddim yn ei feddwl o fel'na, Mal.'

'Oeddat, tad, mi oeddat ti'n ei feddwl o!'

'Cadwa dy lais i lawr. Ma pawb yn sbio arnan ni,' hisiodd Wendi wedyn.

'Uffar o ots gin i. Gad iddyn nhw blydi sbio.'

O rwla, ar ddiarwybod gam, llwybreiddiodd y *maître d'* atynt. 'May I kindly ask you to keep your voice down, sir, you're disturbing the other diners,' meddai'n dawel gadarn ond yn hynod glên.

Heb hyd yn oed lyncu ei boer, trodd Mal ato ac meddai yntau 'nôl wrth y brawd yn uchel, gadarn ond ddim mor glên, 'And may I kindly ask you to piss off!'

Ac felly'n ddisymwth y daeth i ben wledda 'gourmet-aidd' y Jonesiaid. Gorchmynnodd y bonheddwr y gofynnwyd iddo fynd i wneud dŵr i'r ddau adael, heb i Wendi druan gael cyfle i flasu'r *crème brûlée* fanila efo hufen wisgi a *compote* mafon, na'r *baked lemon tart* efo *citrus mascarpone* chwaith. Teimlodd Wendi erioed gymaint o gywilydd yn ei byw. Roedd ei phryd cyntaf mewn tŷ bwyta drud, swel wedi bod yn bryd i'w gofio ond ddim am y rhesymau iawn, yn anffodus.

'Tyd, Wends. Stopian ni yn siop tships Enochs ar y ffor' adra.' A chododd Mal yn swnllyd o'r bwrdd gan luchio'i napcyn claerwyn yn ddramatig ar y bwrdd cyn martsio allan. Ymlwybrodd Wendi y tu ôl iddo a bochau ei thin wedi'u gwasgu'n dynn, dynn.

Roedd wyneb Julie yn werth ei weld pan alwodd Wendi draw yn hwyrach y noson honno, ar ôl cyrraedd adra, i rannu ei newyddion da o lawenydd mawr efo hi.

'Dach chi 'di be?!' Bu ond y dim i Julie sgaldio'i hun wrth dywallt dŵr berwedig i'r ddau fŷg i wneud paned i'r ddwy.

''Dan ni wedi ennill y loteri.'

'Paid â'u malu nhw!

'Wir yr – £9.1miliwn. Paid â deud wrth neb, cofia.'

Edrychodd Julie'n gegrwth ar Wendi a'r llefrith yn llifo dros y wyrctop yn hytrach nag i mewn i'r mŷg.

''Dan ni wedi bod yn Lerpwl heddiw yn nôl y siec.'

'Na! No wê!'

'Ies wê, dallta!'

'Ennill y loteri! Blydi hel, Wends!' ebychodd Julie, yn methu credu lwc dda ei ffrind.

'Weli di ddim lliw fy nhin i yn y ganolfan arddio 'na eto.'

'Wyt ti wedi deud wrth Marian dy fod ti wedi ennill y loteri? Be ddeudodd hi?'

'Naddo, siŵr, ne' fysa waeth i mi ei roi o yn y *Sun* ddim.

A gesia be.'

'Be?'

''Dan ni'n mynd i fynd am holides dramor, y pump ohonon ni.'

'O braf, Wendi.'

'Ia, dwi'n gwybod. Ddeudodd y bobol glên 'na yn Camelot wrthon ni y bysa'n syniad da i ni fynd am holides bach i ga'l ein gwynt atan, i'r holl beth sincio i mewn.'

'*Oh my God*, Wendi!'

'Paid â phoeni, Jules, fyddi di ddim ar dy golled chwaith.'

'Be ti'n feddwl?'

'Wel, dydi hi ddim ond yn iawn fod ffrindiau agos a theulu'n cael rwbath bach hefyd.'

Er gwaetha gwrthwynebiad cryf Mal, roedd Wendi yr un mor gryf ac yn benderfynol o gael y maen i'r wal yn yr achos yma.

'Iesgob! Sdim isio chdi, siŵr,' twt-twtiodd Julie, yn methu cuddio'r rhyddhad fod ei hen ffrind yn mynd i gofio amdani. Ond eto, yr un pryd, yn methu peidio â meddwl na fyddai pethau ddim cweit yr un fath rhwng y ddwy byth eto. Rŵan fod ei chyfaill mynwesol yn £9.1 miliwn yn well allan.

Dau y cant

'Helô, Wendi Jones, ia?' holodd y llais ar ben arall y lein.

'Ia.'

'Sharon Richards o'r banc sy 'ma.'

Rhoddodd stumog Wendi dro. Sawl gwaith roedd hi wedi clywed y geiriau, 'Y banc sy 'ma, dach chi'n meddwl y bysach chi a Mr Jones yn gallu dod i mewn i drafod eich cyfri? 'Dan ni'n gweld eich bod chi wedi mynd dros limit eich oferdrafft unwaith eto.' Ond ddaethon nhw ddim.

'Ydi'n amsar cyfleus i siarad, Mrs Jones?'

'Ydi, am wn i,' gan nad oedd Wendi yng nghanol wacsio'i choesau na charthu cwt y gwningen, nag unrhyw orchwyl pwysig arall ar y foment honno.

Aeth Sharon Richards yn ei blaen, gan ofyn ychydig o gwestiynau personol i Wendi – ei dyddiad geni ac yn y blaen – i wneud yn siŵr mai efo Wendi roedd hi'n siarad a neb arall.

'Rŵan 'ta, Mrs Jones, y rheswm am yr alwad yma ydi fy mod i'n gweld bod 'na bres mawr wedi cael ei dalu i mewn i'ch cyfri chi yn ddiweddar iawn.'

Gwenodd Wendi iddi'i hun. Dyna gadarnhad arall fod y pres wedi cyrraedd ei chyfri. Er iddi hi syllu a syllu ar y swm oedd wedi ymddangos ar sgrin y peiriant twll yn y wal y bore hwnnw, sef y swm anrhydeddus o £9,959,346, roedd hi'n dal i gael trafferth credu'r peth.

'Wel, do,' atebodd Wendi, ddim yn siŵr i ba gyfeiriad roedd y sgwrs yn mynd. Pam roedd y Sharon bach 'ma yn ei ffonio hi a hithau efo pres yn y banc?

'Meddwl o'n i tybed fysa hi'n gyfleus i ni gyfarfod i gael sgwrs i drafod eich sefyllfa, neu i weld ydach chi angen unrhyw help o gwbwl.'

'Help? Pa fath o help, 'lly?'

'Wel, help i chi gael y budd gora allan o'ch arian, Mrs Jones. A gneud yn siŵr fod yr arian yn gweithio yn y ffordd ora bosib i chi. Dach chi'n meindio i mi holi o ble gafoch chi'r pres, Mrs Jones?'

'Y loteri.'

'Waw! Lwcus iawn! Llongyfarchiadau mawr i chi! Y mwya dwi erioed wedi'i ennill ydi deg punt. Ond dyna fo, ma deg punt yn well na dim, tydi? Pa bryd fydd hi'n gyfleus i ni gyfarfod, Mrs Jones?' meddai Sharon Richards wedyn fel bwled.

Pan soniodd Wendi wrth Mal fod Sharon o'r banc yn dod draw i weld y ddau, llugoer, a deud y lleia, oedd ei ymateb.

'I be ddiawl oeddat ti isio cytuno, Wends? Dim ond isio cael eu hen facha ar ein pres ni ma nhw. Ac os wyt ti'n meddwl 'i bod hi'n dod yma i'n gweld ni er ein llês ni, wel, mi wyt ti'n fwy o ffŵl nag o'n i'n ei feddwl.'

'Neith o ddim drwg, Mal. Ac mi ydan ni angan rhywun i'n rhoi ni ar ben ffordd efo petha.' Yna dechreuodd Wendi chwerthin.

'Be sy mor ffyni?'

'Jyst meddylia, ma'r banc yn dod i tŷ ni i'n gweld ni'n bersonol. Meddylia! Y ni sy'n gorfod mynd i'w gweld nhw i ofyn am fwy o oferdrafft fel arfar.'

Ysgydwodd Sharon Richards law efo'r ddau at y penelin ond prin y cododd Mal o'i gadair Draylon oedd wedi hen freuo. Dim ond eistedd yno fel bwch.

Ar ôl mân siarad am y plant, y ganolfan arddio – tydi o wedi mynd yn lle drud – a'r tywydd am tua ugain munud, a hen ebychu o'r gadair Draylon, daeth Sharon Richards at y niti griti.

'Wel rŵan, Mr a Mrs Jones, ydi'n well i ni drafod yr hen geinioga 'na, dwch?'

'O'n i'n meddwl mai dyna holl bwynt eich fisit chi,' mwmialodd Mal o dan ei wynt.

Estynnodd Sharon gerdyn bychan a'i roi i Wendi. 'Dyma fy ngherdyn i a fy rhif uniongyrchol i. A hefyd y tîm cefnogi sydd ar gael bedair awr ar hugain y dydd, dri chant chwe deg pum diwrnod y flwyddyn. Gallwn ni roi'r cyngor gorau i chi, Mr a Mrs Jones. Ac edrych ar eich ôl chi yn y ffordd orau bosib, gan gymryd treth i ystyriaeth. Ga' i ofyn oes ganddoch chi gynlluniau ar gyfer y pres 'ma, Mr a Mrs Jones? Ga' i eich galw chi'n Malcolm a Wendi? Ma Mr a Mrs Jones mor ffurfiol, tydi, dach chi ddim yn meddwl? A galwch finna'n Sharon.'

'Siŵr Dduw fod ganddon ni gynllunia. Oeddach chi ddim yn meddwl y bysan ni jyst yn ista ar ein tina ar y pres, oeddach chi?' taranodd Mal o'i gadair.

Gwasgodd Wendi fochau ei thin at ei gilydd fel y byddai'n ei wneud bob tro y byddai Mal yn codi cywilydd arni. Yn wir, nid gormodiaith oedd dweud mai Wendi oedd berchen y *gluteus maximus* tynna drwy'r sir i gyd.

'Ma'n siŵr yr awn ni am wyliau bach, yn gwnawn, Mal.'

'Gwylia bach? Be haru ti, ddynas. *Holiday of a lifetime*, debycach. A ceir newydd, 'de.'

'A tŷ newydd. 'Dan ni isio prynu tŷ. Rhentu hwn 'dan ni, dach chi'n gweld.'

Nodiodd Sharon ei phen. Roedd wedi amau mai rhentu'r tŷ cyngor roedd y ddau. Er ei fod yn dwt ac yn lân, roedd rhyw olwg ddi-raen ar y tu allan a'r tu mewn, diffyg pres i sbriwsio'r lle. Roedd y drws ffrynt mewn angen dirfawr am gôt o baent, a'r paent brown wedi plicio i ffwrdd mewn mannau. Ar ei ffordd i mewn i'r ystafell fyw roedd hi wedi cymryd cip sydyn i gyfeiriad y gegin ac wedi sylwi ar yr unedau cegin siabi. A phan suddodd i ddyfnderoedd y soffa a theimlo pwniad powld rhyw sbring yn ei phwnio yn ei phen-ôl, gwyddai fod y swît tri darn wedi gweld dyddiau, os nad blynyddoedd, gwell.

'Neis iawn. Dyna'n union be 'swn i'n ei neud yn eich sgidia chi. Rŵan 'ta, dwn 'im ydach chi isio sgwrs bach am be sydd gan y banc i'w gynnig i chi. Mi allwn ni uwchraddio'ch cyfri chi, ac agor cyfri cynilo. Be 'swn i'n ei awgrymu ydi eich bod chi'n trosglwyddo tipyn go lew i gyfri cynilo. Be dach chi'n ei feddwl o hynny?'

'Wel ia, ma hynna i'w weld yn gneud sens, tydi Mal?'

Mwmialodd Mal o dan ei wynt. 'Yndi, ma siŵr.'

'Dach chi isio i ni ddod i mewn i arwyddo rhyw ffurflenni a ballu i neud hyn, oes?'

'Bobol bach, nagoes, Wendi bach,' chwarddodd Sharon. 'Gadewch o i gyd i mi. Fydda i wedi sortio pob dim i chi. Be wna i hefyd ydi eich cyflwyno chi i ymgynghorydd ariannol y banc. Mi fedrith o roi cyngor perthnasol i chi be ddyliach chi neud â'ch pres, yn cynnwys insiwrans bywyd, *trust funds*, buddsoddi mewn cyfrifon *offshore*, ac ati.'

'Be dach *chi'n* ei neud, felly?' holodd Mal.

'Rheolwr gwasanaeth arbennig iawn ma'r banc yn ei gynnig ydw i,' esboniodd Sharon, 'gwasanaeth sy'n edrych ar ôl dim ond tua dau y cant o'n cwsmeriaid ni – ein cwsmeriaid cyfoethoca ni. Ac mi ydach chi, Mal a Wendi, yn un o'r dau y cant yna. Oes 'na banad arall yn y tebot 'na, dwch?'

Ar ôl i Wendi wneud tebotiad ffres, aeth Sharon yn ei blaen i holi oedd y ddau wedi gwneud eu hewyllys. 'Dwi'n awgrymu'n gry eich bod chi'ch dau yn gwneud eich ewyllys *asap*,' meddai'n ddifrifol iawn ar ôl darganfod doedd 'run o'r ddau wedi gwneud hynny.

'Wel, doedd gan 'run ohonan ni ddim byd i'w adal i'n gilydd o'r blaen,' esboniodd Wendi.

'Mi ddylai pawb wneud ei ewyllys, chi. Ma gan bawb ryw ornament, neu watsh neu fodrwy sentimental ma rhywun isio'i adal i rywun. Ma gan bawb rwbath o werth i'w adael,' athronyddodd Sharon.

Daeth modrwyau priodas a dyweddïo'i mam i gof Wendi. Petai ei mam dlawd wedi gwneud ei hewyllys, falla y bysa hi wedi'u cael nhw ar ei hôl hi yn lle bod Gwyn wedi'u pocedu nhw. Roedd y nyrs wedi digwydd eu rhoi nhw i Gwyn un amser ymweld ar ôl i fysedd ei mam fynd yn ddim ond croen am yr asgwrn yn llythrennol, fel gweddill ei chorff ym misoedd olaf ei chystudd blin. Pan ofynnodd Wendi iddo fisoedd yn ddiweddarach be oedd hanes modrwyau ei mam, atebodd Gwyn yn frysiog eu bod nhw'n saff ganddo fo ac y bydda fo'n dod â nhw draw i Wendi, cyn troi'r sgwrs yn go handi. Welodd Wendi byth mo'r modrwyau, er iddi holi amdanynt sawl tro. A phan sylwodd ar fodrwy a dau ddiemwnt â thro ynddi, yn union fel modrwy dyweddïo'i mam, ar fys Nicola un Dolig roedd Wendi'n gegrwth.

'Modrwy ddel. Roedd gin mam fodrwy dyweddïo fel'na,' meddai Wendi, yn teimlo'i chalon yn cyflymu.

Ddudodd Nicola ddim byd, ond roedd y modd yr aeth ei bochau'n fflamgoch a'r ffordd y gwnaeth hi eistedd ar ei dwylo yr holl amser y buodd yng nghwmni ei chwaer-yng-nghyfraith yn dweud cyfrolau. Fe ddylai Wendi fod wedi deud mwy, holi mwy lle cafodd hi'r fodrwy ac yn y blaen, ond wnaeth hi ddim.

'Duwcs, dim ond rhyw hen fodrwy oedd hi. Betia i di doedd hi ddim gwerth lot chwaith,' datganodd Mal wrth Wendi ar ôl iddyn nhw gyrraedd adra.

'Nid dyna'r pwynt, Mal. Modrwy mam oedd hi. Y fi ddylai fod wedi i chael hi, nid Nicola.'

'Pam na fysat ti wedi sôn wrthi hi, 'ta, yn lle hefru am y blincin peth yn fama efo fi? Dyna dy ddrwg di,Wendi. Gadael i bawb sathru drostat ti.'

Yn ddigon rhyfedd, welodd Wendi mo Nicola'n gwisgo'r fodrwy wedyn.

Felly, ar ôl sicrhau y byddai'r ddau'n gwneud eu hewyllys mor fuan â phosib a threfnu apwyntiad efo'r ymgynghorydd ariannol iddynt ymhen rhyw chwe mis, ar ôl i'r llwch setlo fel petai, gorffennodd Sharon ei thrydedd baned.

'Cofiwch rŵan, ffoniwch fi os bydd ganddoch chi unrhyw gwestiwn, neu os ydach chi isio unrhyw gyngor neu help efo unrhyw beth. Mi fydda i wedi uwchraddio'ch cyfri chi heddiw ac wedi agor y cyfri cynilo – er mwyn i chi gael mynd am Gaer i brynu'r BMW 'na, 'te

Mal, a bwcio'ch holides. Mi siaradwn ni'n fuan. Neis iawn eich cyfarfod chi'ch dau.' Ac ysgydwodd Sharon law'r ddau at y penelin unwaith yn rhagor.

'Duwcs, hen hogan iawn,' chwifiodd Mal ei law ar Sharon yn y drws wrth i honno geisio gneud *three-point turn* yn y *cul-de-sac*. Falla fod Sharon Richards yn wych am drin a thrafod pobol ond doedd hi fawr o giamstar am handlo'i Golf. 'Ddudis i ein bod ni angan cyngor efo'r pres 'ma, do? Rŵan 'ta, lle roist ti'r *brochures* holides 'na, Wendi?'

Mauritius a BMWs

'Mauritius! Y chi! Dach chi'n mynd i Mauritius?!' Roedd wynebau Gwyn a Nicola yn bictiwr.

Syniad Mal oedd Mauritius. A deud y gwir, mi fysa Majorca neu Menorca wedi gwneud y tro yn iawn i Wendi. Unrhyw le, dim ond iddi gael haul. Doedd gan Wendi ddim obadeia, mwy na Mal, a deud y gwir, lle'n union roedd Mauritius.

'Mauritius. Awn ni i Mauritius. Fanno ma'r milionêrs 'ma i gyd yn mynd ar eu holides,' medda fo amser te, a phawb yn claddu i mewn i wledd Cantonese.

'Ma fanno'n bell – yng Nghefnfor India,' meddai Gari'n wybodus.

'India! No wê dwi'n mynd i India. Hen le budur,' meddai Karen a'i cheg yn llawn *prawn crackers*.

'Tydi o ddim yn India ei hun, nachdi? Y lle neis 'na ydi o, 'te, efo'r byngalos posh 'na ar *stilts* allan yn y môr.'

'Ddim y Maldives ydi fanno?' holodd Gari.

Ar ôl trip arall i Lerpwl, y tro hwn i drefnu pasborts i bawb, bwciodd Wendi wyliau i'r pump ohonyn nhw yn un o'r gwestai mwyaf moethus yn Mauritius. Ond suddodd ei chalon pan sylwodd wrth astudio'r tocynnau ei bod hi'n daith ddeuddeg awr, taith ddeuddeg awr mewn tun paraffin clawstroffobig efo babi wyth mis oed. Roedd ffleit ddwy awr a hanner i

Majorca yn mynd yn fwy a mwy apelgar bob munud.

'Meddwl y bysach chi'n piciad i weld Dad tra 'dan ni i ffwrdd. 'Dan ni'n mynd wsnos i fory,' meddai Wendi ar ôl iddi dynnu ei esgidiau a throedio yn nhraed ei sanau tu ôl i Nicola yn ei jîns tyn i'r gegin. Roedd y llawr yn gynnes braf, diolch i'r gwres o dan y llawr.

'I ffwrdd? Lle dach chi'n ca'l mynd, felly?' holodd ei brawd heb drafferthu i droi rownd, yn rhy brysur yn gwneud paned o goffi o'i beiriant DeLonghi Bean to Cup, oedd yn gneud pob dim ond yfed y baned.

'Mynd efo tocens o'r *Sun* dach chi eto, ia?' gwenodd Nicola. 'Lle dach chi'n ca'l mynd y tro 'ma, 'ta? I Blackpool aethoch chi llynadd, ia ddim?'

'I Mauritius.' Rho honna yn dy bibell a'i smocio hi, meddai Wendi wrthi ei hun.

'Mauritius?' Roedd Gwyn wedi stopio stwna efo'i beiriant DeLonghi Bean to Cup ac wedi troi rownd, ei holl sylw ar Wendi. 'Mauritius?' medda fo wedyn, fel petai Wendi newydd ddatgan eu bod nhw'n mynd am wyliau i Falltraeth.

'Ia. Mauritius.'

'Y Mauritius?' holodd Nicola, a honno yr un mor syfrdan.

'Ia. Pam? Oes 'na fwy nag un Mauritius?'

'Mauritius?' meddai Gwyn wedyn, yr anghrediniaeth yn glir ar ei hen wep, oedd yn llawn creithiau plorod er gwaetha'r holl grîms a *lotions* drudfawr roedd yn eu prynu i geisio'u cuddio.

Be sy matar ar hwn – yn ailadrodd pob dim fatha rhyw blwmin poli parot, meddyliodd Wendi.

'Dach chi wedi ennill y loteri neu rwbath?' meddai Gwyn yn hanner cellwair.

'Do.' Ymhyfrydodd Wendi ym mhob eiliad o weld ymateb ei brawd a'i chwaer-yng-nghyfraith i'w newydd syfrdanol.

Edrychodd Nicola a Gwyn ar ei gilydd, yna ar Wendi ac yna yn ôl ar ei gilydd drachefn – y ddau'n gegrwth. Ysai Gwyn am gael gofyn faint, ac roedd o'n brwydro'n galed efo fo'i hun i ymatal rhag gofyn yn blwmp ac yn blaen. Ond gwyddai y byddai hynny'n hynod o bowld, ac o adnabod ei chwaer mi fyddai hi'n siŵr o ollwng y gath allan o'r cwd ymhen sbel, beth bynnag. Ond ma'n rhaid ei fod yn swm go lew os oedd Wendi a'r trŵps yn bwriadu mynd i Mauritius o bob man. Ffernols lwcus.

'Felly, dach chi'n olréit i gadw llygaid ar Dad tra 'dan ni i ffwrdd. Pythefnos fyddan ni.'

'Yndan, yndan,' mwmialodd Gwyn, y gwynt yn amlwg wedi'i dynnu o'i hwyliau.

'Gymeri di banad, Wendi bach?' cynigiodd Nicola, yn wên deg i gyd erbyn hyn. Roedd hithau hefyd yn ysu am holi mwy am yr enillion, a gwyddai Wendi hynny'n iawn hefyd.

'Dim diolch. Dwi ar ddipyn o frys, deud y gwir. Dwi a Mal ar y ffordd i Gaer i brynu ceir newydd.' Rhoddodd Wendi bwyslais mawr ar y gair 'ceir'.

'Gaer, ia? A be dach chi ffansi, felly?' holodd Gwyn a'r hen anghenfil llygad-wyrdd mawr hwnnw'n cael ei ddeffro ynddo.

'Wel, ma Mal ffansi BMW X5 M – beth bynnag ydi peth felly.'

'Feri neis. A be amdanat ti, Wendi? Ti ffansi BMW bach?' holodd Nicola drwy ei dannedd. Roedd ei Mini Cooper Coupé coch, tri mis oed, hi yn y dreif wrth ochor Audi A4 Saloon 2.0 TDI 143 PS *6-speed* du Gwyn.

'Wn i ddim wir. Dim ond iddo fo fynd â fi o A i B, does fawr o ots gin i. Ond ma Karen ni am ga'l Mini bach fatha sgin ti, Nicola. Ond un lliw arian ma hi'n ei gael. Newydd ordro fo ddoe, cofia.'

'Dwi'n meddwl newid f'un i am rwbath mwy, deud y gwir.' Roedd yr un anghenfil llygad-wyrdd wedi codi ei wrychyn yn Nicola hefyd.

'Ers pryd?' holodd Gwyn, yn amlwg yn clywed am hyn am y tro cyntaf.

'Hoples pan dwi'n mynd i Gaer i siopa. Dim gwerth o le yn y bŵt.'

'Reit, well i mi ei throi hi. Mi fydd Mal ar binna. Dw inna'n reit ecseited, deud y gwir. O ia, peidiwch â galw i weld Dad nos Fawrth – ma ganddo fo bractis côr bob nos Fawrth.' Roedd Harri Edwards yn dal yn aelod ffyddlon o barti Meibion Marllyn ac roedd Owie Rowlands, un o'i gyd-denoriaid, yn ei nôl a'i ddanfon o i'r practis yn wythnosol, chwarae teg iddo fo.

'O, fasan ni ddim yn mynd ar nos Fawrth, beth bynnag. 'Dan ni'n mynd i'r *gym* bob nos Fawrth a nos Iau, a ma gin ti *squash* nos Fercher, does Gwyn?'

'A ma'r twrnament golff penwsnos nesa,' ategodd hwnnw.

Rhwng holl antics chwaraeon Gwyn a Nicola roedd Wendi'n dechrau amau pryd yn union roedd y ddau'n bwriadu mynd i weld ei thad. Gwyddai fod ymweliadau Gwyn â'i dad cyn brinned ag ymweliadau'r Frenhines â Rhif 10 Stryd Downing.

'Nos Wenar amdani 'ta.'

'O na, fedran ni ddim mynd nos Wenar chwaith. 'Dan ni'n mynd allan am fwyd efo Gill ac Alan, tydan Gwyn.'

'Yndan. I'r lle newydd 'na yn dre. Ma'n siŵr y gwelan ni chdi a Mal yna rŵan.'

'Be ti'n feddwl?'

'Rŵan bo chi 'di dŵad i bres mawr, *living the high life* go iawn fyddwch chi. Dipyn o newid o *kebab* a chilli sôs o'r siop Kebab bob nos Sadwrn, bydd.'

Weithiau roedd Wendi'n casáu ei brawd mawr â chas perffaith. Cofiodd am yr adeg pan oedd hi tua chwech oed a Gwyn dair blynedd yn hŷn na hi. Roedd o ac Alan wedi bod yn ei phryfocio drwy'r pnawn, a'r pryfocio hwnnw wedi cyrraedd uchafbwynt pan gaeodd y ddau hi yn hen doilet allan y capel, drws nesa i'r festri. Roedd y ddau wedi gwthio injan dorri gwair ei thad a berfa yn erbyn y drws i'w charcharu yn y tywyllwch. Roedd y lle'n drewi, yn llawn gwe pry cop ac, yn waeth na hynny, yn llawn pryfed cop mawr dychrynllyd i ferch fach chwech oed. Hyd y dydd heddiw roedd Wendi'n casáu bod mewn mannau cyfyng, fel liffts ac ati, ac fe gysgai bob nos efo golau'r landin ymlaen. Ond ei gwir gas beth oedd pryfed cop. Fedrai hi ddim hyd yn oed dioddef bod yn yr un stafell ag unrhyw gorryn, waeth beth oedd ei faint.

Roedd hi wedi sgrechian a sgrechian nerth ei phen a'r dagrau'n powlio i lawr ei bochau bach. A'i wynt yn ei ddwrn, daeth ei thad o rywle, gan stryffaglio i symud yr injan dorri gwair a'r hen ferfa o'r ffordd ac agor y drws. Dim ond cwta bum munud roedd hi wedi bod yn y lle chwech, ond i Wendi roedd yn teimlo fel pum awr. Gafaelodd ei thad ynddi i'w chysuro a gwasgodd hithau ei wddw yn dynn. Estynnodd yntau hances fawr wen o'i boced a sychu ei dagrau, a chwythodd hithau ei thrwyn deirgwaith. Yna, ymwrolodd. Cymerodd anadl ddofn a martsio i mewn i'r gegin, lle roedd Gwyn ac Alan erbyn hyn yn gwylio'r teledu fel petai menyn ddim yn toddi yng ngheg yr un o'r ddau. Heb feddwl ddwywaith, aeth draw at ei brawd a rhoi andros o swadan iddo ar draws ei hen wep nes roedd o'n gweld sêr. Hwnnw oedd y tro cynta, a'r tro ola, i Gwyn gau Wendi yn nhoilet y capel neu unrhyw le arall.

Daeth y pnawn hwnnw yn ôl i'w chof. Yn wir, roedd hi o fewn trwch asgell gwybedyn i roi slap iawn ar draws hen wep hyll ei brawd yr eiliad hon hefyd.

Anelodd Mal drwyn yr Astra marŵn blêr, naw oed, drws nesa i'r BMW Royal Blue dyflwydd oed. Diolch i Dduw ein bod ni wedi cyrraedd, meddyliodd Wendi wrth ddod allan o sedd y pasenjyr a dilyn Mal, oedd yn brasgamu ar draws cwrt blaen y garej. Ar ôl pasio Rhosesmor roedd yr hen Astra wedi bod yn rhyw fygu yn go arw a sŵn go amheus yn dod o'i ymysgaroedd. Roedd Wendi'n amau'n gry a fysan nhw'n cyrraedd Caer o gwbl ac mai 'abandon trip' fysa hi a bỳs yn ôl adra a'u cynffonnau rhwng eu gafl.

'Dyma fo, Wends! Hwn dwi isio! Dyma fo – y feri un, yli! A mae o mewn du 'fyd!' Llygadodd Mal y BMW X5 M sgleiniog oedd wedi'i barcio'n osgeiddig yn y *showroom*. Brasgamodd yn llawn blys tuag at wrthrych ei ddymuniad. Agorodd ddrws y dreifar a neidio i mewn yn hy. Plonciodd ei hun yn y sedd ledr hufen a rhoi ei ddwy law yn dynn ar y llyw, yn dychmygu ei hun yn gwibio ar hyd yr A55.

'May I help you, sir?' torrodd lais trwynol ar draws ei ffantasi.

'Yes, I wish to take this for a test drive,' atebodd Mal gan dapio'i law ar lyw'r BMW.

'Do you now, sir?' meddai'r gwerthwr seimllyd a gwên fawr ffals ar ei wyneb a hem trowsus ei siwt wedi disgyn ar y goes dde. Roedd o wedi dod ar draws teip y ddau yma droeon o'r blaen, y ddau wedi piciad draw i wastraffu awran bach ar bnawn Sadwrn glawog a heb unrhyw fwriad yn y byd i brynu car, ac yn bwysicach, heb fodd i brynu car fel y BMW X5 M *top of the range*.

'I'm very sorry, but that isn't possible at the moment as my colleague is on his lunch-break and I'm afraid I can't leave the garage to accompany you on the test drive,' medda fo gan feddwl am yr esgus cynta ddaeth i'w ben o. Ddim ar chwarae bach roedd o am adael i'r llymbar gwirion yma gael ei ddwylo ar werth dros £83,000 o gar.

'Duw, don't worry, I'm very capable of going on my own. There's no need for you to come as well.'

'Well actually, sir, you need to book a test drive in advance.'

'Why?'

'That's our policy, sir,' meddai eto, yn rhaffu mwy o gelwyddau.

'Stupid policy,' mwmialodd Mal o dan ei wynt.

'Sdim ots, Mal,' meddai Wendi'n dawel.

'Well, can I book a test drive for this afternoon then? We'll go for something to eat first, and come back later.'

'I'm afraid we haven't got any free appointments this afternoon, sir.'

'Arglwy'! Ydi hwn isio gwerthu car i mi ta be, dwa'?' Roedd Mal yn dechra myllio erbyn hyn.

'Sdim ots, Mal. Awn ni i garej arall.'

Ond roedd Mal wedi rhoi ei fryd ar yr union BMW X5 M yma. Ac os oedd Mal wedi rhoi ei fryd ar rywbeth, yna doedd 'na ddim troi arno fo.

'Okay, forget it. I'll take it anyway.'

'I beg your pardon, sir?'

'I'll buy it anyway, test drive or no test drive.'

Roedd y gwerthwr bach yn gegrwth. 'Very well, sir,' meddai, yn dal ddim yn argyhoeddedig fod Mal o ddifri. 'If you and madam would like to follow me into my office, then we can discuss finance options and other details.'

'Duwcs, there's no need to discuss anything; I'll pay for it now. Here.' O boced jîns oedd wedi hen ffedio a braidd yn llac o gwmpas y tin, estynnodd Mal ei gerdyn banc a'i basio'n dalog i'r gwerthwr ceir.

Os oedd y gwerthwr bach yn gegagored cynt, roedd ei geg cyn lleted â thwnnel Conwy bellach. Llyncodd ei boer yn swnllyd a mynd draw at y peiriant bach, yn disgwyl i'r peiriant wrthod y sêl ar ei phen cyn sicred â bod nos yn troi'n ddydd. Ond, wrth gwrs, derbyniodd y peiriant y swm anrhydeddus o £83,290.00 oddi ar y cerdyn yn llawen.

Sortiwyd y gwaith papur angenrheidiol ac ysgydwodd Mal law'r gwerthwr oedd â gwen fawr, lydan, hollol ddidwyll ar ei wyneb erbyn hyn.

'I'll be back on Monday to pick it up. I'll just sort out the insurance.' Yna trodd Mal at Wendi. 'Wyt ti ffansi rwbath yma, Wends? Neu ella fysa Audi bach yn dy siwtio di'n well.'

Wrth i'r ddau gerdded allan o'r *showroom*, trodd Mal yn ôl at y gwerthwr bach syfrdan a deud, 'Listen here, I don't want you to let anyone else sit in that car or drive

61

it, do you understand? That's mine now, my BMW.' A chafodd Mal erioed gymaint o foddhad a phleser yn dweud unrhyw eiriau yn ei fyw.

Hip hip hwrê, holide!

Glaniodd yr awyren ym maes awyr Port Louis yn Mauritius. "Dan ni yma, Mam!' gwaeddodd Gari, wedi cynhyrfu'n lân.

Gwenodd Wendi yn ôl ar ei mab. Ar ôl deuddeg awr yn yr awyren, roedd Wendi wedi hen gyffio. Roedd y daith wedi bod yn un ddidrafferth, o ystyried pob dim: o ystyried bod Bradley bach wedi troi *tray* bwyd Wendi dros ei harffed i gyd, gan gynnwys ei the, a sgaldio'i chluniau, ac o ystyried ei fod o hefyd wedi cael tantrym ddigon o ryfeddod cyn iddyn nhw lanio.

Datododd Wendi wregys Bradley a hithau. Yna trodd ei phen i gyfeiriad y ddwy sedd wag yn eu hymyl.

Roedd Wendi wedi bod yn edrych ymlaen am y gwyliau yma fel merch fach yn disgwyl Santa Clos. Doedd 'run o'r pump erioed wedi bod yn bellach na Blackpool yn eu bywydau. Bu Karen, Gari a hithau'n cynllunio'n fanwl pa ddillad roedden nhw'n bwriadu mynd efo nhw, ac yn ordro dillad ffwl sbîd oddi ar y we. Roedd fel petai hi'n ddiwrnod Dolig bob dydd yn 11, Min-y-nant, efo'r holl focsys a'r parseli'n cyrraedd. Dadlapiodd Wendi'r papur tisiw oedd yn gwarchod y ffrogiau drudfawr yn ofalus, a byseddu'r ffrogiau *designer* gan Alexander McQueen, Roland Mouret, Hervé Léger ac eraill. Roedd hyd yn oed ogla drud arnyn nhw.

'Ti'n edrach yn ffantastig, Mam.' Safodd Gari yn ôl gan edmygu ei fam yn y drych ar ôl iddo'i helpu i gau'r sip. Roedd y ffrog Roland Mouret yn ei ffitio fel maneg, gan ddangos ei wast i'r dim. Gari ddewisodd y dillad i gyd iddi; doedd Wendi ddim yn gwybod y gwahaniaeth rhwng ffrog o Asda a ffrog Armani.

'Dwi ddim yn edrach yn rhy ddrwg, nachdw,' gwenodd Wendi. Doedd gan hyd yn oed Gillian ddim ffrogiau cyn ddruted â'r rhain yn ei siop. Mwythodd y sandalau Gucci a'r rhai diamante a swêd Jimmy Choo a'r pâr o sgidiau Christian Louboutin coch.

Yn ogystal â chael cyfle i wisgo'i dillad newydd, roedd Wendi hefyd yn edrych ymlaen yn eiddgar at fwyta prydau arbennig, yfed coctels ecsotig, a gorweddian yn yr haul tanbaid mewn gwesty moethus pum seren. Doedd bywyd ddim yn gallu bod yn well na hyn. Pythefnos ym mharadwys – dyna oedd y plan. Ond hen bethau digon od ydi plania. Mae ganddyn nhw, yn anffodus, y ddawn ryfedda o fynd i'r gwellt.

Roedd pethau wedi dechrau mynd o chwith yn y maes awyr, tua phymtheg awr a mwy yn ôl bellach. Er mwyn gneud y trip yn un mwy arbennig, roedd hi wedi bwcio seddau *business class* a hefyd wedi talu i'r pump ohonyn nhw allu ymlacio a chael trît bach o flaen llaw yn y lolfa. Yn y fan honno roedd rhywun, ar ôl talu drwy'i drwyn, yn medru dianc oddi wrth yr *hoi polloi* a'r holl hw-ha ac yn cael encilio mewn llonyddwch a heddwch cyn y daith. Roedd rhywun hefyd yn cael arbed ciwio am fwyd a diod yn y terminal, a mwynhau diodydd a byrbrydau am ddim. Dyma beth roedd Gwyn a Nicola yn arfer ei wneud ac roedd y ddau wrth eu bodd yn canu clodydd yr *executive lounge* bob tro roeddan nhw ar fin teithio i ryw wlad boeth, ecsotig. Roedd Wendi felly, yn benderfynol eu bod nhwytha hefyd, doed a ddelo, yn mynd i gael profi'r *executive lounge*.

Y siom fawr gyntaf oedd darganfod nad oedd plant o dan chwech oed yn cael mynediad yno.

'But I've booked! I've paid for him!' protestiodd Wendi gan bwyntio i gyfeiriad Bradley bach a damio'i hun nad oedd hi wedi darllen y print mân wrth fwcio.

Ond dim ond ysgwyd ei ben yn surbwch wnaeth y llanc. Roedd gan Jordan gymaint o siawns o gael mynediad i gwfaint ag oedd yna i fygi Bradley bach gael mynd dros riniog y lolfa.

'Arhosa di'r tu allan efo Bradley 'ta, Karen,' cynigiodd Mal, wedi llygadu'r bar ym mhen draw'r lolfa drwy gil y drws.

'O, pam fi?' protestiodd honno'n bwdlyd. Roedd hithau hefyd wedi edrach ymlaen i'w lordio hi yn y lolfa grand.

'Wel, dy hogyn di ydi o, 'te?' brathodd Mal.

Daeth Wendi i'r adwy fel arfer, yn teimlo braidd yn gyfrifol am y blerwch. ''Na i ffeirio efo chdi ar ôl rhyw hannar awr. Gei di ddod i mewn yn fy lle i ac mi wna inna aros efo Bradley.'

Bodlonodd Karen ar y cyfaddawd. 'Wela i chi 'nôl yn fama ymhen hannar awr 'ta.' A gwnaeth anferth o U-bedol efo'r bygi'n wyllt i gyfeiriad y *duty free*.

Camodd y tri arall i mewn i'r lolfa. Ond yna profodd Wendi ryw deimlad o *déjà vu* mwya rhyfedd wrth i aelod o'r staff eu stopio. 'Lounges have a smart casual dress code, and that means no baseball caps, shorts or football shirts, sir,' datganodd gan rythu ar Mal.

Er ei holl gyfoeth, yn wahanol iawn i aelodau eraill o'i deulu, ni chymerai Mal unrhyw fath o ddiléit na diddordeb chwaith mewn dillad. Roedd o'n dal yn fodlon ei fyd yn ei jîns neu ei drowsus tracsiwt a'i grys Lerpwl, a gwisgai gap *baseball* ar ei ben, boed hi'n haul, yn law neu'n hindda, mewn ymgais wan i guddio'i foelni. Y bore hwnnw, yr unig gyfaddawd roedd o wedi'i wneud, gan ei fod yn mynd ar ei wyliau, oedd gwisgo pâr o siorts. Syllodd y llanc mewn dirmyg ar y cap a'r crys pêl-droed. Mae'n amlwg mai ffan Man U oedd y bwbach yma, meddyliodd Mal.

'Ddudis i wrthat ti am wisgo'r trowsus *linen*,' meddai Gari drwy ei ddannedd. Roedd y cywilydd roedd o eisoes yn ei deimlo yng nghwmni ei dad newydd dreblu saith gwaith.

Archebwyd pentwr o ddillad newydd i Mal hefyd, ond mi oedd o wedi troi ei drwyn ar y rhan fwyaf ohonyn nhw. A rhoddodd ei droed i lawr yn bendant a gwrthod yn lân â hyd yn oed trio'r siwt *linen* wen.

'Dim uffar o beryg y bydda i'n gwisgo'r sach yna! Yli crychau sydd yn y blwmin peth. Fydda i'n edrach fatha'r Man from Del Monte 'na!'

'Ma hi'n siwt Alexander McQueen, Dad!' protestiodd Gari.

'Dio uffar o ots gin i os mai un y Cwîn ei hun ydi hi. No wê dwi'n gwisgo peth fel'na.'

Ond mi fyddai'r trowsus *linen* wedi bod yn handi iawn i Mal gael mynediad i'r lolfa yr eiliad honno.

'Now, look here ...' meddai Mal wrth y llanc ifanc.

'Dos i brynu trowsus neu siorts smart, Mal, neu dos i chwilio am Karen i newid lle efo chdi,' ochneidiodd

Wendi, oedd yn dechrau difaru bwcio'r lolfa erbyn hyn. Roedd i fod yn gyfle i gael ymlacio ond roedd lefelau stres Wendi'n cynyddu bob eiliad. Pam fod pethau'n mynnu mynd o chwith? Pam fod yna wastad ryw hw-ha fawr efo nhw?

Roedd Mal hefyd wedi edrych ymlaen at gael cwrw am ddim ac eistedd fel brenin yn y lolfa. A chroen ei din ar ei dalcen felly, aeth i chwilio am ddillad addas.

Archebodd Wendi a Gari panini tiwna a chaws yr un a dwy baned o de, a mynd i chwilio am fwrdd. Roedd hi'n weddol dawel yn y lolfa yr adeg honno o'r nos, a hithau'n tynnu am chwech o'r gloch.

'*Oh my God*, yli pwy sy'n fancw!' meddai Gari a'i lygaid fel dwy soser.

'Pwy?' Edrychodd Wendi o'i chwmpas, yn methu gweld neb roedd hi'n ei adnabod, a chario ymlaen i yfed ei phaned.

'Fo, 'de!'

'Pwy?'

'Wel, y fo, 'de. Paid â throi rownd rhag ofn iddo fo'n gweld ni'n sbio arno fo,' siarsiodd Gari'n wyllt.

'Sut dwi i fod i weld pwy sy 'na, 'ta?'

'Mae o yn y gornel wrth y ffenast efo'i iPad. Paid â sbio rŵan, mae o newydd godi. *Oh my God!* Ma o'n dŵad y ffordd yma!'

Roedd Wendi ar binnau erbyn hyn eisiau gwybod pwy oedd y gŵr ac yn ysu i droi rownd i gael sbec. Doedd dim raid iddi aros yn hir.

'Wendi? Wendi Edwards?'

Trodd Wendi i gyfeiriad y llais. O'i blaen safai dyn tal, ei wallt wedi dechrau britho yn ei arleisiau a'i ddau lygad glas glas yn syllu i'w pherfedd – Ioan Rhys.

Llyncodd Wendi ei phoer. 'Ioan, sut wyt ti ers blyn-yddoedd? Wnes i ddim dy nabod di am eiliad heb dy sbectols.'

Gallai Wendi gicio'i hun am ddatgan sylw mor wirion. Doedd dyn fel Ioan Rhys ddim isio cael ei atgoffa o'i olwg byr, siawns.

'Dwi'n gwisgo contact lensys bellach ers blynydd-oedd. Sut wyt ti'n cadw?' Gwenodd wên lydan gan ddatgelu dwy res o ddannedd gwyn perffaith.

'Iawn sdi, diolch. A chditha?'

'Fel y gweli di. Dwyt ti ddim wedi newid dim, cofia.'

Ai compliment 'ta be oedd hynny? ystyriodd Wendi. Ac ar yr un gwynt diolchodd ei bod yn gwisgo ffrog Karen Millen, un flodeuog, ddu a gwyn. Gwyddai ei bod hi'n edrych yn dda ynddi. Roedd Mal hyd yn oed wedi deud hynny. 'Lecio'r ffrog' oedd ei sylw sarrug wrth fynd â'r cesys i'r bŵt.

'Ti'n edrach yn dda, Wendi.'

'Hy! Wedi magu pwysau, ti'n feddwl.'

'Ew, naddo, wedi colli os rwbath – sbel 'swn i'n ddeud. '

Roedd Gari'n gegrwth. Oedd Ioan Rhys yn fflyrtio â'i fam? 'Pawb yn cadw'n iawn?' holodd wedyn.

'Tshiampion, diolch.'

'Gareth, dy frawd, yn iawn?'

'Gwyn ti'n feddwl, ia?'

'Gwyn, ia, wrth gwrs. A dy dad?'

Roedd pen Gari fel pêl dennis yn gwibio o un i'r llall. Ysai Wendi am fedru deud wrtho am gau ei geg, oedd cyn lleted â thwnnel Mersi wrth iddo syllu ar ei eilun mawr o'i flaen yn y cnawd.

'Rêl boi, diolch. Mi gafodd o strôc ryw chwe mis yn ôl

ond mae o'n dŵad yn ei flaen.' Roedd rhywbeth yn swreal bron yn y ffaith ei bod yn trafod ei thad ag un o ddarlledwyr a newyddiadurwyr amlycaf Prydain. Anodd credu mai hwn oedd y llyfrbryf tawel oedd yn y chweched dosbarth efo hi.

'Cofia fi ato fo.' Yna trodd i gyfeiriad Gari a gwenu. 'Dy fab, dwi'n cymryd?'

'Ia. Gari.'

Cododd hwnnw ar ei draed ac ysgwyd llaw yn hegar efo'i arwr. 'Braint ac anrhydedd eich cyfarfod chi. Llongyfarchiadau mawr ar eich llwyddiant yn *Newsnight*. Dwi wedi sylwi bod 'na dipyn mwy am Gymru yn y rhaglen ers i chi ddechra efo nhw,' meddai Gari, oedd wedi cynhyrfu braidd. Am funud roedd Wendi'n amau bod ei mab am foesymgrymu o flaen ei eilun.

'Ma Gari'n ffan o *Newsnight*,' esboniodd Wendi.

'Wyt ti wir?'

''Nes i rili mwynhau'r drafodaeth 'na gawsoch chi'r wsnos diwetha ar yr ewro. Diddorol iawn.'

Fedrai Wendi ddim peidio â chael ei denu i syllu ar y triongl bach o flew oedd yn sbecian yn hy ar frest Ioan, uwchlaw botwm agored crys streipiog o wneuthuriad Eidalaidd. Yna edrychodd i ffwrdd yn go handi.

'Ti'n ifanc iawn i fod efo diddordeb mewn gwleid-yddiaeth.'

'Un ar bymtheg oedd William Hague yn rhoi ei araith gyntaf yng Nghynhadledd y Torïaid.'

Gwenodd Ioan yn ddireidus ar Gari. 'Ti'n llygad dy le.' Yna trodd ei holl sylw yn ôl at Wendi. 'I lle dach chi'ch dau'n hedfan?'

'Mauritius,' datganodd Wendi â thinc o falchder yn ei

llais. Doedd hi erioed wedi sylwi pa mor las oedd llygaid Ioan. Roedd o fel yr hync yn yr hysbyseb Turkis Delight erstalwm, hwnnw oedd yn llawn addewid dwyreiniol.

'Braf iawn. Fues i yn fanno ryw dair blynedd yn ôl. Lle bendigedig, dwi'n genfigennus iawn. Dim ond i Efrog Newydd dwi'n mynd. Gwaith. Diflas iawn.' Yna cil-edrychodd ar y bwrdd ar y wal oedd yn dangos manylion y teithiau. 'A dwi'n gweld bod fy ffleit i'n bordio rŵan. Reit, well i mi fynd. Neis eich gweld chi'ch dau, a chofia fi at dy dad, Wendi.'

Ac felly, fel llwynog R. Williams Parry, digwyddodd a darfu Ioan Rhys megis seren wib.

'Cofiwch fi at Jeremy!' gwaeddodd Gari ar ei ôl.

'Jeremy?' holodd ei fam.

'Paxman 'de. Jeremy Paxman ... Waw! Cŵl.' Syllodd Gari ar ôl Ioan, oedd yn cerdded yn dorsyth allan o'r lolfa. Syllodd Wendi hefyd ar ei ôl. Roedd yn dalach na'r hyn roedd hi'n ei gofio ac yn deneuach nag oedd o'n ymddangos ar y teledu.

'Excuse me, wasn't that Ioan Rees, the guy off the television? Doesn't he present that news programme?' holodd un o'r staff oedd yn clirio'r llestri budur oddi ar fwrdd cyfagos.

'Yes. He's friends with my mother,' datganodd Gari'n falch.

'Gesi di byth pwy dwi newydd ei weld.' Camodd Mal tuag at y ddau wedi'i weddnewid yn llwyr, yn gwisgo crys llewys byr, lliw pibo llo bach oedd yn clashio'n drybeilig â'i siorts lliw *khaki*. Roedd ei goesau'n edrych fel coesau dal mochyn ar y gorau, meddyliodd Wendi, ac roedd y siorts a'r *deck shoes* yn gwneud iddyn nhw edrych yn ganmil gwaeth. Ond ddudodd hi ddim byd. 'Yr Ioan Rhys 'na. Hwnnw sydd ar y telifision. O'dd o'n 'rysgol efo ni'n dau, doedd Wend? Asu, mae o 'di newid. 'Nes ddim ei nabod o am funud.'

'Nath o dy nabod di?' Gweddïai Wendi na wnaeth o ddim.

'Duw, naddo siŵr. Gŵr mawr, cachu. Tydi ei deip o ddim yn gweld neb na dim, siŵr.'

'Mi nath o stop...'

Torrodd Wendi ar draws ei mab, oedd ar fin brolio i'w dad fod ei fam ac yntau wedi cael sgwrs glên iawn efo'r cyflwynydd teledu. 'Ti isio rwbath i fyta, Mal? Dwi a Gari newydd gael panad a panini.' Am ryw reswm na allai Wendi ei esbonio, doedd hi ddim am i Mal wybod am y sgwrs gawsai efo Ioan.

'Lle ma'r cwrw, dwa'? Na, wn i be wnawn ni, mi ordran ni siampên i uffar.' Gwnaeth Mal ei hun yn gyfforddus yn ei gadair. 'O ia, ma Karen a Bradley yn disgwyl amdanat ti, yn barod i swapio, ac o'r oglau sy'n dŵad o gyfeiriad ei din o, 'swn i'n deud bod y bych newydd neud llond ei glwt.'

Cwta hanner awr gafodd Wendi i fwynhau pleser yr *executive lounge*. Am yr awr a hanner arall bu'n cerdded Terminal Un, yn ceisio diddori Bradley bach yr un pryd. Y trefniant oedd fod Karen a hithau i newid eto ymhen tri chwarter awr ond er i Wendi fynd at ddrws y lolfa sawl tro doedd dim siw na miw o Karen, oedd erbyn hynny'n mwynhau ei thrydedd botel o siampên efo'i thad. Teg oedd dweud bod Mal a Karen, erbyn amser bordio, yn feddw bicls.

Rhoddodd Wendi'r tocynnau i'r stiward gan wenu'n glên arno. Gwenodd yntau'n glên yn ôl, ond buan iawn y trodd y wên yn wg pan dorrodd Mal andros o wynt a dechreuodd Karen giglan fel merch fach ysgol. Gwnaeth hyn i Mal ddechrau chwerthin yn afreolus, er gwaetha pwniad hegar gan Wendi.

'Would you mind stepping aside, sir, and you as well, miss,' gorchmynnodd y stiward.

Ymddangosodd stiward arall o rywle.

'What's the matter?' holodd Wendi..

'I'm afraid your husband and daughter will not be allowed to fly due to their drunken state,' esboniodd hwnnw. Stopiodd y giglan yn syth. Byddai Wendi wedi gwneud unrhyw beth i'r ddaear agor oddi tani y funud honno. Teimlai lygaid y teithwyr eraill i gyd wedi'u hoelio ar y pump ohonyn nhw. Sôn am gywilydd ac embaras. 'They will have to take another, later flight.'

'Fine,' brathodd Wendi heb feddwl ddwywaith.

'Be? Dwyt ti erioed yn mynd hebddon ni?' slyriodd Mal gan geisio sobri orau y gallai.

'Yndw. Tyd, Gari. Ac ma Bradley bach yn dod efo ni hefyd,' llygadrythodd Wendi ar ei merch. 'Dach chi'ch dau ddim ffit.'

Yna, camodd Wendi yn ôl at y ddesg a Gari'n gwthio'r bygi tu ôl iddi, a dangos y tri cherdyn bordio oedd yn dal yn ei meddiant. Heb edrych yn ei hôl aeth Wendi, yng nghwmni ei mab a'i hŵyr bach, tuag at yr awyren gan adael ei gŵr a'i merch yn syllu'n feddw ar eu holau.

'Waw! Ma'r lle 'ma'n amêsing!' rhyfeddodd Gari gan archwilio pob twll a chormel o'r *suite* foethus. 'Ma o'n fwy na'n tŷ ni i gyd efo'i gilydd!'

Roedd yna ddwy ystafell wely yn cynnwys wardrobs

enfawr – mor fawr yn wir fel y gellid cynnal partis tu mewn iddyn nhw, dwy ystafell molchi, ystafell fyw a dwy soffa liw hufen yn eistedd tri, teras eang a phwll nofio preifat a golygfeydd godidog o'r môr. Roedd Bradley wedi dotio at y lle hefyd, a'i goesa bach yn cicio'n fodlon yn y bygi. Gwenodd Wendi; oedd, mi oedd y lle yn hollol anhygoel. Roedd cael eu cludo o'r maes awyr i'r gwesty yn y Rolls Royce Phantom wedi bod yn brofiad hynod wych.

'Un fel hyn sgin Alan Sugar,' sibrydodd Gari wrth ei fam yng nghefn y Phantom wrth i hwnnw'n hwylio'n urddasol ar hyd y ffordd i'r gwesty. Sôn am deimlo fel brenhines.

Roedd hi bellach wedi cyrraedd ei phalas ac roedd hi wirioneddol ar ben ei digon. Iesgob, tasa ei ffrindiau'n gallu ei gweld hi rŵan, meddyliodd. A be am Gwyn a Nicola? Toeddan nhw ill dau ddim hyd yn oed wedi aros yn unlle tebyg i'r gwesty yma. Dyma beth oedd crandrwydd. Roedd pob twll a chornel yn cyfleu cyfoeth. Ac roedd angen bod yn berchen ar dipyn go lew o hwnnw i allu fforddio aros yn y fath baradwys. Roedd Wendi bron yn siŵr ei bod wedi gweld cip ar ryw seren bop enwog yn cerdded drwy'r dderbynfa pan gyrhaeddon nhw.

Ar ôl dadbacio, aeth y tri ohonyn nhw draw i un o'r tair ystafell fwyta oedd allan ar y teras yn wynebu'r môr. Ar ôl cael eu tywys i eistedd, archebodd Wendi wydriad o siampên iddi'i hun, a Coke i Gari. Wrth iddi edrych o'i chwmpas sylwodd Wendi mai cyplau oedd y rhan fwyaf o'r gwesteion, gydag ambell deulu ifanc yn eithriad, yn amlwg ar eu mis mêl ac wedi dod â'u hepil efo nhw. Gwenodd ambell wraig yn gydymdeimladol ar Wendi wrth ei gweld yn ddigymar. Gwgodd ambell un arall arni, yn amlwg yn gweld gwraig ddigymar yn fygythiad yn syth bin.

Trodd Wendi a gwenu ar y wraig oedd yn syllu ar y tri ohonyn nhw o fwrdd cyfagos.

'My husband was unavoidably delayed, unfortunately. He'll be joining us in a day or two,' esboniodd gan sipian ei siampên.

'Work commitments can be a drag sometimes,' meddai'r wraig yn ddiflas. Roedd hi'n dripian o aur a jinglarins, a'i hagwedd wedi newid yn syth ar ôl deall bod yna *better half* wedi'r cwbwl. 'Enjoy your stay, this is our fifth time here. We absolutely love it here, don't we Michael.'

Byddai'r wraig wedi gwenu arni petai'n gallu, ond oherwydd ei thriniaethau Botox roedd ei gwep yn hollol ddifynegiant. Yn wahanol i'r wraig, gwenodd Wendi heb oleuo dim arni beth oedd y gwir reswm dros absenoldeb ei gŵr.

Archebodd Wendi salad cimwch iddi'i hun a stecan i Gari. Gofynnodd a allai'r cogydd goginio *spaghetti bolognese* i Bradley. Doedd hynny'n ddim problem o gwbwl, a gwenodd y gweinydd ar Wendi ac ar y bychan. Tra oeddan nhw'n disgwyl am eu bwyd aeth Gari am dro bach efo Bradley i gyfeiriad y traeth, cyn i hwnnw ddechrau laru a phenderfynu cael strancs unwaith eto.

Sipiodd Wendi ei diod yn araf, yn mwynhau pob cegiad. Petai'r Mal wirion 'na heb yfed fel ych a meddwi'n racs, yna mi fysa fo efo hi rŵan yn eistedd yn edrych allan ar y môr yn gwylio'r haul yn machlud yn y gwesty bendigedig yma, meddyliodd. Ond na, roedd yn rhaid iddo fo ddifetha pob dim. Doedd Mal ddim yn gwybod ystyr y gair cymedroldeb. *All or nothing* oedd hi efo fo bob amser. Ond yn rhyfedd iawn, sylweddolodd Wendi doedd hi ddim yn ei golli. A deud y gwir, roedd yn deimlad reit braf bod hebddo fo. Edrychodd ar y gadair wag dros y ffordd iddi ac am un foment wyllt dychmygodd fod Ioan Rhys, o bawb, yn eistedd ynddi. Ei ddychmygu'n eistedd gyferbyn â hi; ei ddychmygu yn llewys ei grys, crys cotwm glas oedd yr un lliw â'i lygaid; ei ddychmygu'n codi ei wydr fel petai'n cynnig llwnc-destun i'r ddau ohonyn nhw. Dychmygu Ioan yn gwenu arni. Dadebrodd Wendi. Blydi hel! Ma'r siampên yma wedi mynd i mhen i, hynny a jet lag, meddyliodd. Be haru ti'n meddwl y ffasiwn beth? Gwthiodd y llun o'i meddwl mor sydyn ac y daeth o yno. Cododd o'i sedd ac aeth i chwilio am Gari a Bradley.

Cnoc i'r coconyt

Tridiau yn ddiweddarach, fe landiodd Mal a Karen. Erbyn hynny roedd Wendi a'r hogia wedi sefydlu rhyw fath o rwtîn bach i'w diwrnod. Codi, brecwast yn eu stafell, wedyn mynd lawr i'r traeth, nap bach i Bradley tra oedd Gari a Wendi'n darllen ar eu *decking* ger eu pwll nofio personol, ac yna, ar ôl cinio bach ysgafn, 'nôl i'r traeth. Er bod y gwesty'n cynnig amrywiaeth o weithgareddau megis hwylio a snorclo a *gym* gyn- hwysfawr doedd 'run ohonynt yn apelio at Wendi na Gari – yn enwedig Gari, a oedd wedi ymgolli'n llwyr yn nyddiaduron Alastair Campbell.

Ar yr ail fore, pan oedd Bradley yn cael ei nap, mi gododd Gari ei ben o'i lyfr a holi, 'Mam, ga' i fynd i breifet sgŵl?'

'Be?'

Rhoddodd Wendi ei chylchgrawn i lawr.

'Preifet sgŵl, ga' i fynd? Plis? Ychydig dros bedair mil y flwyddyn fysa fo'n gostio, dwi 'di sbio ar y we.'

'Pam wyt ti isio mynd i ysgol breifat?'

'Meddwl y bysa fo'n ehangu ngorwelion i. A 'swn i'n ca'l mwy o gyfleon a manteision mewn ysgol felly,' meddai Gari'n ddwys.

'Ti'n gneud yn iawn lle wyt ti.'

Yn wir, roedd Gari'n gwneud yn fwy nag iawn, ac yntau ben ac ysgwydd yn uwch na'i gyfoedion yn academaidd. Y gwir amdani oedd ei fod yn ddigon da i sefyll ei arholiadau TGAU y flwyddyn honno, ac yntau'n ddim ond deuddeg oed.

'Ond dwi isio gneud yn fwy na jyst iawn,' aeth Gari yn ei flaen. 'Oeddat ti'n gwbod mai ysgol breifat gafodd Bill Gates, Daniel Radcliffe, Michael Douglas, a Michael McIntyre? Heb sôn am bobol fel John F Kennedy, David Cameron, Nick Clegg a George Osborne. Plis ...'

Roedd Gari'n amlwg wedi bod yn gneud ei waith cartref.

'Gawn ni weld, ia. A gawn ni weld be ddudith dy dad.'

'Hy! Dwi'n gwbod yn iawn be ddudith hwnnw rŵan – no wê.'

'Ti'm yn gwbod, Gari.'

'Cym on, Mam. Dwi'n nabod Dad. A chditha hefyd. Plis ...' meddai'n daer wedyn.

Oedd, roedd Wendi'n nabod Mal ac fel Gari yn gwybod yn iawn be fyddai ei ymateb. Ond pam ddylai hynny rwystro'u mab rhag gwireddu ei freuddwyd? Roedd hi'n amlwg fod Gari yn fachgen arbennig, a doedd dim dwywaith nad oedd yn hogyn peniog dros ben. Mi fysa ysgol breifat yn gwneud byd o les iddo fo ac yn ei siwtio'n well, falla.

Er nad oedd Gari wedi erioed wedi cyfaddef hynny, roedd Wendi'n amau bod ei mab yn cael ei fwlio yn yr ysgol. Dôi adref yn aml wedi 'colli' rhywbeth neu'i gilydd: ei bres cinio un tro a'r cradur bach yn cyrraedd adref ar ei gythlwng; dro arall, ei gâs pensiliau, a hyd yn oed un o'i esgidiau un diwrnod. Y pris roedd yn rhaid ei dalu am fod yn wahanol, falla. Roedd o i fyny iddi hi felly i wneud yn siŵr fod potensial Gari yn cael ei wireddu a bod yr hogyn yn cael chwarae teg. Os oedd

Gari â'i fryd ar fynd i ysgol breifat, rŵan bod y modd ganddyn nhw yna doedd dim rheswm yn y byd pam na châi o fynychu ysgol felly. A doedd snobyddiaeth tu chwith Mal ddim yn mynd i rwystro a difetha ei addysg.

'Paid ti â phoeni. Ga' i air efo dy dad.'

'Wir? Siriys?'

'Os wyt ti rili isio mynd, yna mi gei di. Gad ti dy dad i mi.'

Gwenodd Gari ar ei fam. Roedd y ddau yn dallt ei gilydd i'r dim. Doedd dim dwywaith nad hogyn ei fam oedd Gari.

'Dwi am siwio'r maes awyr 'na. Dydi o ddim yn iawn fod Karen a fi wedi colli tridiau o'n holides,' taranodd Mal wrth helpu ei hun i gwrw oer o'r mini bar tra oedd Wendi'n dadbacio'i ddillad. 'Saff Dduw fod 'na ddwy sêt wag ar ffleit gynharach na be gafon ni. Dydi o ddim yn iawn, yli.'

Doedd o ddim yn iawn fod Mal a Karen wedi rhoi clec i dair potelaid o siampên a meddwi'n gachu rwj chwaith, meddyliodd Wendi wrth osod bag molchi Mal wrth ochor ei bag hi yn y stafell molchi. Ond ddudodd hi ddim byd.

Doedd Karen, yn wahanol iawn i'w thad, yn cwyno dim am yr oedi. A deud y gwir, dyna'r peth gorau oedd wedi digwydd iddi, ar wahân i ennill y loteri wrth gwrs.

Ar yr awyren roedd hi wedi cyfarfod ag Alistair Ford-Conway, oedd yn digwydd bod yn eistedd yn y sedd agosa ati. Brocer i gwmni insiwrans yn Mauritius oedd Alistair ac yn dychwelyd yno. Roedd o wedi bod draw gartref yn Alderley Edge, ger Manceinion, ar gyfer cynhebrwng ei daid.

Ar ôl iddi gydymdeimlo'n llaes efo fo a'i holi'n gynnil am ei statws priodasol a darganfod, er mawr lawenydd iddi, ei fod newydd wahanu oddi wrth ei gariad, dyma hi'n ara bach, yn union fel sgotwr profiadol yn rhwydo'i ddalfa, yn dechra rhwydo'i physgodyn i mewn. Doedd hi ddim yn mynd i ollwng ei gafael ar y bachiad yma ar unrhyw gyfri. Ffliciodd a chwaraeodd â'i gwallt oedd yn donnau hir, euraid, a gwthio'i ffrog *designer* drudfawr i fyny gan ddangos ychydig bach mwy o goes. Gwenodd a chwerthin yn ddel ar ben ei jôcs smala. Ar ôl saith awr o fflyrtio hegar aeth yr awydd a'r nwyd yn ormod i'r cwpwl, ac ymneilltuodd y ddau i'r toiledau, lle'r ymunodd Karen ag aelodaeth ecsclwsif y Mile High Club. Ac ar ôl glanio, cyrraedd y gwesty, dadbacio'n frysiog a rhoi sws sydyn i Bradley, neidiodd Karen i dacsi a'i g'luo hi am y brifddinas, Port Louis, i gyfarfod ag Alistair am fwy o ryw gwyllt.

'Mi fysat ti'n meddwl y bysa hi wedi aros i ga'l swpar efo ni o leia,' meddai Wendi.

Cododd Mal ei aeliau'n awgrymog.

'Dwi'n meddwl mai math arall o fyta sgin Karen ni mewn golwg.'

'Mal!' dwrdiodd Wendi, yn flin ei fod mor gwrs o flaen Gari a Bradley.

'Wyt ti 'di sôn wrth Dad mod i isio mynd i breifet sgŵl?' gofynnodd Gari.

'Be 'di hyn am breifet sgŵl?' holodd Mal, a llond ei geg o fwyd.

'Gari fysa'n lecio mynd i ysgol breifat. Dwi'n meddwl ei fod o'n syniad da. Geith o fwy o chwara teg a chyfleon yn fanno, ac mi fedran ni fforddio hynny rŵan, dim problem ...'

'Hold on, hold on, no wê ma mab i mi yn mynd i ryw breifet sgŵl ponslyd. O'dd comprehensif yn ddigon da i mi ac mae o'n ddigon da i Gari hefyd.'

Edrychodd Gari ar Wendi a'i wyneb yn deud, 'Ddudis i wrthat ti.'

'Ond mi fedran ni ei fforddio fo, ac yli addysg dda fysa fo'n ei cha'l.'

'Tydi addysg ysgolion preifat yn ddim gwell nag addysg ysgolion eraill, dallta, jyst dy fod ti'n talu drwy dy drwyn amdani.'

'Mae o'n mynd, a dyna ddiwadd arni,' meddai Wendi'n dawel ond yn gadarn.

Agorodd llygaid Gari'n fawr: doedd o erioed wedi clywed ei fam yn tynnu'n groes i'w dad. Fel arfer, aros yn dawel a deud dim fydda hi.

'Gawn ni weld am hynna,' cododd Mal ei lais a dechreuodd y ciniawyr eraill droi eu pennau i gyfeiriad eu bwrdd. 'Wel, ar f'enaid i!' bloeddiodd Mal dros y lle gan roi ei gyllell a'i fforc i lawr yn swnllyd. 'Steven Gerrard!'

Fel bwled, cododd a'i nelu hi i gyfeiriad un o'r byrddau eraill a dechrau ysgwyd llaw a slapio cefn y pêl-droediwr yn galed. Roedd hi'n berffaith amlwg o wyneb hwnnw nad oedd o ddim yn hapus o gwbwl fod rhywun wedi tarfu arno yn y fath fodd.

'Pam ma Dad mor embarasing?'

Ochneidiodd Wendi a syllu ar ei gŵr yn gwneud ffŵl go iawn ohono'i hun. 'Wn 'im, Gari bach. Wn 'im.'

'Newch chi edrach ar ôl Bradley heddiw?' holodd Karen wrth gamu i mewn i *suite* ei rhieni. Roedd hi fel model, meddyliodd Wendi. Ei gwallt wedi'i roi i fyny, pob blewyn yn ei le, a'i mêc-yp yn berffaith, a hithau'n ddim ond hanner awr wedi naw o'r gloch y bore.

'Eto?' Hwn oedd y pumed diwrnod i Karen ofyn iddi warchod. Prin roeddan nhw wedi'i gweld hi ers iddi gyrraedd Mauritius gan ei bod hi'n treulio pob awr o'r dydd a'r nos yng nghwmni Alistair. 'Does gin yr hogyn 'na ddim gwaith i fynd iddo fo?'

'Ma ganddo fo wsnos i ffwrdd, ac mae o 'di bod yn dangos y seits i mi.'

'Ydi, mwn,' meddai Mal o dan ei wynt.

'O God, mae o'n amêsing. Dwi rioed wedi cyfarfod neb fatha fo.'

'Dyna be ddudist ti am Liam, ac yli sut un o'dd hwnnw,' atgoffodd ei mam hi.

'O na, ma hyn yn wahanol.'

Yndi wir, gobeithio, meddyliodd Wendi. Roedd yr atgof o Liam ar eu stepen drws yn crefu'n bathetig am bres er mwyn iddo allu diwallu ei hen habit afiach yn dal yn rhy fyw yn ei chof.

'Dwi in lyf, big teim. Ac mae o in lyf efo fi.'

'Rhad ar y cradur bàch,' datganodd Mal gan godi o'i wely a dechrau crafu'r lympiau coch oedd yn gorchuddio'i goesau, olion brathiadau mosgitos oedd wedi bod yn gwledda ar ei gorff.

'Sawl gwaith sy isio deud wrthat ti, Mal. Paid â crafu!'

'Ffernols yn cosi, tydyn.'

Er i Wendi grefu a chrefu ar Mal i ddefnyddio *mosquito repellent* fel pawb arall, roedd o'n meddwl ei fod yn gwbod yn well ac wedi gwrthod yn lân â chwistrellu'r fath stwff drewllyd drosto. Ond roedd o bellach yn talu'r pris.

Yn anffodus, ers iddo lanio arni doedd corff Mal ddim

wedi bod yn ymdopi'n rhy dda â'r ynys baradwysaidd. Yn ogystal â chael ei fwyta'n fyw gan fosgitos, roedd o hefyd wedi bod yn dioddef yn enbyd o wres pigog. Roedd ei frest a'i wyneb yn un rash coch oedd yn cosi ac yn pigo am yn ail. Cradur chwslyd fuodd Mal erioed ac roedd hi'n amlwg nad oedd ei gorff yn dygymod yn dda o gwbwl efo gwres llethol. Rhwng ei holl anhwylderau edrychai fel petai rhyw anfadwch mawr wedi cael gafael arno ac y dylai fynd o gwmpas â chloch fawr o gwmpas ei wddw yn gweiddi 'Gwahanglwyf, gwahanglwyf!'

Er ei holl gwyno, doedd o'n cael fawr o gydymdeimlad gan Gari na Wendi. Fysa Ioan Rhys byth, byth yn dioddef o wres pigog na brathiadau mosgitos, meddyliodd Wendi pan oedd hi'n brwsio'i dannedd.

Stopiodd ac edrych arni ei hun yn y drych enfawr, ei gwallt lliw gwinau'n sticio i fyny fel draenog ac olion cwsg yn dal ar ei gwedd. Pam yn y byd mawr roedd y dyn yna'n mynnu ymwthio i mewn i'w meddyliau hi? Roedd hi'n methu cael eu cyfarfyddiad yn y maes awyr allan o'i meddwl. Neithiwr, pan oedd hi a Mal yn caru, os caru allech chi ei alw fo, daeth Ioan i'w meddwl, ac am un foment wyllt dychmygodd mai fo oedd yn y gwely efo hi. Ond buan iawn y diflannodd y ffantasi honno efo Mal yn bustachu uwch ei phen. Roedd caru efo Mal yn atgoffa Wendi o'r gân nid anenwog honno, yr 'Hokey Cokey'. I mewn ac allan oedd byrdwn Mal hefyd.

'Dwi'n mynd i brynu bocs,' torrodd Mal ar draws ei meddyliau. Pwysai ar ddrws y stafell molchi yn cosi ei goes chwith.

'Bocs? Be ti'n feddwl – bocs?'

'Bocs ecsclwsif yn Anfield, 'de.'

'Be ydi peth felly?'

Fel Gari, doedd Wendi erioed wedi cymryd diléit yn y biwtiffyl gêm.

'Lownj grand lle ti'n ca'l mynd â dy fêts cyn ac yn ystod gêm. Ma'n costio bom, miloedd, sdi, ond duwcs, dim ond piso yn y môr ydi o rŵan, 'de.' Roedd Mal yn crafu ei goes chwith yn wyllt erbyn hyn. 'Ti'n ca'l pryd o fwyd *slap-up* cyn pob gêm. Ma 'na le i ti fetio yna – a bar, wrth gwrs.'

Wrth gwrs, meddyliodd Wendi.

Aeth Mal yn ei flaen, 'Ers pan o'n i'n hogyn bach dwi 'di bod yn sbio i fyny ar y bobol sydd yn y bocsys 'na a meddwl y byswn i'n lecio bod yn fanna. A rŵan mi fedra i. Mi dwi'n medru fforddio bod yn fanna. Dwi'n un ohonach chi, latsh. Mi fydd hogia'r clwb yn sâl pan dduda i wrthyn nhw mod i wedi prynu bocs. Bastad lwcus, dyna be fyddan nhw'n ei ddeud. Ddudis i wrth Steven neithiwr mod i'n mynd i ga'l un.'

Siaradai Mal am gapten tîm Lerpwl fel petai'n gyfaill mynwesol iddo, ac roedd o'n ymddwyn fel petai'r ddau'n gyfeillion hefyd. Mynnai fynd draw i siarad â'i 'fêt newydd' pan fyddai'n ei weld ar y traeth, a byddai'n cynnig prynu diod iddo pan fyddai'n ei weld yn un o amryfal fariau'r gwesty. Roedd hi'n berffaith amlwg i bawb ond Mal nad oedd gan y bonwr Gerrard affliw o ddiddordeb mewn ymgomio nac ymgyfeillachu ag un o'i ffans, ac fe fyddai'n ochorgamu heibio i Mal er mwyn ei osgoi bob tro y byddai'n ei weld.

'Dyna chdi 'ta.' Cadwodd Wendi ei brwsh dannedd yn ôl yn y gwydr. 'Mi gei di dy focs ac mi geith Gari ei ysgol. Pawb yn hapus.'

Gwenodd ar ei gŵr yn y drych. Cyn i Mal gael cyfle i ateb, caeodd ddrws y stafell molchi yn ei wyneb.

Y pnawn hwnnw, ar ôl dyddiau o berswadio gan Gari, roedd Wendi wedi bwcio'i hun i mewn i spa'r gwesty am bampyr.

'Dos yn dy flaen, Mam, ti'n ei haeddu o. Neith les i ti,' pwysodd ei mab. Weithiau roedd Wendi'n amau'n fawr p'run oedd y plentyn a ph'run oedd y rhiant.

Mi gafodd hi'r wyrcs. Wacsio'i haeliau, *facial*, aromatherapi a *massage*. Bu bron iawn iddi fynd i gysgu ar un adeg; doedd hi ddim wedi ymlacio fel hyn ers blynyddoedd. Dechreuodd ei meddwl grwydro ...

Meddyliodd pa fath o dŷ fydden nhw'n ei brynu ar ôl mynd adra. Doedd hi ddim eisiau symud yn rhy bell o'r pentref lle roeddan nhw'n byw rŵan: roedd yn gyfleus i'r dref ac, yn bwysicach, yn gyfleus at ei thad. Ond mi fyddai 'na le i Harri Edwards yn y tŷ newydd siŵr iawn. Fyddai ddim raid iddo fo fyw yn y Cartref bellach. Roedd y sesiynau ffisiotherapi roedd yn eu cael yn gwneud byd o les. Oherwydd rheini a'i natur benderfynol i wella, roedd o wedi canu'n iach i'r pulpud ac yn cerdded ddigon del hefo ffon bellach.

Pan ffoniodd hi y bore hwnnw, roedd hwyliau ardderchog arno fo. Doedd Gwyn a Nicola byth wedi galw i'w weld – syrpréis, syrpréis. Ond doedd hynny ddim i'w weld yn poeni ei thad o gwbwl. Roedd o mewn gormod o fyd yn deud hanes dau o drigolion y Cartref oedd wedi bod yn caru, a fynta wedi marw ar y job, chwadal ei thad.

'Meddylia!' chwarddodd ochor arall i'r lein. 'Ca'l *leg-over* a fynta'n wyth deg saith. Am ffordd i fynd! Yr unig beth, 'te, doedd Celia ddim yn hapus iawn.'

'Pam, 'lly?' holodd Wendi, wrth ei bodd yn clywed ei thad yn adrodd stori.

'Wel, yn un peth, doedd hi ddim yn hapus iawn fod ei gŵr hi wedi marw, ac yn ail ei fod o wedi cicio'r bwcad yn pwmpio dynas arall. A gwranda ar hyn 'ta, pnawn ddoe, yng nghanol gêm bingo, a finna o fewn un nymbar i ga'l hows, mi gododd Celia ei beiro a'i nelu hi'n fwriadol at lygad Annie, yr hen wreigan 'ma o'dd wedi cysgu efo Dic, ti'n gweld. Roedd hi o fewn trwch blewyn i dynnu ei llygad hi allan, wir Dduw i ti rŵan.

'Be ddigwyddodd wedyn 'ta?' Lwcus nad oedd cost yr alwad ffôn o ynys Mauritius i Ynys Môn yn poeni dim arni, gwenodd Wendi.

'Wel, nath Annie ddim lol ond codi o'i chadair a rhuthro draw at gadair Celia a dechrau tynnu ei gwallt hi, a honno newydd ga'l siampŵ a set y bora hwnnw. Aeth hi'n flêr go iawn wedyn – y ddwy'n tynnu gwalltiau'i gilydd ac yn cripio, yn cicio ac yn poeri. Roedd o'n well na gwylio *Countdown,* dwi'n deud wrthat ti. Mi gafodd Gwyneth a'r genod uffar o job gwahanu'r ddwy. Ma Celia'n mynnu bod Annie'n symud i hôm arall rŵan.'

'Dach chi'n meddwl y bydd raid iddi?'

'Synnwn i damad. Am ddynas saith deg naw ma lastig ei blwmar hi'n dal yn llac. 'Swn i ddim yn lecio meddwl sut stad sydd ar ei fflaps hi erbyn hyn ...'

'Ia wel, ym ... well i mi fynd rŵan, Dad,' torrodd Wendi ar draws ei thad cyn i hwnnw ga'l cyfle i ymhelaethu ar *chassis* yr hen Annie. 'Ma'n amser i Bradley ddeffro o'i nap.'

'Does gin hwnnw ddim mam i edrach ar ei ôl o? Lle ma honno?'

Gwyddai Wendi'n iawn fod ei thad yn meddwl ei bod hi'n magu gormod ar Bradley a bod Karen yn cymryd mantais o'i mam yn rhy amal. 'Fydd yr hogyn bach 'na ddim yn gwbod p'run ohonoch chi'ch dwy ydi ei fam o,' oedd sylw ei thad yn aml. Ond roedd Wendi wrth ei bodd efo Bradley ac yn gwarafun dim ei bod yn gorfod edrych ar ei ôl o. Ifanc oedd Karen, ac roedd hi'n gallu cydymdeimlo â'i merch i raddau – a hithau wedi bod yn yr un sefyllfa yn union ei hun. Doedd Wendi ddim wedi bod mor ffodus â Karen i gael ei mam o gwmpas i'w helpu i ysgafnhau'r baich pan oedd hi'n ei magu hi. Yn wahanol i Karen, roedd ganddi hi ŵr, ond roedd hwnnw wedi bod yn gymaint o help â bylb wedi ffiwsio.

'O ia, gesiwch pwy welis i yn y maes awyr,' cofiodd Wendi'n sydyn gan newid y stori'n gyfleus yr un pryd.

Aeth Wendi yn ei blaen i sôn wrth ei thad ei bod hi a Gari wedi gweld Ioan Rhys a'i fod yn cofio'n gynnes ato.

'Hen hogyn iawn, a'i fam a'i dad yn ddau o'r petha clenia fyw 'fyd – er bod y ddau wedi marw bellach. Gweithio efo'r petha telefision mae o, 'de. Deud y *news* yn hwyr a ballu. Hen raglen ddiflas ar y naw. Byth yn edrach arni hi fy hun.'

A'i llygaid ynghau a'i chorff bron yn noeth yn cael ei dylino'n dyner a cherddoriaeth ymlaciol yn y cefndir, crwydrodd meddwl Wendi i dir anghyfarwydd a pheryglus iawn. Dychmygodd mai dwylo Ioan oedd yn ei chyffwrdd ac yn crwydro ar hyd ei chorff: ei fys yn cyffwrdd ei gwefusau'n dyner, yna'n crwydro'n ysgafn fel pluen i lawr ar hyd ei gwddf, gan gyrraedd ei brest; ei wefusau'n cusanu ei bronnau'n dyner a'i fys wedyn yn cario ymlaen ar ei siwrnai'n ddeheuig, yn rhedeg i lawr ei bol gan wneud cylchoedd ysgafn o gwmpas ei botwm bol. Dychmygodd ei fys yn rhedeg i lawr, i lawr, nes cyrraedd ei ...

Agorodd Wendi ei llygaid a chodi oddi ar y gwely'n wyllt.

'Is everything okay?' holodd merch y spa yn llawn consýrn.

'I'm very sorry, I'm not feeling well. I'll have to go,' mwmialodd Wendi gan wisgo amdani ar frys. Rhuthrodd allan o'r spa gan adael y ferch yn syllu'n syn ar ei hôl.

'Mam! O, diolch byth! Dwi 'di bod yn trio dy ffonio di.'

Roedd y rhyddhad yn amlwg ar wyneb Gari pan welodd ei fam yn cerdded i fewn i'r dderbynfa.

'O'n i 'di gadael fy ffôn yn fy stafell. Pam? Be sy? Be sy 'di digwydd? Ydi Bradley'n iawn?' gofynnodd Wendi a'i chalon yn rasio.

'Yndi, ma Bradley'n iawn. Dad. Mae o 'di brifo. Ma ambiwlans newydd fynd â fo i'r ysbyty.'

'Be? Be ddigwyddodd?'

'Mi ddisgynnodd coconyt ar ei ben o.'

'Coconyt?'

'Ia. Ar ôl i chdi i fynd i'r spa mi heliodd Dad fi i fynd â Bradley am dro yn ei fygi, ac o be dwi'n ddallt mi a'th o i orweddian o dan goedan goconyt.'

'Y mwnci gwirion,' ochneidiodd Wendi. 'Ydi o'n iawn?'

Roedd digonedd o arwyddion o gwmpas y gwesty yn rhybuddio pobol i beidio â gorweddian o dan y coed coconyt. Falla fod Mauritius yn ynys drofannol ramantus ond fe allai cnoc i'r coconyt gan goconyt fod yn gnoc angheuol.

'Roedd ei geg o'n iawn, beth bynnag. Roeddan nhw'n trio mynd â fo i mewn i'r ambiwlans pan gyrhaeddodd Bradley a finna yn ein holau. "Take your fucking hands off me. I don't need to go to a fucking hospital!" dyna roedd o'n ei weiddi dros y lle.'

'O-réit, Gari,' gwingodd Wendi wrth glywed Gari'n gwatwar ei dad. 'Tyd, awn ni i ordro tacsi i fynd â ni i'r ysbyty.'

Er mawr ryddhad, doedd Mal ddim wedi brifo'n ddrwg iawn. O fod yn anlwcus roedd o wedi bod yn hynod o lwcus gan ei fod wedi cael ei daro yn ei wyneb yn hytrach nag ar ei ben, a diolch hefyd mai coconyt gweddol fach oedd hi. Serch hynny, roedd ganddo glamp o glais yr un maint â'i ddwrn ar ei foch. Ond ei falchder oedd yn brifo yn fwy na dim.

'Hwyr glas i ni fynd adra, wir,' medda fo yn ei wely 'nôl yn y gwesty'r noson honno, gan grafu ei groen oedd yn goch ac yn cosi'n drybeilig.

"Swn i'n medru aros yma am byth,' meddai Wendi.

'Fysat ti ddim. Fysat ti wedi diflasu ac wedi mynd rownd y blincin bend yma.'

'Wn 'im. Fedri di neud hynny adra 'run fath.'

'Be ti'n feddwl?' Syllodd Mal yn syn ar Wendi.

Ochneidiodd Wendi. 'Dim byd, Mal bach. Dim byd.'

Diffoddodd y lamp wrth ei hochor a gwnaeth Mal yr un modd â'i lamp yntau. Gorweddodd y ddau o dan y gynfas gan droi eu cefnau ar ei gilydd a mynd i gysgu.

Home sweet home

'Blydi hel! Be sy 'di digwydd i chdi?' holodd Graham, mêt Mal, pan gerddodd Wendi ac yntau i mewn i'r Crown. 'Ti'n edrach fel tasat ti wedi gneud deuddag rownd efo Mike Tyson, myn uffar i!'

Roedd Mal wedi mynnu ei fod yn mynd am lymaid bach y noson ar ôl iddyn nhw ddod adra ac wedi perswadio Wendi i fynd efo fo. Doedd hi ddim wedi gweld Julie a'i gŵr, Graham, ers sbel ac roedd hi'n edrych ymlaen at ddal i fyny efo hi. Roedd hi hefyd yn edrach ymlaen at ddeud hanes y gwyliau ac wedi mynd â'i iPad newydd efo hi i ddangos y lluniau ac ati.

'Dio'm byd, sdi. Damwain bach ges i pan o'n i yn Mauritius. O'n i'n gorweddian ar y traeth ffantastig 'ma, debyg i hwnnw sydd yn yr adfyrt Bounty, ac mi ddisgynnodd coconyt ar fy mhen i. You've got to take the rough with the smooth when in paradise,' broliodd gan fwytho'r biwtar o glais oedd ar ei foch, a hwnnw â rhyw wawr o wyrddni iddo erbyn hyn. 'Reit, fy rownd i ydi hon. Be gymrwch chi?'

Manteisiodd Graham a Julie ar haelioni Mal ac archebu wisgi *chaser* a dybl fodca a thonic.

'Côt newydd?' holodd Julie yn ddigon surbwch. Astudiodd Wendi o'i chorun i'w sawdl gan sylwi ar y jîns, y bŵts a'r handbag drud, newydd hefyd.

'Ia, wel o'n i angan un. Y llall wedi mynd yn flêr, gin i ers blynyddoedd.'

Pam y teimlai Wendi fod raid iddi gyfiawnhau prynu côt newydd a pham roedd hi'n meddwl hefyd fod 'na dinc o genfigen yn sylw Julie? Dwrdiodd ei hun am fod mor paranoid.

'Pawb yn iawn efo chi?'

'Fel ma nhw, 'de. Mam byth wedi clwad pryd y ceith hi fynd i mewn i ga'l pen-glin newydd.'

'Fuodd mam Mal yn hir yn ca'l gwbod pan gafodd hi un newydd hefyd. Ond ma hi fel ebol blwydd rŵan.'

'Os bydd hi angan gneud y llall, geith hi ei gneud hi'n breifat rŵan, ceith.'

Ceisiodd Wendi anwybyddu ergyd y sylw hwnnw, a dweud, 'Dwi 'di dŵad â llunia i ddangos i ti, o Mauritius ...'

Torrodd Julie ar ei thraws. 'Mi gafodd Helen a Marian homar o ffrae y diwrnod o'r blaen, o flaen y cwmseriaid a bob dim. Marian yn cyhuddo Helen o beidio â thynnu ei phwysa, yn hwyr yn cyrraedd y gwaith ac yn gadal yn gynnar. Helen wedyn yn cega'n ôl, yn ei chyhuddo hi o ddeud clwydda, a'i bod yn pigo arni ac yn ei bwlio hi ers iddi ga'l y job *manageress*.'

'Roedd o'n lle lyfli,' aeth Wendi yn ei blaen. 'Roedd Gari a Bradley bach wrth eu bodda yna.'

'Hei, mi gest ti uffar o gollad eto. Mi nath y *fo* alw yn y ganolfan y diwrnod o'r blaen.

'Fo?'

'Wel y *fo*. 'de, Bryn Fôn – a gesia pwy nath ei serfio fo? Fi. Asu, ma' o'n beth del.'

'Naethon ni gyfarfod Steven Gerrard a'i wraig yn Mauritius.'

'Pwy 'di hwnnw pan mae o adra?'

'Steven Gerrard, capten Lerpwl.'

'Nabod dim arno fo.' Llowciodd Julie ei fodca a'i thonic.

Be oedd yn bod ar Julie heno? Petai Wendi ddim yn ei hadnabod hi cystal, mi fysa hi bron yn mynd mor bell ag amau bod yr hen anghenfil mawr gwyrdd hwnnw o'r enw Cenfigen yn gyfaill mynwesol i'w ffrind y noson honno. Triodd unwaith eto.

'Fysat ti'n lecio gweld llunia o'r holides?'

'Rywbryd eto, ia, does 'na ddim golau da iawn yn fama. Ac ma'r carioci ar fin cychwyn.'

''Na chdi 'ta.' Cadwodd Wendi'r iPad a gawsai ei anwybyddu'n fwriadol gan Julie 'nôl yn ei bag Mulberry.

'Hei, Wends, wyt ti 'di rhoi'r siec i Julie a Graham?' holodd Mal ar ei ffordd i nôl rownd arall i'r pedwar.

'Pa siec?' holodd Julie gan godi ei chlustiau.

Y foment honno doedd gan Wendi ddim rhithyn o awydd rhoi siec o bum mil ar hugain i Julie a Graham. Yn wreiddiol, roedd hi wedi bwriadu rhoi hanner can mil i'r cwpwl, yr un swm ag roedden nhw wedi'i roi i fam Mal a Sonia, ei chwaer, ac roedden nhw'n bwriadu ei roi i Gwyn a Nicola, a'i thad hefyd. Roedd Wendi wedi llwyddo i ddwyn perswâd ar Mal i rannu ychydig o'u henillion â'r teulu, ond roedd hwnnw wedi mynd i dop caets pan soniodd Wendi ei bod hi'n awyddus i roi ychydig i Julie a Graham hefyd.

'Blydi hel, Wendi! Nid y Bank of England ydan ni!'

'Dwi isio rhoi, Mal. Mi fysan nhw'n rhoi i ni tasan nhw 'di ennill. A dwi 'di deud wrth Julie rŵan y cân' nhw rwbath bach.'

'Rho ganpunt iddyn nhw 'ta.'

'Paid â bod yn wirion.'

Felly, ar ôl cryn bwyso, llwyddodd Wendi i'w berswadio fo ar hyd ei din i roi siec o bum mil ar hugain iddyn nhw. Y funud honno roedd Wendi'n cael ei themtio'n fawr i rhwygo'r siec yn ddwy. Ond wnaeth hi ddim.

Aeth Mal yn ei flaen, 'O'n i, a Wendi hefyd, yn cîn iawn eich bod chi'ch dau'n ca'l rwbath bach ganddon ni. Dydi o ddim ond yn iawn fod ffrindiau agos fel chi'ch dau'n ca'l siâr o'n lwc dda ni hefyd. Rho'r siec iddyn nhw, Wendi.'

Estynnodd Wendi'r amlen wen a'i rhoi yn nwylo disgwylgar Julie.

''Dan ni ddim yn gwbod be i ddeud, nachdan, Graham? Diolch yn fawr iawn i chi. Doeddan ni ddim yn disgwl dim byd, siŵr.'

'Asu, diolch yn fawr i chi'ch dau. Blydi hel!' eiliodd Graham gan ysgwyd llaw Mal.

'Duwcs, dim ond rwbath bach ydi o,' meddai Mal wedyn, yn sgwario fel tun bisgedi. 'Braf cael rhoi.'

'Braf ca'l derbyn!' ychwanegodd Julie yn gwenu fel giât – a honno oedd gwên gynta'r noson ganddi. 'Lle ma'r drincs 'na, Mal, i ni ga'l dathlu? Hei, Wendi, be am i ni fynd i Lundan am wicendan? Dwi'm 'di bod yno ers blynyddoedd. Mi fysa hi'n braf mynd i weld sioe neu rwbath a siopa. A ti'n gwybod lle fysan ni'n ca'l mynd am fwyd? I le'r boi 'na sy'n cwcio lot ar y teli – Bryn rwbath. Ma nghneithar wedi bod, ac ro'dd o'n absoliwtli amêsing medda hi. Fysan ni'n pedwar yn medru mynd ar y trên, *first class*, hotel swish. Blydi lyfli.'

'Ia, fysa hynny'n neis,' atebodd Wendi, yn trio ffugio rhywfaint o frwdfrydedd. Sipiodd ei hanner lager, ei chlustiau bach yn brifo wrth i ryw gradur oedd yn meddwl ei fod o'n uffar o foi fwrdro cân Elvis 'Love me tender'. Mi fysa hi'n rhoi rwbath am gael bod 'nôl yn Mauritius ar y teras yn sipian coctel ecsotig. Roedd hi'n mynd i fwcio gwyliau arall yn fuan, penderfynodd.

'A dyma nhw! Y *big winners*! Ffernols lwcus! Sut deimlad ydi ennill y loteri, 'ta?' gwaeddodd Dylan, un o gronis Mal, uwchben y crochlefain. 'Wel, wyt ti am brynu drinc i bawb i ddathlu 'ta, Mal?'

Edrychodd Mal a Wendi ar ei gilydd; roedd y ddau wedi penderfynu'n unfrydol i beidio â chyhoeddi eu newyddion da i'r byd a'r betws ond yn hytrach eu bod am gadw'r peth yn dawel. Sut felly roedd Dylan yn gwbod? Waeth i'r *Post Cyntaf* neu'r *Daily Post* gyhoeddi'r genadwri ddim.

'Sut uffar wyt ti'n gwbod?' gofynnodd Mal iddo'n big.

'Julie ddudodd – naw pwynt un miliwn medda hi.'

'Sori,' mwmialodd Julie, 'nath o jyst slipio allan.'

Slipio allan o faw! Roedd Julie'n gwybod yn iawn ei bod hi wedi gofyn iddi gadw'r peth yn dawel. Ond ddudodd Wendi ddim byd wrthi, dim ond gwenu'n wantan a chymryd sip arall o'i lager.

'Waw!' ebychodd Gari pan barciodd Mal y BMW o flaen tŷ ysblennydd oedd wedi'i leoli ym mhen pellaf dreif breifat. Caeodd ddrws y jîp, yn methu tynnu ei lygaid oddi ar yr adeilad deulawr, modern. 'Ydan ni'n mynd i fyw yn fama?'

'Yndan, gobeithio,' atebodd Mal, yn brasgamu'n eiddgar i gyfeiriad y gwerthwr tai.

'Waw!' meddai Gari unwaith eto.

'Ti'n lecio fo?' holodd ei fam.

'Mae o'n amêsing. Waw!'

'Tyd. 'Dan ni ddim wedi gweld y tu mewn eto.'

Cerddodd y ddau i gyfeiriad Mal a'r gwerthwr tai oedd yn edmygu'r olygfa o'r Fenai a'r Gogarth oedd i'w gweld yn glir. Roedd tu mewn Llys Alaw yr un mor rhyfeddol, os nad yn fwy felly. O'u blaenau roedd grisiau derw traddodiadol, a'r llawr wedi'i orchuddio â theils porslen o'r safon uchaf. Arweiniodd y gwerthwr y tri i'r lolfa fawr, foethus, a sylwodd Wendi'n syth ar y carped lliw hufen oedd hyd yn oed yn fwy trwchus na'r un yng nghartref Gwyn a Nicola.

'Ma'r perchnogion presennol yn fodlon gwerthu'r *fixtures* a'r *fittings* hefyd – pris i'w drafod yn ychwanegol, wrth gwrs,' meddai'r gwerthwr â thafod tew ganddo.

Gwenodd Wendi'n glên. 'Dwi ddim yn meddwl y bydd ganddon ni ddiddorab yn rheiny.'

Ddim dros ei chrogi roedd hi'n dymuno cael carped a soffas crîm fel y rhai oedd yn y lolfa ar hyn o bryd. Be oedd yr obsesiwn yma gan bobol am y lliw crîm? Gweddïai nad hufen oedd y gegin.

'A dyma ni galon y cartra, y gegin,' meddai'r gwerthwr gan eu harwain i glamp o gegin oedd yn cynnwys unedau derw â thopia gwenithfaen du, sgleiniog. 'Ma'r unedau'n rhai derw solad. Does dim MDF ar gyfyl y lle,' eglurodd, gan fynd yn ei flaen i ddangos y *gadgets* di ri. 'Ac mae yma bob mod con y gallwch chi feddwl amdano fo, yn cynnwys peiriant gwneud coffi, *integrated wine cooler*, a Bain Marie *warming drawer*.'

'Be uffar ydi peth felly?' holodd Mal.

'Drôr i gadw bwyd yn gynnas, tebyg i *hostess* troli,' eglurodd ei fab.

Ar y gair, agorodd y gwerthwr y drôr dan sylw, oedd wedi'i leoli o dan y popty. Syllodd Mal ar y gwahanol adrannau lle gellid cadw gwhanol fwydiach yn gynnes.

'Handi ar gyfer eirio nhronsia.'

Bu ond y dim i'r dyn bach gyfogi ar ben y teils carreg naturiol. Llyncodd ei boer yn sydyn. 'A drwodd yn fama ma'r stafell *utility* sy'n arwain i'r garej ddwbwl a'r stafell sbesial yma, wrth gwrs ...'

Agorodd y gwerthwr y drysau dwbwl derw.

'Waw!' ebychodd Gari eto, wedi dotio'n lân.

O'u blaenau roedd pwll nofio hynod o groesawus oedd yn gwahodd hyd yn oed y rhai na allai nofio strocan i blymio i mewn iddo. Roedd digonedd o le o'i gwmpas hefyd i eistedd ac ymlacio, a man pwrpasol i newid a chael cawod ar ôl i rywun fod yn nofio yn y pwll cynnes.

'O, mam bach,' ochneidiodd Wendi a dagrau'n cronni yn ei llygaid. Pwy fysa'n meddwl y bysa hi, o bawb, yn gallu fforddio byw yn y fath dŷ anhygoel?

'Gymeran ni o, ia Mal?'

'Tŵ reit, gymeran ni o.'

'Ond dach chi ddim wedi gweld y *games room* i fyny'r grisia eto,' meddai'r gwerthwr, yn methu credu ei lwc ei fod wedi cael gwerthiant mor handi ar dŷ gwerth dros un pwynt pedwar miliwn o bunnau.

''Dan ni wedi gweld digon, mêt,' meddai Mal gan roi ei fraich o gwmpas ysgwydd Wendi. 'Yn do, Wends?'

'Mwy na digon,' gwenodd hithau gan sychu'r deigryn oedd yn llithro i lawr ei boch.

'Ma 'na *en suite* bathrwm yn y pum stafell wely a *walk-in* wardrobs mewn tair a rhai wedi'u hadeiladu i mewn yn y gweddill.'

'Neis iawn,' meddai Harri Edwards gan gymryd stag sydyn ar y pamffled o fanylion Llys Alaw roedd Wendi wedi'i sodro o dan ei drwyn.

'Mi fydd yn rhaid i mi brynu lot mwy o ddillad er mwyn i mi ga'l rwbath i'w roi yn y wardrobs!' chwarddodd Wendi. 'A glywsoch chi be ddudis i? Pum stafell wely, Dad. Un i fi a Mal, un i Gari, un i Karen ni, un arall i Bradley bach a'r llall i chi.'

'I fi?' Llyncodd Harri Edwards ei fisged Marie yn reit handi.

'Wel ia, siŵr, gewch chi symud i fyw atan ni. Ma 'na ddigonadd o le i chi ac mi fydda inna adra i edrach ar eich ôl chi, yn bydda?'

'Hold on, hold on, David John. Fi'n symud i fyw atach chi?'

'Does dim rhaid i chi aros yn y Cartra 'ma rŵan, nagoes.'

'A be nath i chdi feddwl y byswn i isio symud i fyw atach chdi a'r llwdwn Malcolm 'na?'

'Dach chi ddim am ddŵad atan ni?'

'Arglwydd mawr, nachdw. Tydw i'n berffaith hapus lle rydw i yn fama, mechan bach i. Pam 'swn i isio symud? Ma gin i stafell gynnas, gyfforddus fy hun, ac ma 'na foliad o fwyd gwerth chweil i'w ga'l 'ma. Ma gin i gwmni a ffrindia da. Tydw i wrth fy modd yma.'

'O reit, wela i,' meddai Wendi wedi'i llorio braidd. Ddychmygodd hi erioed y byddai ei thad yn gwrthod ei chynnig.

'Ond diolch yn fawr iawn i ti 'run fath. Ffeind iawn.'
'Dach chi'n siŵr rŵan?'

'Dwi rioed wedi bod mor siŵr o ddim byd, dallta. Ond mi dduda i wrthat ti be 'swn i'n lecio'i ga'l.'

'Be?'

'Ti'n meddwl fysa hi'n bosib i mi ga'l bocs Sky i fi fy hun ?'

'Bocs Sky? Pam dach chi isio peth felly? Ma 'na deledu Sky yn y *day-room* ac ma ganddoch chi delefision bach i chi'ch hun yn eich stafall.'

'Tydw i'n gwbod hynna,' meddai Harri, yn dechra colli'i amynedd. 'Ond ti'n gweld, ma 'na raglenni dwi isio'u gweld, rhaglenni yn hwyr yn y nos a ballu.'

'Pa fath o raglenni?'

'Hitia di befo, mechan i.' Cliriodd Harri ei wddw'n swnllyd a chynnig bisgedan i Wendi.

Ochneidiodd Wendi. 'Mi hola i Gwyneth i weld be sy'n bosib.'

'Da wyt ti, yr hen hogan. O ia, jyst i chi ga'l gwbod, dwi 'di rhoi'r pres 'na roist ti i mi i'r Cartra 'ma.'

'Be? I gyd?'

'Pob un geiniog.'

'Dach chi 'di rhoi hannar can mil o bunnau i'r Cartra 'ma?' Mi fysa Mal yn gwaredu petai'n dod i wybod am haelioni ei thad a hithau wedi cael trafferth i'w gael o i gytuno i roi siâr o'u henillion iddo fo yn y lle cynta.

'Ma fama ei angan o fwy na fi. Be wna i i efo hannar can mil?'

'Mi fysach chi'n gallu prynu petha a mynd i weld llefydd, rwbath fysa chi isio, deud y gwir.'

'Gin i bob dim dwi isio, mechan bach i. Mwy na be dwi isio. Wel, ar wahân i focs Sky, 'te. Paid â meddwl am eiliad mod i'n anniolchgar, ond duwcs, mi geith y Cartra 'ma fwy o fudd o'r pres na cha' i byth. Dim ond ista yn y banc fysa fo fel arall. Pasia sgedan arall i mi, 'nei di?'

Ar y ffordd allan o Breswylfa roedd meddwl Wendi'n troi. Feddyliodd hi erioed y byddai ei thad yn gwrthod ei chynnig i ddod i fyw atyn nhw yn eu cartref newydd; roedd hi wedi cymryd yn ganiataol y byddai'n derbyn yn ddiamod. I goroni'r cwbwl, roedd o hefyd wedi rhoi eu hanrheg o hanner can mil i'r Cartref. Gobeithio nad oedd o ddim yn dechrau drysu. Doedd Gwyneth a'r criw ddim wedi dylanwadu arno fo a'i berswadio fo i roi'r pres i'r Cartref, doedd bosib? Na, meddyliodd wedyn, roedd ei thad o gwmpas ei betha o hyd, yn dal yn berchen ar ei holl farblis er gwaetha'i hoffter o raglenni amheus i oedolion yn hwyr y nos. Chwiliodd am oriad ei Audi yn ei bag.

'Wendi? ... Wendi!'

Roedd rhywun yn galw ei henw. Llais dyn. Trodd rownd ac edrych o'i chwmpas yn y maes parcio. Welai hi neb. Yna gwelodd ddyn tal, hynod drwsiadus yn dod allan o Mercedes arian yn gwisgo jîns, crys glas golau a siaced lwyd. Doedd hi'n nabod dim arno fo. Yna tynnodd ei sbectol haul a'i gosod ar ei ben. Meddyliodd am eiliad ei bod yn dechrau gweld pethau.

'Ioan?'

Llyncodd ei phoeri. Pam roedd ei chalon yn rasio fel dwn i ddim be?

'O'n i'n meddwl ma chdi oedd hi. Ti'n cadw'n iawn? Mynd 'ta dŵad wyt ti? Hei, sut aeth Mauritius? Fama mae dy dad dwi'n cymryd, ia?'

Hawdd oedd dweud mai newyddiadurwr oedd Ioan Rhys o'r modd y saethai gwestiynau tuag ati. Ond roedd gan Wendi ambel gwestiwn i'w ofyn iddo yntau.

'Be ti'n neud yn fama?'

'Ma Anti Nan, chwaer fy nhad, newydd gael ei symud

yma. Hitha hefyd wedi ca'l strôc. Ddim mor lwcus â dy dad chwaith. Un fawr, yn anffodus.'

Roedd o'n cofio am gyflwr ei thad. Ond ma siŵr fod gofyn cael cof fel eliffant yn ei swydd o, meddyliodd Wendi wedyn.

'Ma'n ddrwg gin i glywad.'

'O'n i'n gneud lot efo hi pan o'n i'n fengach. O'n i'n mynd ati i aros bob gwyliau haf – fy nghefndar a finna 'run oed. Sut wyt ti, beth bynnag?'

'Iawn sdi, diolch.' Pam roedd o'n mynnu gofyn sut oedd hi o hyd? Bod yn foneddigaidd, debyg. A pham roedd o'n gneud iddi deimlo fel merch ysgol – yn swil ac yn hunanymwybodol i gyd?

'Reit, well i mi fynd, ma gin i *appointment* gwallt.'

'Paid â'i dorri o. Mae'n dy siwtio di'r hyd yna.'

Llyncodd Wendi ei phoeri eto a dechrau cerdded i gyfeiriad ei char.

'Ella y bysan ni'n gallu mynd am banad neu rwbath y tro nesa dwi i lawr 'ma,' awgrymodd gan roi ei sbectol haul yn ôl ar ei drwyn.

'Rhaid i mi fynd neu mi fydda i'n hwyr.'

'Paid ti â'i dorri fo rŵan,' gwaeddodd Ioan ar ei hôl a rhyw wên fach chwareus ar ei wyneb.

Neidiodd Wendi i mewn i'w char a chael trafferth gyda'r gwregys; am ryw reswm roedd ei dwylo'n crynu a'i chalon yn dal i rasio. Taniodd yr injan a gyrru allan o'r Cartref gan osgoi, o drwch blewyn, mynd â berfa'r garddwr efo hi.

Ymwrolodd. Beth oedd yn bod arni hi? Gwylltiodd efo hi ei hun. Callia, Wendi. Ti'n ddynas yn dy oed a dy amsar. Dynas briod. Yn nain, er mwyn Duw, ac yn bihafio fel hogan ysgol. Pam wyt ti'n gadal i'r dyn yna ffeithio arna chdi fel hyn? Does ganddo fo ddim owns o ddiddordab yndda chdi, siŵr. A ddylia chditha ddim meddwl amdano fo mewn unrhyw fodd chwaith. Ma'r dyn yn gyflwynydd teledu, yn byw yn Llundain. Ac mi wyt ti'n wraig briod yn byw yn Sir Fôn. Rŵan callia, Wendi bach! Falla fod merched sy'n tynnu am eu pedwardegau fel hi yn dechra cael ffantasïau am gyflwynwyr teledu, meddyliodd wedyn. Oedd Ioan wir wedi gofyn iddi fynd am banad efo fo? Wedi camglywed neu gam-ddallt oedd hi, siŵr. A be oedd o'n ei feddwl efo'i 'neu rwbath'?

Ceisiodd feddwl am rywbeth arall, rhywbeth heblaw Ioan blincin Rhys. Pa fath o lenni roedd hi am eu dewis i'r lolfa yn y tŷ newydd, rhai plaen ynteu rhai patrymog? Fe fyddai Gari'n cael ffit biws petai'n gwbod bod Ioan Rhys isio mynd 'am banad neu rwbath' efo'i fam. Gwenodd iddi ei hun. Roedd hi wedi sylwi nad oedd 'na fodrwy briodas ar gyfyl ei fys. Clatsiodd gêrs y car yn wyllt a chymryd cipolwg arni ei hun yn y drych. Cwta. Roedd hi'n mynd i dorri ei gwallt i groen y baw.

Amo, amas, amat

Roedd 'na un arall wedi cyrraedd eto'r bore hwnnw.

Darllenodd Wendi ei gynnwys ac ochneidio'n dawel. Roeddan nhw wedi symud i Lys Alaw ers bron i saith mis bellach ond roedd y llythyrau'n dal i gyrraedd yn ddyddiol.

'Un arall eto?' holodd Mal. Cliriodd ei wddw'n swnllyd gan lyncu fflemsan hyll. Roedd yn fyrrach ei dymer nag arfer a fynta'n dioddef efo un o'i mega hangofyrs – yr ail iddo'i gael yr wythnos honno a hithau'n ddim ond dydd Llun. Y noson cynt roedd o wedi joio sesh hwyr efo Graham a'i gronis ar ôl iddo fo'u gwahodd nhw draw am gêm o pŵl ac ychydig o ganiau.

Roedd Wendi wedi prysuro i glirio'r llanast roeddan nhw wedi'i adael ar eu holau – y caniau cwrw, y botel wisgi wag, a'r *ashtrays* oedd yn gorlifo, cyn i Meira oedd yn llnau iddi ddwywaith yr wythnos landio. Doedd Wendi'n dal ddim yn gyfforddus efo'r syniad fod rhywun yn glanhau ei thŷ ond roedd Mal wedi mynnu.

'Yli, Wends, tydi milionêrs ddim yn llnau bogs, hwfro na smwddio. A tydan ninna ddim chwaith, felly chwilia am *cleaner*. Pronto.'

Ond er iddi gyflogi glanhawraig roedd Wendi'n dal i wagio'r biniau ac yn sychu topiau unedau'r gegin a'r llawr cyn i Meira gyrraedd.

'Darllena hwnna,' meddai Wendi gan stwffio'r llythyr

101

reit o dan drwyn Mal. 'Ma'u hogyn bach nhw'n ddifrifol wael ac ma nhw'n gofyn am bres er mwyn iddo ga'l mynd i Disneyworld.'

'Difrifol wael o faw! Isio holide am ddim ma'r tacla. Lluchia fo i'r bin.'

'Ond ma hwn i'w weld yn un go iawn. Darllena fo.'

'Jyst lluchia fo i'r bin, 'nei di? Be o'dd yr un 'na gafon ni'r wsnos diwetha ...? O ia, isio pres am fod eu merch nhw'n marw o gansar a'u dymuniad ola hi o'dd ca'l nofio efo dolffins. Dyna'r degfed llythyr yn gofyn am ga'l nofio efo blwmin dolffins, dwi'n siŵr! Fedran nhw ddim meddwl am rwbath mwy gwreiddiol na nofio efo blydi dolffins neu fynd i Disneyworld? Blydi con ydi o i gyd. Tydi'r hogyn bach 'na ddim ar ei wely anga mwy nag ydw i. Con i ga'l pres gin bobol hawdd eu twyllo fatha chdi. Tasan ni'n ymateb i bob llythyr 'dan ni wedi'i ga'l, fysan ni'n fethdalwyr erbyn hyn.'

Cipiodd Mal y llythyr o ddwylo Wendi a'i rwygo'n ddarnau mân o'i blaen.

'Mal!'

'Os ydi o'n gneud i chdi deimlo'n well, sgwenna siec am ryw fil neu ddwy at ymchwil cansar ne' rwbath. Ond no wê wyt ti'n dechra rhoi pres i bobol sy'n sgwennu llythyrau begera. Dallt?'

'Pwy sy'n begera?' holodd Gari, yn sgwario o'i hochor hii yn ei wisg ysgol newydd wrth gerdded i mewn i'r gegin.

'Neb. Meindia dy fusnas. Blydi hel! Sbïwch arno fo. Harry Potter, myn uffar i.'

Roedd Gari wedi gwirioni'n lân efo'i iwnifform. Doedd dim cymhariaeth rhwng y crys claerwyn a'r tei streipiog coch ac aur, y siwmper lwyd, heb sôn am y flaser ddu a logo'i ysgol newydd wedi'i frodio'n fawr arni, a'i hen iwnifform o grys polo a chrys chwys diflas, lliw marŵn. Yn y sgidiau lledr du, sgleiniog roedd ei ddwy droed yn ysu am dramwyo coridorau ei ysgol newydd. Doedd dim peryg iddo fo 'golli' un o'r rhain yn Bennetts. Yn wir, doedd Gari ddim wedi teimlo mor gynhyrfus â hyn ers i David Cameron a Nick Clegg gael eu hymrwymo i'w gilydd mewn glân glymblaid.

'Be dach chi'n feddwl o iwnifform fy *ludus* newydd i 'ta?' meddai Gari gan roi *twirl* y byddai Anthea Redfern wedi bod yn falch ohoni.

'Dy *lwdo* di? Am be ddiawl ti'n sôn, hogyn?' Roedd 'na natur rhyw hen feil yn dechra codi yn stumog Mal.

'Fy *ludus* i – ysgol yn Lladin,' esboniodd Gari. 'Mi fydda i'n cael tair gwers Ladin yr wsnos yn Bennetts: *amo, amas, amat, amamus, amatis, amant.*' Roedd Gari wedi dechrau ar ei waith cartref yn barod.

'Dwi'n mynd 'nôl i ngwely.'

Teimlai Mal yn fwy llegach gyda phob eiliad.

'Dwyt ti ddim am ddod i ddanfon Gari i'r ysgol?' holodd Wendi.

'Pam ddiawl 'swn i isio gneud peth felly? 'Nes i ddim ei ddanfon o ar ei ddiwrnod cyntaf i'r ysgol gynradd, naddo. Felly pam 'swn i'n ei ddanfon o rŵan a fynta'n dair ar ddeg?'

'Meddwl y bysa'n neis i ni'n dau ei ddanfon o – cyfla i ti weld yr ysgol gan dy fod ti heb ddŵad efo ni i'r diwrnod agored. Ac ella bysan ni'n medru mynd am dro bach i rwla wedyn. Jyst chdi a fi.'

'Ysgol ydi ys ...'

Cododd Mal oddi wrth y bwrdd, a'r cyfog ar fin cyfarfod â'i donsils erbyn hyn. Brasgamodd i'r tŷ bach ger y stafell *utility*, a chael a chael oedd hi iddo gyrraedd mewn pryd cyn chwydu ei berfedd i'r pan Porcelanosa.

Gobeithio'i fod o wedi llwyddo i anelu'n iawn y tro yma, meddyliodd Wendi. Doedd ganddi hi ddim amser i fopio ar ei ôl y bore hwnnw, a byddai'n beth cas ofnadwy petai Meira'n gorfod ymdrin â'i hen sbrencs o.

Ochneidiodd Gari. 'Tyd, Mam. 'Dan ni ddim ei angan o.'

Gwenodd Wendi'n dila. 'Iawn, 'dan ni ddim isio i chdi fod yn hwyr ar dy ddiwrnod cynta, nagoes?'

Roedd yr ysgol fonedd, â'i ffi flynyddol o un mil ar ddeg, dau gant dau ddeg a dwy o bunnoedd, wedi derbyn Gari â breichiau agored. Cafodd farciau llawn yn ei arholiadau mynediad a phan ofynnodd y Prifathro iddo yn ei gyfweliad pa fath o lyfrau oedd yn apelio ato fo a pha lyfr roedd yn ei ddarllen ar y pryd, cafodd adolygiad cynhwysfawr o lyfr Niall Ferguson, *The Ascent of Money: A Financial History of the World* gan Gari. Welodd y panel cyf-weld erioed fachgen mor ddysgedig oedd yn gallu mynegi ei hun cystal. Fe fyddai'n fraint ac yn bleser ei gael o'n ddisgybl. Yn wir, bron y byddai'r ysgol yn fodlon talu i gael Gari yno: deunydd Oxbridge heb amheuaeth.

'Arafa i lawr, wir Dduw!' cwynodd Mal o sedd y pasenjyr ar eu ffordd i'r ysgol. Roedd ei ben yn dal i ddrybowndian ac arlliw o ryw hen feil yn dal yn ei fol o hyd. Er gwaetha'i brotestiadau nad oedd ganddo rithyn o ddiddordeb mewn danfon ei fab i'w ysgol newydd, mi gofiodd yn sydyn tra oedd ar ei liniau'n taflu i fyny ei fod wedi ffansïo Ferrari oedd ar werth ar gyrion Caer. Gallent fynd draw i'w brynu fo ar ôl danfon Gari. Gan fod Wendi wedi sôn ei bod hi isio mynd am dro, wel, gallai ladd dau dderyn fel hyn.

'Ti'n nerfus?' holodd Wendi Gari.

'Nachdw. Pam 'swn i'n nerfus?'

'Ysgol wahanol, ffrindiau newydd. 'Swn i'n nerfus. Mi fydd yn ddipyn o newid byd i chdi.'

'Mam, fel dudodd Maya Angelou, "Stepping onto a brand-new path is difficult, but not more difficult than remaining in a situation which is not nurturing to the whole woman." Neu, yn fy achos i, "to the whole boy". Ti newydd basio'r troad.'

Giglodd Bradley bach yn ei gadair yn sedd gefn yr Audi fel petai'n chwerthin ar ben sgiliau gyrru ei nain. Ers iddyn nhw brynu ac agor salon trin gwallt a harddwch yn y dre i Karen, roedd Wendi'n gwarchod Bradley bach yn gyson. Yn wir, roedd y bychan wedi galw 'Mam' arni hi fwy nag unwaith a Wendi wedi prysuro i'w gywiro.

Ers y gwyliau yn Mauritius doedd Karen ddim yn mynd allan i glybio mor aml a threuliai'r rhan fwya o'i nosweithiau a'i dyddiau cyn agor y salon ar Skype neu ar y ffôn efo Alistair Ford-Conway. Diolchai Wendi bob dydd doedd dim raid poeni am y bil!

Syniad Wendi oedd y salon. Roedd Karen yn berffaith hapus yn gwneud dim, wel, gwneud dim byd ond gwario.

'Pam 'swn i isio gweithio a ninna wedi ennill y loteri?' oedd ei chri pan awgrymodd Wendi iddi y bysa hi'n gallu prynu ac agor ei salon ei hun yn y dre.

'Fedri di ddim cicio dy sodla yn y tŷ 'ma bob dydd, sdi.'

'Pam ddim? Ti'n gneud.'

'Yli di, madam, dwi ar y lôn drwy'r dydd. Mae angen nôl a danfon Gari o'r ysgol a mynd i weld dy daid.'

'Ma Dad yn ca'l,' meddai Karen wedyn.

'Ia wel, dy dad ydi hwnnw.'

Ac felly drwy anogaeth ac arweiniad Wendi prynwyd hen siop bapur yn y dre a'i gweddnewid yn salon gwallt a thriniaethau harddwch. Wendi arolygodd yr holl fenter tra oedd Karen wedi piciad i weld Alistair yn Mauritius. Wendi hefyd gyflogodd dri steilydd gwallt a therapydd harddwch, a phenodi Karen yn 'rheolwraig' y lle.

Yn wahanol iawn i'w brawd, digon pethma oedd gallu mathemategol Karen, felly roedd Wendi wedi cymryd yr awenau ar yr ochor fusnes o bethau hefyd. Os oedd 'na unrhyw gymhlethdod ariannol yn digwydd codi, roedd hi wastad yn gallu holi Gari. Ond ar y cyfan roedd Wendi'n mwynhau. Yn ogystal â rhoi rhywbeth i Karen ei wneud, roedd y salon hefyd yn rhoi diddordeb i Wendi.

Un nad oedd yn rhannu yr un brwdfrydedd am y fenter newydd oedd Nicola. Roedd hi a Gwyn wedi piciad draw i Lys Alaw ar un o'u hymweliadau prinnach na'u rhai i ymweld â Harri Edwards hyd yn oed, efo cerdyn a thocyn llyfr i Gari ar ei ben-blwydd.

"Dan ni ddim yn aros,' oedd ei chri yn ôl ei harfer. 'Jyst galw'n sydyn. Ar ein ffordd yn ôl o'n dosbarth salsa ydan ni, 'te Gwyn? O, 'dan ni'n ca'l hwyl yna, ddylia chdi a Mal ddod.'

'Dwi ddim yn meddwl rywsut.'

'Na. Ma angan rythm i fedru dawnsio, does.'

'Hy!' medda Gwyn wedyn yn rhoi ei bwt i mewn. 'Dwi'n cofio Wendi 'ma yn 'rysgol bach yn gneud rhyw ddawnsio gwerin. Dawnsio gwirion, debycach! Pan o'dd pawb yn troi i'r dde, roedd Wendi 'ma bob amser yn mynd i'r chwith. A Mrs Griffiths yn tynnu gwallt ei phen efo hi.'

Chwarddodd Nicola'n braf – hithau fel ei gŵr yn mwynhau'r cyfle i gael hwyl ar ben ei hannwyl chwaer-yng-nghyfraith. Ond buan iawn y diflannodd y wên pan glywodd hi'r newyddion am y salon.

'Wel, does 'na ddim byd fel cystadleuaeth, nagoes?' Roedd ei gwep yn ddigon i suro llaeth enwyn.

'Duwcs, dydi o ddim fel ein bod ni yn yr un stryd, nachdi?' meddai Wendi ar ôl sylwi ar y wep. 'Yn y pentra ma dy salon di ac yn y dre ma'n salon ni. A tydi o ddim fel petaen ni'n cystadlu am yr un *clientele* chwaith, nachdi?'

'Be ti'n feddwl?'

'Wel, ma gin ti dy regiwlars, does?' meddai Wendi wedyn, yn bactracio fel diawl. Doedd hi ddim isio pechu ei chwaer-yng-nghyfraith drwy ddatgan mai'r *blue-rinse brigade* â'u siampŵ a'u set wythnosol oedd y rhan fwyaf o'i chwsmeriaid hi.

'O ia, ma'n bwysig iawn fod gan rywun ei regiwlars. Ac mi fydd hi'n dipyn o dalcen calad i chi feithrin y rheiny yn y dre, yn bydd? Ma Hairwaves, sydd i fyny'r stryd o'ch salon chi, newydd ennill rhyw wobr fawr drwy Gymru rŵan. Ma Jason, eu *top stylist* nhw, yn ffantastig. Ma merched yn dod o bell i ga'l steilio'u gwallt ganddo fo ac yn fodlon aros wsnosa i ga'l *appointment.*'

'Ma o'n gadal Hairwaves.'

'Sut wyt ti'n gwbod?'

'Dwi'n gwbod am ei fod o'n dod i weithio i'n salon ni.'

Os oedd y gwynt wedi cael ei dynnu o hwyliau Nicola ynghynt, ar ôl iddi hi glywed y genadwri yma roedd pethau'n saith gwaeth. Gadawodd y ddau yn fuan wedyn.

'Tyd, Gwyn, dwi newydd gofio bod gin i *lamb tagine* yn y popty.'

Gwyddai Wendi'n iawn mai celwydd noeth oedd y *lamb tagine*; yr unig *lamb tagine* roedd Nicola'n gyfarwydd ag o oedd un wedi'i baratoi a'i goginio'n barod o M&S, a dim ond angen pum munud i'w gynhesu mewn microdon.

'Sdim raid i chi ddod allan,' datganodd Gari pan stopiodd Wendi o flaen yr ysgol ymysg gweddill yr Audis, y BMWs a'r lleng o 4×4s.

'Be? Ond o'n i'n meddwl bod y Prifathro'n rhoi cyflwyniad bach i'r rhieni ac yn croesawu disgyblion newydd ...'

'Dim ond ailadrodd be ddudodd o yn y diwrnod agored mae o, chi,' meddai Gari wedyn gan agor ei wregys diogelwch. Rhoddodd sws ar foch Bradley, a rhoddodd hwnnw chwerthiniad bach bodlon. 'Ewch chi. Sdim isio i chi aros, wir,' meddai wedyn yn daer.

'Glywist ti be ddudodd yr hogyn. Tyd.'

'Ond ...'

'Ewch, Mi fydda i'n iawn. Wir rŵan, Mam.'

Daeth rhyw hen deimlad o annifyrwch mawr dros Wendi. Doedd gan Gari erioed gywilydd ohonyn nhw, doedd bosib?

'Awê 'ta, Harry Potter!' Torrodd Mal andros o wynt nes bod y car yn gyfuniad amhersawrus o arogl bragdy a bin gwastraff bwyd.

Sylwodd Wendi ar y ffieidd-dra a'r dirmyg yn llygaid

Gari ac yna deallodd yn iawn pam nad oedd o'n awyddus iddyn nhw fynd i'r cyfarfod.

Torrodd Mal wynt arall.

'Tyd yn dy flaen, Wends. Mi fysat ti'n meddwl bod yr hogyn yn mynd am fis. Mi weli di fo eto am hannar awr wedi tri. Tyd, wir Dduw, ma gin i Ferrari i'w brynu.'

'Pob hwyl i ti, ngwas i. Edrach ymlaen i ga'l yr hanas i gyd heno.'

Gwenodd Gari ar ei fam a chamu allan o'r car. Cerddodd yn dalsyth i gyfeiriad y brif fynedfa. Syllodd Wendi arno'n mynd, ond ymhen dim roedd o wedi ymdoddi i'r môr o flasers du. Edrychodd Gari ddim yn ei ôl unwaith.

'Be uffar wyt ti'n neud? Ti'n crio?'

Sychodd Wendi'r deigryn oedd yn rhedeg i lawr ei boch.

'Tair ar ddeg ydi'r hogyn, dim tair! Y ffor' ti'n byhafio, mi fysat ti'n meddwl ei fod o'n dechra'r ysgol am y tro cynta.'

Gwyddai Wendi ei bod hi'n wirion yn teimlo fel hyn. Ond doedd ganddi hi mo'r help. Ym mêr ei hesgyrn gwyddai fod pethau ar fin newid. Roedd Gari wedi cymryd ei gam cynta ar ris yr ysgol fyddai'n ei alluogi fo i ddringo'n uchel. Roedd hi'n hapus drosto fo. Roedd bywyd Gari'n argoeli i fod yn un dipyn gwahanol i'r un a gawsai hi a Mal. Roedd Gari wrth ei fodd, a'i hapusrwydd a'i ddyfodol o oedd yn bwysig. Ond roedd rhyw agendor ar y gorwel. Ac roedd y crac bach cynta newydd ddigwydd y bore hwnnw. Synhwyrai na fyddai pethau ddim cweit 'run fath rhyngddi hi a'i mab o hyn allan. Ac roedd hynny'n brifo. Yn brifo lot.

Freixenet a ffarwél

Mi gafodd Mal ei Ferrari – un coch, wrth gwrs. Ond fuo'r ddau ddim yng nghwmni ei gilydd yn hir iawn. Yn anffodus i Mal, oedd am flynyddoedd wedi bod yn dreifio Astra 1.6, roedd pŵer y Ferrari yn ormod o lond llaw iddo fo.

Un noson braf o haf, a Mal ar ei ffordd adref ar ôl bod yn gweld ei chwaer ym Mynydd Mechell, mi gafodd y Ferrari ac yntau anffawd gas. Wrth iddo fo oddiweddyd tractor heb fod yn bell o fae Llugwy, mi sylweddolodd Mal nad oedd ei sgiliau gyrru ddim cweit yn gallu ymdopi a phŵer aruthrol y Coch. Daeth at gongl siarp yn llawer rhy gyflym, trawodd y brêcs yn galed a sgidio wysg ei ochor drwy'r clawdd a glanio'n dwt yn y cae yr ochor arall. Wrth lwc, doedd Mal ddim gwaeth ond doedd yr un peth ddim yn wir am y swpyn metel a charbon drudfawr, na'r ddafad druan oedd yn meindio'i busnes yn pori'n braf gerllaw. Dyfarnwyd y car yn *write-off*. Pwdodd Mal efo'r car coch a phrynu Porsche 911 arian yn ei le.

Ond er ei holl gyfoeth a'i deganau – yn foto-beic Honda Fireblade, ei Porsche a'i BMW X5, ei gitâr drydan Gibson Les Paul a phob *gadget* electronig arall y gallech chi feddwl amdano – roedd Mal wedi diflasu. Oedd, mi oedd ganddo'i focs arbennig yn Anfield ac mi fyddai'n talu gwrogaeth i'w dîm bob cyfle a gâi. Roedd o hefyd wedi prynu cit newydd i'r timau pêl-droed lleol, gan gynnwys cit i'r rhai o dan un ar bymtheg, ac yn noddi clwb y dref – ac o ganlyniad yn un o'r cyfarwyddwyr. Ond, er hyn i gyd, y gwir amdani oedd, ac mi oedd o'n goblyn o beth i'w gyfaddef, roedd Mal yn hiraethu am godi bob bore i fynd i weithio.

Wendi gafodd y syniad y gallai Mal gynnig ei wasanaeth i gartref Preswylfa. Fel rhan o rodd hynod o garedig Harri iddynt, roedd y cartref newydd brynu bws mini ar gyfer y trigolion. A fynta wedi bod yn ddreifar bysys am flynyddoedd, pam na fyddai Mal yn cynnig gyrru'r bws am dripiau ac ati iddyn nhw?

Roedd Gwyneth wedi derbyn cynnig Mal yn llawen. 'O, mae o werth y byd! 'Dan ni mor ddiolchgar iddo fo,' gwenodd ei gwên ddanheddog ar Wendi. Canmolodd Mal i'r entrychion. ''Dan ni wedi bod yng Nghonwy, ac am hufen iâ yn Biwmares. Ac wsnos nesa 'dan ni am fynd i Gastell Caernarfon. O, 'dan ni'n ca'l hwyl efo fo! Ac mae o mor ffeind efo'r *residents*.'

Amheuai Wendi a oedd Gwyneth yn sôn am yr un Mal. Un surbwch oedd ei gŵr ar y gorau a fawr ddim ganddo i'w ddeud wrth hen bobol; wel, doedd ganddo fawr o amynedd nac amser i'w dad-yng-nghyfraith, beth bynnag. Ond mi oedd Wendi wedi sylwi bod gwell hwyliau o lawer arno fo ers iddo ddechrau ei joban newydd.

Roedd bywyd yn mynd yn ei flaen yn ddigon del i Wendi a'i thylwyth. Allai pethau ddim bod yn well, mewn gwirionedd. Roedd Wendi wrth ei bodd efo'i thŷ newydd ac yn dechrau cynefino efo presenoldeb Meira a'i mop. Cadwai ei hun yn brysur yn gwarchod Bradley bach a byddai'n ymweld â'i thad ddwywaith yr wythnos ac ar benwythnosau. Roedd hi hefyd ar y lôn yn ei Audi gwyn yn ddyddiol yn nôl a danfon Gari o'r ysgol. Roedd hwnnw wedi setlo yn ei ysgol newydd fel petai o wedi bod yno erioed, er bod Wendi braidd yn bryderus fod mwy a mwy o'r iaith fain yn dod allan o'i enau ar ôl dim ond un tymor yn Bennetts.

Doedd Mal ddim dan draed fel roedd o'n arfer bod rŵan chwaith. Fe fyddai'n mynd dan chwibanu i yrru ei fws bach am dripiau efo'r hen bobol ddwywaith neu hyd yn oed deirgwaith yr wythnos yn yr haf. Llandudno a Chaernarfon oedd y ffefrynnau.

Roedd y salon yn mynd o nerth i nerth hefyd. Er, doedd hynny ddim diolch i Karen chwaith; roedd honno'n dal i hwylio i mewn yn hwyr i roi ambell drim syml i hwn a'r llall. Roeddan nhw newydd orffen adeiladu estyniad yn y cefn i wneud mwy o le. Mi oedd 'na sôn am brynu hen siop y cigydd drws nesaf, oedd newydd ddod ar y farchnad, a thorri drwodd a gwneud y ddau le'n un. Roedd Jason ar dân isio bwrw ymlaen â'r cynllun ond doedd Wendi ddim yn siŵr a oedd hi isio'r hasl. Roedd yr hen ddihareb yn ddigon gwir: i'r pant yn bendant y rhed y dŵr.

Ond er eu holl gyfoeth, digon tawel oedd bywyd. Prin oedd Wendi'n mynd allan gyda'r nos. Er iddi grefu'n aml ar Mal i drefnu i'r ddau fynd allan am bryd bach neis o fwyd neu hyd yn oed i'r sinema, gwrthod wnâi Mal bob tro. Roedd yn well ganddo fo wylio rhyw gem bêl-droed neu rasio ceir ar y teledu plasma HD 60 modfedd a chan o gwrw yn ei law neu fynd allan efo Graham a'i fêts na mynd allan efo'i wraig.

Ers iddyn nhw symud i Lys Alaw roedd pethau wedi

newid. Cyn hynny, byddai hi a Mal yn ddeddfol bob nos Wener, ac weithiau ar nos Sadwrn, yn mynd am lymaid neu ddau i'r dafarn leol. Ond roedden nhw bellach yn byw'n rhy bell i gerdded yno. Roedd hi wedi bod draw yn y Crown unwaith neu ddwy a chael tacsi adref, ond rywsut doedd pethau ddim 'run fath. Doedd Wendi ddim yn gallu rhoi ei bys ar beth yn union oedd yn bod ond roedd rhywbeth yn bendant wedi newid. Teimlai nad oedd y criw ddim cweit 'run fath efo hi, hyd yn oed Julie. Roedd rhyw bellter newydd rhyngddyn nhw.

Felly, pan gafodd Wendi a Mal wahoddiad i noson gaws a gwin yng nghartref eu cymdogion Gwenfron ac Illtud Dafydd, neidiodd Wendi at y cyfle i fynd. Doedd Wendi ddim wedi clywed siw na miw gan y ddau ers iddyn nhw symud i mewn, flwyddyn yn ôl bellach, bron, ar wahân i'r unig dro hwnnw, a nhwytha ddim ond newydd symud i mewn i Lys Alaw, pan landiodd Gwenfron a phlanhigyn *hydrangea* yn ei hafflau yn anrheg, a Wendi yn ei chôt ar ei ffordd allan i weld ei thad. Roedd Gwenfron yn amlwg yn siomedig fod yr *hydrangea* wedi'i dderbyn yn y drws, a hithau wedi edrych ymlaen at gael *grand tour* o'r tŷ.

Dim ond codi llaw yn y car wrth basio fuodd hi am fisoedd wedyn, neu 'helô' sydyn pan fyddai Wendi'n mynd â Bradley bach am dro yn ei fygi a Gwenfron allan yn yr ardd ffrynt yn chwynnu'r borderi ac yn tendiad ei basgedi crog neu Illtud yn golchi ac yn polishio'i gar, gorchwyl deddfol bob bore Sadwrn. Yna, un nos Lun, galwodd Gwenfron draw ac estyn gwahoddiad cynnes i Wendi a Mal i'w noson blasu gwin y nos Wener ganlynol.

'Rwbath bach dwi'n ei drefnu i godi pres at y ganolfan

newydd ydi o,' eglurodd Gwenfron, yn suddo i'r soffa ledr, feddal gan gymryd sbec sydyn i gyfeiriad y gegin tra oedd Wendi'n gwneud paned i'r ddwy. 'Does 'na gymaint o waith codi pres i rwbath fel hyn? Fysan ni wrth ein bodda tasach chi'n dod. Saith i hannar awr wedi saith. Deg punt yr un ydi'r tocynna ac ma 'na raffl. A dewch â'ch potal o win efo chi, wrth gwrs.'

Gwyddai Wendi y byddai Mal yn ffieiddio at y ffaith ei bod hi wedi derbyn y gwahoddiad, ond dyna fo, mi fydda'n gyfle iddi hi gael gwisgo un o'i myrdd o ffrogiau *designer* ac, yn bwysicach, iddyn nhw o'r diwedd gael cyfarfod â rhai o'u cymdogion. Yn stad Min-y-nant roedd rhywun wastad yn stopio i sgwrsio neu hyd yn oed yn piciad i mewn am baned neu i fenthyg rhywbeth neu'i gilydd, o bishyn o ffoil i *power drill!* Ond fyddai neb yn y gymdogaeth yma'n meddwl gofyn am y ffasiwn ffafrau. Cadw iddyn nhw eu hunain oedd y drefn fan hyn.

Doedd Wendi ac yn arbennig Mal ddim yn ffans mawr o win. Lager neu seidr oedd tipl Wendi ac ambell goctel ar ôl ei phrofiad yn Mauritius. Cwrw, ffwl stop, oedd hi i Mal, ac roedd wedi pwdu'n enbyd efo siampên ar ôl ei ddalfa yn y maes awyr. Ac yn ôl Mal, 'Uffar am godi gwynt a dŵr poeth' oedd siampên beth bynnag. Felly, y botel yr aeth y ddau efo nhw oedd y botel o Chablis ffeindiodd Wendi yng nghefn y cwpwrdd – honno roedd Gwyn a Nicola wedi'i hailanrhegu iddyn nhw y Dolig cynt.

Pan gyrhaeddon nhw roedd tua dwsin o bobl yno'n barod. Ar wahân i Gwenfron ac Illtud, doedd Mal a hithau ddim yn adnabod yr un enaid byw. Ond yna, pwy gerddodd i mewn yn gwenu fel giât ond Gwyneth a dau gam tu ôl iddi, yn ei le arferol, Dyfed ei gŵr.

'Wel, helô chi'ch dau! O'n i ddim yn disgwl eich gweld chi yma!' Pam roedd Gwyneth yn atgoffa Wendi o geffyl bob tro roedd hi'n ei gweld, meddyliodd.

'Teulu bach yn iawn? Ma ffaddyr yn werth chweil, yn tydi? Ti'n dal yn iawn ar gyfer ein trip ni i Felin Llynnon dydd Mawrth nesa, yn dwyt, Mal? O, ma'r hen bobol wrth eu bodda'n ca'l mynd am dro ac am banad bach. Ma'r bws mini wedi rhoi *new lease of life* i'r *residents*. Ac i finna 'fyd!'

Gwehyrodd Gwyneth yn uchel cyn mynd i gyfarch y Cynghorydd lleol a'i wraig.

Safai Mal a Wendi fel dau adyn. Peth cas ydi nabod neb mewn llond stafell, meddyliodd Wendi.

'Ddudis i y bysa'n well tasan ni wedi aros adra o beth diawl,' meddai Mal rhwng ei ddannedd.

Ond chwarae teg i Gwenfron, cyflwynodd Robin a Mererid Gwilym i'r ddau. Esboniodd, gan ffalsio, mai Robin oedd Cadeirydd Pwyllgor Apêl y Ganolfan. Fel Illtud, athro mewn ysgol uwchradd oedd Robin a Mererid yn brifathrawes mewn ysgol gynradd. Ar ôl deialog ddeg munud dda gan y ddau yn cwyno am y byd addysg, holodd Robin ym mha faes roedd Mal a Wendi'n gweithio.

'Wel, ma gin i salon trin gwallt ond gwarchod fy ŵyr bach ydw i'n benna,' atebodd Wendi.

'A be amdanat ti, Malcolm?' holodd Robin gan sipian ei Shiraz.

'Fawr o ddim, sdi. Ar wahân i ddreifio hen bobol o gwmpas. Oes 'na gwrw 'ma, dwa'?' ac i ffwrdd â Mal i chwilio'n ofer am lager gan adael Wendi i ddal pen rheswm efo'r ddau.

'Faint ydi oed yr ŵyr?' holodd Mererid yn boléit ac am ei bod yn poeni bod ffigyrau niferoedd ei disgyblion yn gostwng bob blwyddyn.

'A lle mae'i fam yn gweithio?' holodd Robin wedyn, oedd yn amlwg efo rhyw obsesiwn ynglŷn â galwedigaethau pobl.

'Trin gwallt yn y salon ma hi.'

'O, reit,' meddai Robin gan grychu ei drwyn. Ni wnaeth unrhyw ymdrech i guddio'i ddiflastod. 'Esgusodwch fi.' A symudodd i ffwrdd oddi wrth y ddwy i sgwrsio â rhywun oedd â galwedigaeth amgenach.

Bu rhyw ddistawrwydd chwithig rhwng Mererid a Wendi wedyn, a Mererid yn amlwg yn teimlo embaras ynglŷn ag ymddygiad ei gŵr. Roedd Wendi ar fin gofyn iddi oedd ganddyn nhw blant pan glywyd gwaedd tu ôl iddi.

'Mererid! Wel, sut wyt ti?'

'Gillian!'

Mwha! Mwha!

Anwybyddodd y ddwy Wendi gan gofleidio'i gilydd a gwneud rhyw sioe fawr o gusanu'r awyr fel petaent yn cyfarch ei gilydd am y tro cynta ers dros ugain mlynedd a nhwytha newydd weld ei gilydd yn mwtîc Gillian y dydd Sadwrn cynt.

Er y gallai Wendi brynu holl stoc Gillian a'i siop yn hawdd, doedd hi ddim wedi twllu'r lle ers iddi ennill y pres. Doedd gan Wendi ddim amynedd efo Gillian yn stwffio a'i pherswadio hi i brynu dillad nad oedd yn ei siwtio, fel roedd hi'n dueddol o'i wneud efo'i chwsmeriaid.

Astudiodd Gillian Mererid o'i chorun i'w sawdl a

gwenu'n werthfawrogol. 'Ddudis i y bysa'r ffrog yna'n gweddu i chdi.'

'Dwi'n gwbod,' atebodd y llall. 'Dwi'n falch rŵan dy fod ti wedi mherswadio i i'w phrynu hi. A'r siaced 'ma i fynd efo hi. Neu dim ond difaru fyswn i.'

'Ti 'di gneud rwbath gwahanol i dy wallt ers i mi dy weld ti. Ma'n dy siwtio di. Ti wedi'i liwio fo?'

Anwybyddodd y ddwy Wendi, oedd yn sefyll reit wrth eu hymyl.

'Fues i yn y salon newydd 'na yn y dre.'

'Ti ddim yn mynd i Hairwaves bellach 'ta?'

'Dwi'n mynd i Karen's Cuts ers i Jason symud i fanno.'

'Dwi'n trio ca'l *appointment* yn fanna ers misoedd! Biti eu bod nhw wedi'i alw fo'n hynna 'fyd. Tydi o ddim cweit yn cyd-fynd efo naws y lle rywsut, nachdi?'

Roedd Wendi ar fin torri ar draws y ddwy a datgan mai ei salon hi oedd Karen's Cuts a'i merch hi oedd Karen, ond ddeudodd hi ddim byd. Roedd hi'n amau bod Gillian yn gwybod hynny'n iawn beth bynnag. Chwiliodd o gwmpas y stafell am Mal ond doedd dim golwg ohono fo. Roedd hi ar fin symud i ffwrdd oddi wrth y ddwy bowld pan glywodd hi Mererid yn datgan.

'Gesi di byth pwy 'nes i daro i mewn iddo fo yn y dre ddoe? Yn llythrennol!'

'Pwy?'

'Ioan Rhys. O'n i'n mynd i mewn i'r Post ac mi o'dd o ar ei ffordd allan. O, mam bach, mae o'n bishyn! Mae o'n mynd yn fwy o bishyn fel mae o'n heneiddio, dwi'n deud wrthat ti.'

'Be o'dd o'n ei neud ffor' hyn, tybad? Ffilmio oedd o?'

'Dwi'm yn gwbod. O'n i'n rhy nerfus i siarad efo fo.

Fuodd gin i rioed ddiddordeb mewn gwleidyddiaeth na'r newyddion tan iddo fo ddechra cyflwyno *Newsnight*.'

'Ffilmio rhaglen ddogfen oedd o, ma siŵr. Pam arall fysa fo yn Sir Fôn?'

'Wedi dod i edrach am ei fodryb oedd o.'

Trodd pennau'r ddwy wraig i gyfeiriad Wendi a sodro'u holl sylw arni.

'Sut wyt ti'n gwbod?' holodd Gillian yn sarhaus.

'Ma'i fodryb o yn yr un Cartra â Nhad. Roeddan ni yn 'rysgol efo'n gilydd.'

'Be, oeddat ti'n 'rysgol efo Ioan Rhys?' Roedd llais Gillian wedi mynd octif yn uwch.

'Wyt ti'n nabod Ioan Rhys?' meddai'r llall wedyn yn gegrwth. Waeth iddi fod wedi dweud ei bod hi yn yr ysgol efo George Clooney ddim.

'*Oh my God*! Meddylia cael rhannu desg efo hwnna!'

'Mm,' meddai Mererid wedyn yn freuddwydiol. 'Mi fysa fo'n cael cario'n *satchel* i unrhyw amser. Biti ei fod o'n priodi,' ochneidiodd hi wedyn.

'Be? Ydi o'n priodi?' holodd Gillian. 'Wyddwn i ddim. O'n i'n gwybod ei fod o wedi cael ysgariad o'i briodas gynta'.'

'Yndi, tad. O'n i'n darllen am y briodas yn un o *supplements* y papura Sul yn ddiweddar: y gwasanaeth yn Westminster Abbey a bob dim. Rhyw fodel neu rwbath ydi hi.'

Teimlodd Wendi fel petai rhywun wedi'i phwnio'n galed yn ei stumog.

Roedd Mererid wedi gofyn rhywbeth iddi ond doedd Wendi ddim yn canolbwyntio. 'Sori? Be ddudist ti?'

'Gofyn 'nes i oeddat ti wedi ca'l gwadd i'r briodas.'

'Y fi? Ew, naddo siŵr. Dwi ddim yn ei nabod o mor

dda â hynny. Sgiwsiwch fi, rhaid i mi fynd i chwilio am Mal.'

Anelodd Wendi i gyfeiriad y diodydd. Helpodd ei hun i un o'r nifer o'r poteli gwin oedd wedi cael eu hagor yn y gegin. Llowciodd y gwin coch sur mewn un llowc ac ail-lenwi'r gwydr a rhoi clec sydyn i hwnnw hefyd. Ych! Be oedd pobol yn ei weld mewn gwin?

Dadrebodd. Be oedd hi'n feddwl oedd hi'n ei neud? Yn yfed o'i hochor hi jyst am ei bod hi newydd glywed bod Ioan Rhys yn priodi. Beth oedd yr ots? Be oedd o iddi hi beth bynnag? Roedd hi'n wraig briod ei hun.

'Wel, ylwch pwy sy'n fama! Wyddwn ni ddim bod chdi a Mal yn gymaint o *connoisseurs* gwin.'

'S'mai, Alan.' Cymerodd Wendi gam yn ei hôl. Roedd gan Alan y ddawn annifyr yma o sefyll yng ngwynt rhywun. Wyddai o mo ystyr y gair 'gofod personol'.

'Paid â phoeni, Wends, does 'na ddim *vol-au-vents* ar gyfyl y noson 'ma heno. Mi fysa'n biti mawr ca'l gwin coch dros y ffrog neis 'na sgin ti amdanat, yn bysa?' Yna cymerodd gam yn ei flaen nes bod Wendi bron â mygu rhwng y cyfuniad o arogl yr *aftershave* Angel a'i wynt, oedd yn drewi o arlleg. Sibrydodd yn awgrymog yn ei chlust, 'Er 'swn i'n deud bod be sydd o dan y ffrog yn lot neisiach.' Roedd ei lygaid wedi'u hoelio ar ei bronnau.

Fedrai Wendi ddim credu ei chlustiau. Oedd Alan, ffrind bore oes ei brawd, yn fflyrtio efo hi? Megis hoelen yn ei phen, dyna'r peth ola roedd hi eisiau! Cafodd gymaint o sioc fel na wyddai hi sut i ymateb. Ond, diolch i'r drefn, achubwyd y sefyllfa gan Robin o bawb.

'A-ha! Dwi'n gwybod pwy wyt ti rŵan!' meddai hwnnw gan frasgamu tuag ati. Esgusododd Alan ei hun a mynd ati i ail-lenwi ei wydr.

'Chi sydd wedi ennill ffortiwn ar y loteri, 'te. Dach chi'n meddwl y gallwch chi sbario ychydig o'r ceiniogau 'na tuag at ein canolfan newydd ni? Dŵad i mi, faint yn union wnaethoch chi ei ennill?'

Arbedwyd Wendi rhag gorfod dadlennu swm eu henillion gan orchymyn Illtud i bawb i fynd drwodd i'r lolfa ar gyfer y sesiwn blasu gwin. Chwiliodd Wendi am Mal unwaith yn rhagor ond doedd dim golwg ohono fo byth. Roedd Wendi'n dechrau poeni ei fod o wedi sleifio adra heb ddeud wrthi.

Illtud ddechreuodd y sesiwn. Tywalltodd lond gwn-iadur o win coch i wydr pawb. Llyncodd Wendi ei chegiad yn syth cyn sylweddoli bod pawb arall yn arogli'r gwin. Oedd o wedi suro neu rwbath? Yna sipiodd pawb lymaid a'i slochian o gwmpas eu safnau.

'Gyfeillion,' anerchodd Illtud ei westeion yn bwysig. 'Ma'r gwin yma wedi dod o Bergerac. Yr haf diwetha mi oeddan ni ar ein gwyliau yn yr ardal hyfryd honno yn lletya mewn *gite* bendigedig oedd yn ffinio ar winllan y brodyr Castang o Château Ste Foy des Vignes. Fedra i ddim deud wrthach chi pa mor wych oedd hi i ddeffro bob bore a gweld dim byd ond gwinllan o'ch cwmpas. Nefoedd ar y ddaear, gyfeillion. Bob bore ro'n i'n codi efo'r wawr ac yn ymlwybro drwy'r winllan a nghamera rownd fy ngwddw a geiriau Emrys Wledig yn y ddrama *Buchedd Garmon* yn atsain yn fy mhen: "Gwinllan a roddwyd i'm gofal yw Cymru fy ngwlad, I'w thraddodi i'm plant, Ac i blant fy mhlant yn dreftadaeth drag-wyddol; Ac wele'r moch yn rhuthro arni i'w maeddu."'

Dechreuodd dau neu dri gymeradwyo, ac roedd un neu ddau arall yn porthi a nodio'u pennau megis hen flaenoriaid. Ysai Wendi am gael mynd adref. Doedd hi ddim wedi dychymygu mai noson fel hyn roedd hi'n mynd i fod o gwbwl. Noson o ddiota a chymdeithasu roedd Wendi wedi'i disgwyl, nid noson o ddiflastod a darlith! Be yn y byd mawr roedd hi'n mynd i'w wneud? A lle oedd Mal? Estynnodd Wendi am ei ffôn yn slei a dechrau tecstio Gari'n wyllt.

Tro Robin oedd hi nesa. Nid potel o win oedd ganddo fo ond potel o *cava*. Aeth hwnnw yn ei flaen i frolio'i fod o wedi bod am wyliau bach yn Barcelona hanner tymor. Tra oedden nhw yno, roedden nhw hefyd wedi tramwyo'r ardal sy'n cynhyrchu gwin pefriog Catalanaidd, sef Sant Sadurni d'Anoia. Yno, esboniodd, y cynhyrchir *cavas* megis Cordonui a'r botel ddu roedd yn ei dal yn ei law, Freixenet. Mwydrodd ymlaen eu bod nhw wedi cael cyfle i ymweld â bodega Freixenet, a sut roedd y cwmni teuluol yma wedi datblygu i fod yn un o'r cynhyrchwyr gwin pefriog sy'n gwerthu fwyaf drwy'r byd i gyd a'r brand mwyaf poblogaidd yn Sbaen. Dylyfodd Wendi ei gên. Pam doedd Gari ddim yn ateb ei thecst?

'Pasia ngwydr i mi, 'nei di?' sibrydodd Mal, oedd wedi ymddangos o rywle.

'Lle ti 'di bod mor hir?' sibrydodd Wendi yn ôl.

'Allan am smôc. Pam? Ydw i wedi colli rwbath?'

'Ma nhw'n disgwl i ni roi sgwrs am hanas y botal win 'dan ni wedi dod efo ni,' sibrydodd eto. 'Be 'dan ni'n mynd i neud?'

'Sh!' rhythodd Gwenfron ar y ddau, yn amlwg yn mwynhau pob eiliad o lith Robin.

O'r diwedd, ar ôl dros chwarter awr o fwydro am y gwin pefriog, daeth cyfle i'w flasu. Doedd o ddim gwahanol i unrhyw win pefriog arall, meddyliodd Wendi. Tywalltodd Mal ei lond gwniadur o i wydr ei wraig.

Doedd o ddim yn ffansïo gorfod dioddef dŵr poeth yn ei wely'r noson honno, diolch yn fawr.

Yna, aethant yn eu blaenau i flasu Sauvignon Blanc o Seland Newydd gan ryw gwpwl oedd wedi ymfudo yno i fyw. Ond ar ôl pedwar mis mi oedd y wraig wedi cael pwl ofnadwy o hiraeth a dyma benderfynu dod 'nôl i Wlad y Gân. Y botel yma oedd yr unig swfenîr oedd ganddyn nhw o'u hamser byr yno. Sylwodd Wendi fod Gwenfron yn ei dagrau, bron, yn gwrando ar yr hanes. Roedd Wendi hefyd yn ei dagrau, dagrau o ddiflastod.

'Wendi a Mal, chi sydd nesa,' cyhoeddodd Illtud. 'Be sydd ganddoch chi ar ein cyfer ni?'

Syllodd Mal a Wendi ar ei gilydd. Rhoddodd Mal bwniad hegar i Wendi yn ei hasennau.

'Duda rwbath,' sibrydodd dan ei wynt.

'Duda di,' sibrydodd Wendi'n ôl rhwng ei dannedd.

'Dowch, peidiwch â bod yn swil – un ohonoch chi,' hwrjiodd Gwenfron.

Yn araf, cododd Wendi o'i sedd gan roi andros o edrychiad surbwch ar Mal. Cliriodd ei gwddw. Doedd hi ddim wedi deud dim byd yn gyhoeddus ers iddi adrodd adnod yn y sêt fawr erstalwm, wel, ar wahân i adrodd ei llw priodas.

'Ymm ... wel ... ymm ... potel o Chablis sy ganddon ni. Ma Mal a fi wrth ein bodda efo'r ardal yna, tydan Mal?'

Nodiodd hwnnw ei ben yn wyllt, yn cytuno'n llwyr â'r celwydd.

'Ma'r ardal yma, fel dach chi i gyd yn gwbod yn iawn, yng ngogledd Burgundy, yn enwog am ei phridd arbennig ... ymmm ... ma Mal a fi yn yfed dipyn go lew o'r gwin yma – yn aml fel aperitif, yn tydan Mal?'

Nodiodd Mal ei ben eto gan syllu'n gegrwth ar Wendi wrth i honno fynd yn ei blaen.

'Mae o'n win ysgafn, ffresh. 'Dan ni'n arfer ei fwynhau o efo cyw iâr wedi'i grilio neu bysgodyn. Fel y sylwch chi pan wnewch chi ei flasu o, ymm ... ymm ... ma 'na ryw hint o lemon a ...' Canodd mobeil Wendi. 'Esgusodwch fi ... '

Atebodd Wendi ei ffôn, oedd ar y bwrdd wrth ei hymyl, ar frys. 'O Gari, chdi sy 'na ... Be ...? Rŵan? ... Iawn, mi ddown ni'n syth. Ta-ta.' Yna trodd at ei chynulleidfa, 'Ma'n ddrwg iawn gin i ond ma'n rhaid i Mal a fi fynd adra. Rhyw broblem fach wedi codi. Dim byd mawr. Ond well i ni fynd. Tyd, Mal.'

Ffarweliodd Wendi a Mal â'r *connoisseurs* gwin a'i heglu hi am adra.

'Be sy? Be sy matar?' holodd Mal ymhell o glyw pawb.

'Does dim byd yn matar, siŵr. Ges i Gari i ffonio fi a 'nes inna esgus fod 'na ryw argyfwng adra. Roedd y topyn bach yn ddigon hir yn ffonio hefyd. O'n i ar fin rhedeg allan o betha i ddweud am y blwmin botal win 'na.'

'Roeddat ti'n swnio fel tasa ti'n ecspyrt.'

'Darllan be oedd ar y label ar gefn y botal o'n i, 'de. Tyd, dwi bron â thagu isio panad.'

'A finna gan o gwrw.' A dyma Mal yn dechrau gwatwar Illtud yn ei holl ogoniant. 'Mi ddes i ar draw y cwrw yma, Brains, pan o'n i yng Nghaerdydd. Dwi wrth fy modd efo'r *bouquet*. Cwrw bach digon powld ydi o, a chydig bach o ogla cesail chwaraewr rygbi a twtsh bach o wynt Caerdydd yn hitio cefn y gwddw.'

Dechreuodd y ddau chwerthin, chwerthin o'i hochor hi. Chwerthin nes roedd y dagrau'n powlio lawr eu hwynebau. Sylweddolodd Wendi nad oedd hi a Mal wedi chwerthin fel hyn ers wyddai hi ddim pa bryd.

Ymhen blynyddoedd wedyn fe gofiai Wendi'r noson honno. Cofio'r noson pan oedd Mal a hithau ar ochor palmant stryd yng ngolau'r lamp yn chwerthin nes roedd eu hochrau'n brifo. Eiliad fach pan oedd popeth yn iawn, popeth yn dda. Eiliad fer pan na allai bywyd fod ddim gwell.

Ond fe gofiai Wendi'r noson honno am reswm arbennig arall hefyd. Honno oedd y noson y datgelodd Karen ei chynlluniau fel taranfollt.

'Dwi'n mynd i Mauritius.'

'Eto? Does 'na ddim deufis er pan fuest ti ddiwetha,' atebodd Wendi, yn yfed ei phaned a dal i chwerthin iddi ei hun yn meddwl am Mal yn gwatwar Illtud.

'Ddim am wylia, i fyw.'

'Be?'

'Ma Alistair wedi gofyn i mi fynd i fyw ato fo yn Mauritius. Dwi 'di bwcio ffleit dydd Llun nesa.'

'Dydd Llun nesa? Mor fuan â hynny?'

'Sdim isio i chdi boeni am y salon. Ma Jason yn fwy na bodlon cymryd yr awenau fel rheolwr. Dwi 'di sortio pob dim.'

'Meddwl amdanach chdi a Bradley bach yn mynd ydw i, yn gadal, jyst fel 'na ...'

Fedrai Wendi ddim atal y dagrau oedd yn cronni yn ei llygaid wrth feddwl am ei merch a'i hŵyr bach yn byw yr ochor arall i'r byd. Doedd hi wedi magu Bradley fel ei mab ei hun?

Rhoddodd Karen ei phen i lawr a dweud yn dawel, 'Tydi Bradley ddim yn dŵad efo fi.'

Roedd Wendi'n methu credu ei chlustiau.

'Ddim yn dŵad efo chdi? Be ti'n feddwl?'

'Dim ond i fi ma Alistair wedi gofyn. Geith Bradley aros yn fama efo chi, ceith? Plis? Nei di edrach ar ei ôl o, gnei?'

Roedd Wendi wedi'i llorio. Roedd Karen yn bwriadu symud i Mauritius a gadael ei mab bach ar ôl.

'Ti ddim o ddifri?'

'Plis, Mam. Dwi rili yn caru Alistair ac mae o'n fy ngharu i.'

'Dim digon i fagu dy fab di, yn amlwg!'

'Fysa fo ddim yn deg ar Bradley bach,' aeth Karen yn ei blaen. 'Fama mae'i gartra fo. Fama mae o'n perthyn.'

Gwawriodd yn sydyn ar Wendi nad oedd Alistair yn gwybod mai mab Karen oedd Bradley.

'Dydi o ddim yn gwbod, nachdi? Mae o'n meddwl mai fi ydi ei fam o, tydi?'

Anwybyddodd Karen y sylw. 'Mi wt ti wedi bod yn fwy o fam iddo fo na be dwi 'di bod erioed.'

'A bai pwy 'di hynny?

'Plis, Mam. Ma hwn yn gyfla i mi ga'l dechra eto. Llechan lân. Ti'n gwbod na cha' i ddim llonydd gin Liam fel arall. Dwi newydd ga'l *visiting order* arall ganddo fo.'

Gwyddai Wendi fod hynny'n wir. Fel roedd cyn-gariad Karen yn gaeth i heroin, roedd o hefyd yn gaeth iddi hithau ac yn gyndyn iawn i'w gollwng o'i afael. Gwyddai hefyd y byddai'n dod i chwilio amdani hi'r munud y câi barôl ac y byddai'n siŵr o lwyddo i'w pherswadio hi i fynd yn ei hôl ato fo. Byddai'n mynd ar ei lw unwaith yn rhagor ei fod yn 'lân' ac na fyddai'n cyffwrdd pen ei fys ynddi byth eto. Tan y tro nesaf, wrth gwrs. Ddim dros ei chrogi roedd Wendi am adael i Bradley bach gael ei fagu gan adict mewn awyrgylch treisgar.

'Plis, Mam,' erfyniodd Karen arni. 'Plis, paid â gneud hyn yn anoddach na be ydi o.'

Ac felly y bu. Y dydd Llun canlynol, danfonodd Mal, Wendi a Bradley bach ei fam i'r maes awyr.

Drwy'r wythnos roedd Mal wedi bod yn deud, 'Eith hi ddim, siŵr.' Ond pan welodd Karen yn pacio'i sychwr gwallt a'i *hair straighteners*, gwyddai ei bod o ddifri. Ond hyd yn oed wedyn roedd yn dal i gysuro'i hun a Wendi drwy ddweud, 'Arhosith hi ddim yn hir. Fydd hi yn ei hôl, gei di weld.'

A'i hŵyr bach ar ei braich, gwyliodd Wendi ei merch yn diflannu drwy'r drysau i grombil y maes awyr.

Chwifiai Bradley bach ei law yn wyllt ar ei fam fel yr arferai ei wneud arni bob bore pan âi hi i weithio i'r salon ac yn ei chroesawu hi yn ei hôl amser te. Ond doedd dim croesawu ei fam i fod i'r bychan y noson honno. Rhoddodd Wendi sws ysgafn ar ei foch a'i wasgu dynn, dynn ati, ei arogl babi arbennig yn llenwi ei ffroenau. Carai'r bychan â'i holl enaid. Addawodd iddi ei hun na fyddai Bradley bach yn cael unrhyw gam tra byddai chwythiad ynddi hi.

Holi hyn a'r llall a'i gilydd

'Mae hi 'di mynd, 'lly.'

'Do.'

'Mm. A gadal hwn efo chdi.' Pwyntiodd Harri ei fys esgyrnog i gyfeiriad Bradley bach, oedd yn cysgu'n braf yn ei fygi.

'Do.'

'Mm.'

Crensiodd Harri Edwards ar ei fisged Marie.

'Gwynt teg ar ei hôl hi, ddeuda i.' Estynnodd am fisgedan arall. 'Hen astan hunanol fuodd hi rioed. Tynnu ar ôl ei thad.'

'Dad!'

'Y gwir sy'n lladd, mechan i. Ddylat ti fod wedi rhoi dy droed i lawr yn lle gadal i'r hogan fach 'na fynd hannar ffor' rownd y byd a gadal hwn efo chdi.' Pwyntiodd Harri i gyfeiriad Bradley unwaith yn rhagor.

'Dim hogan fach ydi hi, Dad. Ma' hi'n un ar hugain! Ac ella fod hyn lawn gwell yn y diwedd.'

'Be ti'n feddwl?'

'Well gin ei gweld hi ym mhen draw'r byd nag yma efo'r Liam 'na.'

'Hy! Welis i ddim dwy 'run fath â chi am ddewis dynion. Diolcha mai dim ond cyw gafodd hi gin yr uffar a'i bod hi ddim yn ddryg adict!'

Ceisiodd Wendi droi'r stori. 'Be gawsoch chi i ginio heddiw 'ma?'

'Sgodyn. Còd. A neis iawn o'dd o hefyd, heblaw bod dy frawd wedi landio ar ei ganol o.'

'Gwyn? Ddoth Gwyn i'ch gweld chi heddiw?'

Bu ond y dim i Wendi ddisgyn oddi ar ei chadair. Doedd ei brawd ddim wedi bod yn ymweld â'i thad ers wythnosau a dyma fo'n rŵan yn landio, ganol wythnos, gefn dydd golau, amser cinio. Roedd rhywbeth o'i le, rhywbeth mawr o'i le.

'O'dd o'n iawn?' Rhoddodd stumog Wendi dro. Doedd ei brawd ddim yn wael, gobeithio. 'Be sy matar? Ydi o'n iawn?'

'O'dd ei stumog o'n tshiampion. Mi fytodd o'r rhan fwya o'n tships i.'

'Be o'dd ganddo fo i ddeud, 'lly?'

'E?'

'Be o'dd ganddo fo i ddeud?'

'Fawr ddim. Dim ond holi am hyn a'r llall a'i gilydd.'

'Hyn a'r llall a'i gilydd?'

'Ia.'

'Fel be?'

'Duwcs, dwi ddim yn cofio, nachdw.'

Roedd Wendi'n synhwyro bod 'na ryw fistimanars ar droed gan ei hannwyl frawd.

'Am be'n union o'dd o'n eich holi chi, Dad?'

'Dim ond holi o'n i 'di ca'l rhyw gildwrn bach fel cafodd ynta gin ti.'

Gwyddai Gwyn yn iawn fod ei thad wedi cael hanner can mil o bunnoedd, fel yntau. Pam y diddordeb mawr yma ym mhres ei thad, felly? Doedd o ddim yn trio cael ei hen facha arnyn nhw, doedd bosib? Er fysa Wendi ddim yn ei roi o heibio fo chwaith.

'Be ddudoch chi wrtho fo?'

'Mm?'

'Be ddudoch chi wrth Gwyn?'

'Deud dy fod ti wedi bod yn ffeind iawn efo fi. Fel efo ynta, 'te.'

'Be ddudodd o wedyn?'

'Arglwy'! Dwi ddim yn cofio, nachdw! Ydi *Deal or No Deal* yn dechra rŵan, dwa'? Da 'di'r Bancar 'na.'

'Hitiwch befo am eich *Deal or No Deal*. Trïwch gofio be ddudodd Gwyn.'

'Be 'di hyn – *interrogation*? Ti'n waeth na dy frawd. Holi nath o be o'n i wedi'i neud efo'r pres, lle o'n i wedi'i fuddsoddi fo a ballu. A ddudis inna mod i heb ei fuddsoddi fo yn unlla, mod i wedi'i roi o i gyd i'r Cartra ma.'

Gallai Wendi ddychmygu wyneb ei brawd pan ddadlennodd Harri hynny wrtho. Roedd hi'n falch rŵan fod ei thad wedi penderfynu rhoi'r pres i'r Cartref er gwaetha'i gwrthwynebiad ar y dechrau neu, fel arall, fe fyddai Gwyn yn siŵr o fod wedi cael ei bump arnyn nhw. Roedd hi'n gallu dychmygu Nicola ac yntau'n trafod y mater, y ddau ar eu *decking* liw nos o gwmpas eu *patio heater* yn yfed potel o win a rhannu powlen o ryw hen olifs hallt ac yn dweud pethau fel:

'Meddylia am yr holl filoedd yna'n nychu yn ei gyfri banc o.'

'Yn hollol. Be neith o efo'r holl bres 'na yn ei oed a'i amsar o?'

'Dydi o ddim ond yn iawn i ti ga'l y pres, Gwyn. Ma gin dy chwaer fwy na digon.'

129

Doedd dim digon i'w gael gan rai pobol, meddyliodd Wendi, ac roedd hi'n amlwg fod ei brawd a'i chwaer-yng-nghyfraith yn ddau o'r bobol rheiny.

'Be ddudodd Gwyn eich bod chi wedi rhoi'r pres i gyd i Preswylfa?'

'Fawr ddim. O'dd raid iddo fo fynd wedyn. Mi gofiodd fod ganddo fo gyfarfod ym Mangor.'

Do, mwn, meddyliodd Wendi.

'Ddim y fo o'dd yr unig fisitor ges i heddiw chwaith.'

'Na?'

Rhyw hanner gwrando oedd Wendi, roedd ymweliad ei brawd a'i ymholiadau am bres ei thad wedi'i tharfu. Roedd hi bron iawn â mynd draw i weld y ddau a chael gair â nhw ynglŷn â'r mater. Ond un peth ydi meddwl mynd, peth arall ydi mynd.

'Gesia pwy roddodd ei ben rownd y drws. 'Nes i ddim ei nabod o am sbel. Mae o'n lot llai nag mae o'n edrych ar y telefision, tydi.'

'Pwy rŵan?'

'Ioan Rhys, 'de. Hen hogyn clên. Mi alwodd efo fi jyst ar ôl cinio, wedi bod yn gweld ei fodryb oedd o – yr hen Nan Ifas, y graduras ar ei *last legs*.'

Anghofiodd Wendi bob dim am Gwyn, Nicola a'r hanner can mil o bunnoedd.

'Fuodd Ioan Rhys yma yn eich gweld chi heddiw?'

'Do, tad. Mi steddodd o yn yr union gadair lle rwyt ti rŵan. Fuon ni'n sgwrsio am yn hir, 'chan.'

'Sgwrsio am be?'

'Hyn a'r llall a'i gilydd, sdi. Roedd o'n holi lot amdanach chdi.'

'Amdanaf fi?' Pam roedd ei chalon yn carlamu fel carnau ceffyl yn rasio'i ffyrlong ola yn y Grand National? 'Holi be, felly?'

'O, hyn a'r llall a'i gilydd.'

'Dad!'

'Duwcs, dwi'm yn cofio, nachdw. Holi be o'dd dy hanas di rŵan, faint o blant o'dd gin ti, lle roeddat ti'n byw, be oeddat ti'n ei neud, oeddat ti'n dal efo Mal ...?'

Dechreuodd Wendi deimlo'n sâl. Prin roedd hi'n gallu anadlu. Pam roedd ganddo fo gymaint o ddiddordeb ynddi hi? Roedd y dyn ar fin priodi, neu wedi priodi hyd y gwyddai hi erbyn hyn. Efo model. Gwasanaeth yn Westminster Abbey, a Duw a ŵyr lle roedd y brecwast yn cael ei gynnal, heb sôn am y mis mêl!

'Be ddudoch chi?'

'Wel, deud bod gin ti ddau o blant a dy fod ti'n dal efo'r colbar Mal 'na.'

'Naethoch chi ddim deud mod i wedi ennill y loteri, naddo?'

'Naddo siŵr.'

'Dad?'

''Nes i dwa? Duwcs dwi'm yn cofio sdi.'

Mi oedd gan Harri Edwards duedd anffodus o ollwng yr hen gath ddiarhebol honno allan o'i chwd yn reit amal. Pan heidiodd y wasg draw ryw fore ar dân isio sgŵp, a Wendi a Mal wedi penderfynu'n bendant nad oedden nhw eisiau unrhyw fath o gyhoeddusrwydd yn y byd, Harri gafodd y bai, er ei fod yn taeru'n ddu wyn nad oedd o ddim wedi agor ei geg wrth yr un enaid byw.

'Tydi'r diawl gwirion wedi deud wrth bawb yn y Cartra 'na!' taranodd Mal wrth gau'r llenni a'r bleinds i gyd a'r wasg yn ceisio tynnu llun o'r cwpwl lwcus.

'Fysa Dad byth yn deud dim a ninna wedi'i rybuddio fo i beidio.'

'Wel, ma rhywun yn rwla wedi agor ei geg!' medda

Mal wedyn. 'Chawn ni ddim llonydd gin y ffernols rŵan, na chawn?'

Bu'r ffôn yn canu am dyddiau: y *Daily Post*, yr *Holyhead and Anglesey Mail* isio sgwrs, plis, ac fe roddodd gohebydd lleol y papur bro ganiad hyd yn oed! Ond fel gyda phob stori, torrodd rhyw stori fawr arall allan, un fwy ac un ddifyrrach, a buan iawn roedd enillion Mal a Wendi ar y loteri yn hen newyddion.

'Be ddudodd Ioan wedyn?'

'Fawr ddim.'

'Be amdano *fo* 'ta?'

'Be amdano fo?'

'Be 'di ei hanas o? Ydi *o* wedi priodi?'

'Duwcs, 'nes i'm holi, wir.'

Roedd ei thad yn anobeithiol, meddyliodd Wendi. Roedd o wedi cael cyfle euraidd i gael gwybod pob manylyn bach am Ioan. Ond, wrth gwrs, nath o ddim croesi ei feddwl o i'w holi am ei fywyd personol. Fysa ei thad, fel y rhan fwyaf o ddynion, ddim yn ystyried holi dyn arall am faterion o'r fath. Doedd pethau felly ddim o ddiddordeb, siŵr. Yn achos ei thad, os nad oedd y pwnc yn ymwneud â sgota, emynau neu recordiau Mario Lanza, yna doedd ganddo ddim affliw o ddi-ddordeb.

'O ia, o'dd o isio i mi gofio deud wrthat ti ei fod o wedi galw a'i fod o'n cofio fawr atach chdi.'

Be oedd hynny'n ei feddwl? Pam oedd o isio iddi hi gael gwybod ei fod o wedi galw efo'i thad? A pham ei fod o'n cofio ati hi? Gwylltiodd Wendi efo hi ei hun. Dyma chdi eto! Yn darllen lot gormod i mewn i bethau. Bod yn glên oedd y dyn. Dim byd mwy, dim byd llai. Callia, wir ddyn! Rwyt ti fel tasa gin ti ryw grysh merch ysgol ar y boi! Rhaid i mi feddwl am hobi newydd neu rywbeth, rhywbeth i gael Ioan blincin Rhys o'm meddwl i.

'Yn fanna 'nest ti gythgam o gamgymeriad, yli.'

'Am be dach chi'n sôn rŵan?'

'Ioan Rhys, 'de. Efo hwnnw y dylat ti fod wedi mynd, mechan i. Ddim y Malcolm Jones 'na.'

'Peidiwch â siarad yn wirion!'

'Wn i ddim be welist ti ynddo fo, wir. Mi fopist ti'n wirion amdano fo jyst am ei fod o'n gallu cicio pêl. Tasat ti heb neud llgada llo bach arno fo, Duw a ŵyr lle fysat ti heddiw.'

Ochneidiodd Wendi. Dyma ni off, meddyliodd. Dyma oedd byrdwn ei thad, fel tiwn gron. Petai hi heb fynd yn feichiog hefo Karen yna fe fyddai ei bywyd hi wedi bod yn wahanol iawn. Doedd hi ddim yn gwybod hynny? Ond doedd dim iws codi pais ar ôl piso, nagoedd?

Cael Harri Edwards i ddallt hynny oedd y gamp. Er i'r holl flynyddoedd fynd heibio, doedd o byth wedi dod dros y siom o weld cannwyll ei lygad yn gorfod cefnu ar ei haddysg a'i dyfodol ac yn priodi. Priodi lob o hen hogyn. Gallai ei Wendi fach fod wedi gwneud yn gymaint gwell iddi hi ei hun. Tasa Meg wedi bod yn gwmpas, tasa Meg yn dal yn fyw gwyddai na fyddai hyn byth wedi digwydd.

Y gwir amdani oedd fod Wendi wedi mynd oddi ar y rêls pan fu farw ei mam. Roedd wedi colli pob diddordeb ac owns o fynadd efo'i gwaith Lefel A, er ei bod wedi llwyddo i gael saith TGAU, tair gradd A. Aeth i gymysgu efo'r criw oedd wedi gadael yr ysgol ac aros allan yn hwyr, a dechreuodd yfed a smocio. Pam lai? Doedd ei mam ddim wedi yfed dropyn, a fuodd 'na ddim sigarét ar gyfyl ei gweflau chwaith, ond canser yr ysgyfaint laddodd hi. Twll din pawb a phopeth, dyna oedd agwedd Wendi.

Doedd Harri druan ddim yn gwybod be i wneud efo'r Wendi wyllt newydd yma, ond cysurai ei hun mai dros dro roedd y cicio caled yma yn erbyn y tresi, ei ffordd hi o geisio ymdopi â cholli ei mam. Mae'n debyg y byddai wedi dod at ei choed ac wedi ailafael yn ei gwaith ysgol petai Mal Jones heb ddod ar y sîn a gofyn iddi fynd allan efo fo un noson yn y dafarn. A tawn ni ddim ar ôl y sgwarnog honno – pam roedd hi mewn tafarn a hithau dan oed.

Roedd y genod i gyd yn lystio ar ôl Mal Jones, gan gynnwys Wendi. Roedd Mal Jones yn hync, yn gorjys. A phan ofynnodd o iddi hi fynd allan efo fo, roedd Wendi'n methu credu ei lwc. Mopiodd ei phen yn lân efo'r llanc tal, cyhyrog, a chwaraeai bêl-droed i'r tîm lleol. Roedd yna ryw si fod 'na sgowt o dîm pêl-droed Lerpwl wedi bod yn sniffian o'i gwmpas, ond dim ond si oedd hwnnw.

Doedd dim angen fawr o berswâd arni i gysgu efo fo. Er, doedd y profiad o garu'n ddim byd tebyg i'r hyn roedd hi wedi'i ddarllen amdano mewn cylchgronau chwaith. Methai'n lân â deall beth oedd yr holl ffys, wir. Roedd Mal wedi dweud ei bod hi'n berffaith saff. Doedd dim angen iwsio dim byd. Roedd o'n feistr ar rifyrsio, medda fo. Ond, yn anffodus, doedd Mal ddim cweit wedi llwyddo i feistroli'r gelfyddyd o *coitus interruptus*, ac er gwaetha'i ymdrechion i rifyrsio, clec gafodd Wendi.

Dri mis yn ddiweddarach, bu glân briodas yng Nghapel Sardis. Doedd dim raid trefnu car na throl a cheffyl i hebrwng Wendi i'r gwasanaeth; dim ond angen mynd rownd talcen y Tŷ Capel oedd arni. Roedd ei ffrindiau i gyd mor genfigennus. Roedd hi'n cael gwisgo ffrog wen, ddel; hi oedd gwrthrych yr holl sylw; roedd hi'n cael parti a phresanta, heb sôn am gael priodi hync mwya'r ardal a chael gadael ysgol.

Fel pob priodferch, roedd Wendi'n ddigon o sioe. Gwenai ym mhob llun. Roedd pawb yn dweud eu bod nhw'n gwneud cwpwl bach del; oedd, mi oedd y ddau'n ifanc ond dyna fo. Ddim y nhw ill dau oedd y cynta na'r diwetha i roi'r drol o flaen y ceffyl.

Do, gwenodd Wendi ei gwên orau, a phan ofynnodd y Gweinidog i'r ddau o flaen pawb a wyddai unrhyw un ohonynt am unrhyw rwystr paham na ellid eu huno mewn glân briodas, roedd ar flaen ei thafod hi i floeddio'n uchel fod y ddau ohonyn nhw'n rhy ifanc i briodi. Doedd hi ddim wir yn adnabod yr hogyn yma oedd yn sefyll yn nerfus wrth ei hochor hi mewn siwt oedd yn rhy fawr iddo fo a'i sgidiau angen eu polishio, heb sôn am ei garu o. Roedd hi wedi bwriadu mynd i'r brifysgol – nid magu babi, er mwyn Duw! Ond yn lle datgan un o'r rhwystrau hynny, ddeudodd Wendi ddim byd, dim ond gwenu a meddwl be fysa ei mam druan, oedd yn gorwedd mewn bedd oer chwe chan llath oddi wrthi, yn ei ddweud.

'Wel, dwi ddim wedi gneud yn rhy ddrwg, naddo!' atebodd Wendi 'nôl yn amddiffynnol. 'Dwi 'di ennill y loteri, Dad!'

'Mm,' meddai ei thad.

'Be dach chi'n feddwl efo'ch "mm"?'

'Faint gwell wyt ti?'

'Faint gwell ydw i?' Fedrai Wendi ddim credu'r peth.

135

'Wel, lot fawr, 'swn i'n deud. Ma gin i dŷ mawr, crand, car *top of the range*, *walk-in* wardrobs yn llawn dillad a sgidia *designer*, mwy na digon o bres yn y banc. Fedra i fynd am holides unrhyw adeg dwi isio, i le bynnag dwi isio. Ma gin i ...'

Torrodd Harri Edwards ar draws ei ferch, 'Pobol, nid petha, sy'n bwysig. Cofia di hynna, mechan i.'

A geiriau ei thad yn atsain yn ei chlustiau, gyrrodd Wendi yn ei Audi A5 Convertible gwyn ar hyd y ffordd ddeuol i gyfeiriad ysgol breifat Bennetts i nôl ei mab.

'Dwi isio gofyn rwbath i chdi.'

'Gofyn be?'

Roedd Wendi a Gari'n mwynhau paned a chacen, a Bradley ei fisgedan a'i lefrith, mewn caffi bach yn y dre, fel roedd hi'n arferiad gan y tri ei neud bob dydd Iau ar ôl ysgol. Byddai'r tri'n piciad i Waitrose wedyn i siopa bwyd a phrynu rhywbeth neis i swper.

'Dwi 'di bod isio gofyn i chdi ers lot, deud y gwir,' meddai Gari wedyn gan chwarae'n nerfus â'r pacedi siwgwr oedd yn y bowlen o'i flaen. 'Ga' i fynd yn *boarder*?'

Rhoddodd Wendi ei chwpan i lawr, yn methu credu ei chlustiau.

'Gei di fynd yn be?'

'*Boarder* yn Bennetts. Ga' i?'

'Tisio aros? Cysgu yn Bennetts?'

'Ma'n ffrindia i i gyd yn *boarders*. Ga' i fod yn un, plis?'

'Well gin ti gysgu yn fanno nag adra?'

'Dwi jyst yn teimlo mod i'n colli allan. Mae 'na gymaint o bethau ymlaen ar ôl ysgol – clybiau a chymdeithasau, gwyddbwyll, band *jazz*, y *debating society* ...'

'Fedra i dy nôl di'n hwyrach, dim problem.'

'Ond dwi'n colli allan ar y petha sy mlaen ar y penwythnosau hefyd. Fuon nhw'n gweld y Moscow State Ballet penwythnos diwetha. Plis, Mam.' Ochneidiodd Gari, cyn mynd yn ei flaen, 'Dwi jyst yn teimlo ... dwi jyst yn teimlo fel bod gin i un droed yn Bennetts a'r llall ... a'r llall ... Dwi'm rili yn gwybod lle ydw i fel hyn.'

'Ti'n siŵr mai dyma be wyt ti isio?'

'Mam, dwi 'di meddwl lot am hyn. Do'dd gin i erioed ffrindia agos tan rŵan, tan i mi fynd i Bennetts. Ond o'r diwedd ma gin i fêts go iawn yn fama. Wnes i sôn wrthat ti mod i wedi ca'l cynnig mynd i aros i dŷ Felix adeg gwyliau'r Pasg?'

Cofiai Wendi'n dda amdano'n dod adref o'i ysgol flaenorol a phawb arall ond y fo wedi cael gwahoddiad i ryw barti pen-blwydd. Fo hefyd oedd wastad y diwetha i gael ei ddewis ar gyfer rhyw dîm chwaraeon neu'i gilydd. Byddai ei chalon yn gwaedu drosto fo, er ei fod o wastad yn trio dangos nad oedd ots ganddo fo a bod ganddo fo bethau amgenach i boeni yn eu cylch, megis oedd y Blaid Lafur wedi dewis y brawd Milliband cywir i arwain y blaid? Ydi Plaid Cymru yn dal yr un mor berthnasol ers dyfodiad y Cynulliad? Oes gan Obama ateb i broblemau'r Dwyrain Canol, heb sôn am rôl Tony Blair yn y llanast? A'r cwestiwn pwysicaf un, ydi Huw Edwards yn gwisgo contact lensys?

Ochneidiodd Wendi'n dawel: Karen gyntaf a rŵan Gari.

Mi driodd ei gorau glas i fod yn ddewr a pheidio ag ypsetio pan oedd hi'n ei helpu fo i bacio'i gês. Roedd hi hefyd wedi trio peidio ag ypsetio pan ddanfonodd hi o i'r ysgol y bore dydd Llun arbennig hwnnw.

'Wela i chdi nos Wener,' meddai Gari.

'Iawn,' meddai Wendi gan geisio rhoi gwên fach a llyncu lwmp mawr yn ei gwddw yr un pryd.

'Dim ond pedair noson ydi o.'

'Wn i.'

'Gawn ni dêc-awê nos Wener?'

'Be fasat ti'n lecio – Chinese 'ta Indian?'

'Indian, plis.'

'Awn ni i'w nôl o ar y ffordd adra, yli.'

'Grêt. O, a paid â chanslo'r *series link* sydd ar *Newsnight*. Mi fydda i'n dal isio'i weld o pan fydda i adra.'

'Wna i ddim twtsiad yn dy *series link* di. Dwi'n gaddo.'

'Wna i tecstio chdi a chysylltu ar Facebook.'

'Ti'n gaddo dŵad adra bob penwythnos, dwyt?'

'Gaddo.'

'Wela i di nos Wener.'

Cofleidiodd y ddau'n dynn. Yna bustachodd Gari i fyny'r grisiau llydan efo'i gês a'i holdall Louis Vitton a'r llythrennau G J i'w gweld yn glir ar y ddau.

Ar ôl iddi gyrraedd adref aeth Wendi yn syth i mewn i stafell Gari a thynnu'r dillad oddi ar ei wely i'w rhoi yn y peiriant golchi. Cafodd hyd i'w byjamas wedi'i blygu'n dwt o dan ei obennydd. Gafaelodd yn dynn ynddo a'i fwytho'n annwyl. Cododd y crys T a'i arogli – cyfuniad o ogla chwys glân a deodorant. Daeth ton o hiraeth mawr drosti, a dechreuodd feichio crio. Crio a chrio, crio fel petai ei chalon yn torri. Wylo crio, crio am yr hyn a fu ac am yr hyn na fyddai byth eto. Crio am ei hogyn bach. Hiraeth am yr hogyn bach oedd wedi mynd am byth, ac na ddôi byth yn ôl. Gari arall fyddai yn ei le o bellach.

'O, chdi sy 'na. Be uffar di'r sŵn 'na?' meddai Mal gan roi ei ben rownd y drws. 'O'n i'n meddwl bod 'na ryw gath wedi dod i mewn a bod honno'n mewian dros y lle!'

'Dim byd. Fysat ti ddim yn dallt,' sniffiodd Wendi gan geisio ymwroli. Gafaelodd yn y dillad gwely a mynd heibio Mal.

Mi gadwodd Gari at ei air am bythefnos. Ond ar ôl hynny roedd 'na ryw ymarfer neu ryw weithgaredd yn ei gadw'n brysur. Ac adeg gwyliau'r Pasg roedd y daith sgio i Ffrainc a'r gwahoddiad i aros yng nghartref Felix yn ochrau Caer. Sylweddolodd Wendi, er eu bod yn tecstio ac yn siarad ar y ffôn bob dydd, fod 'na ddeufis, bron, ers iddi weld ei mab. Teimlai fel petai Gari wedi gadael cartref i fynd i'r coleg bum mlynedd yn gynnar.

Roedd yr hiraeth amdano bron â'i mygu, er na theimlodd hi ddim byd tebyg pan adawodd Karen. Fedrai hi ddim mynd i mewn i stafell Gari heb fod dagrau'n cronni yn ei llygaid. Byddai'n lecio eistedd ar ei wely a syllu ar ei boster enfawr o'r machlud dros Dŷ'r Cyffredin. Byddai'n byseddu ei bentwr o hunan-gofiannau pwysigion y byd gwleidyddol, a bob tro byddai hi'n gweld *sun-dried tomatoes* a *couscous* yn yr archfarchnad byddai ei llygaid yn llenwi. Gwyliai'r *Newyddion* a *Newsnight* ar y teledu er mwyn iddi deimlo'n agosach ato mewn rhyw ffordd.

Doedd 'na ddim modrwy briodas ar fys Ioan Rhys o hyd, sylwodd.

Dysgu Dim

Ych! Rhwng cwsg ac effro blasodd Wendi'r gwin coch stêl yn ei cheg. Roedd ei cheg yn sych grimp. Yn sydyn agorodd ei ddwy lygad led y pen. Cachu rwj!

O na ... cachu, cachu rwj! Doedden nhw ddim wedi defnyddio dim byd. O cachu, cachu, cachu! Rhoddodd ei stumog dro. Cododd a rhuthro i'r *en suite* a chwydu ei pherfedd – taflu i fyny un ai oherwydd yr holl win roedd hi wedi'i yfed neu oherwydd ei bod wedi sylweddoli iddyn nhw fod yn ofnadwy o anghyfrifol. 'Clync, clic, *every trip*,' chwedl Mal. Heblaw am neithiwr.

'Ti'n iawn?' gwaeddodd Mal yn floesg o'r gwely *super king*.

'Yndw. 'Bach o hangofyr. Gormod o win,' meddai Wendi'n llegach gan droedio'n ôl i'r gwely.

'Piti. Finna'n meddwl y bysan ni'n ca'l ripît perfformans o neithiwr.' Dechreuodd Mal fwytho'i chlun.

Blincin gwin coch! Doedd hi ddim yn arfer lecio gwin. Ond ers iddi ddechrau yfed gwin coch gan nad oedd dim dewis arall ar gael yn noson blasu gwin Gwenfron ac Illtud, roedd hi wedi dechrau magu blas at y grawn. Petai hi heb yfed fel ych neithiwr, yna fysa hi ddim wedi gadael i ... wel, fysa hi ddim wedi bod mor anghyfrifol. A phetai hi heb fynd allan efo'r genod neithiwr ... Ond hawdd codi pais ar ôl ...

Roedd Wendi wedi laru, wedi laru ista adra bob nos
– ar ei phen ei hun gan amlaf, yn gwneud dim byd ond
gwylio'r bocs. Ers rhyw fis neu ddau roedd Mal, ar
anogaeth Gwyneth, wedi dechrau gwasanaeth nôl a
danfon yr hen bobol i weld dramâu neu ffilmiau oedd
yn cael eu cynnal yn y ganolfan gelfyddydau leol. Roedd
y tripiau yma'n boblogaidd dros ben a buan iawn roedd
galw am noson allan ddwywaith, os nad deirgwaith, yr
wythnos.

'Wyddwn i ddim fod cymaint o ffilmiau a dramâu'n
cael eu dangos yn y ganolfan,' meddai Wendi un noson
pan oedd Mal ar ei ffordd allan, yr ail waith yr wythnos
honno.

'Ma 'na lot o ffilms French yn cael eu dangos 'na. Paid
ag aros i fyny, ella y galwa i efo Mam ar y ffor' adra.'

Roedd hi wedi rhoi'r gorau i swnian am i'r ddau gael
mynd allan am bryd o fwyd neu i'r sinema efo'i gilydd.
Oedd, roedd hi'n gwybod ei bod hi'n anodd efo Bradley
bach, ond siawns y gallen nhw gael rywun i'w warchod
am awran neu ddwy?

Felly, fel y gwnaeth Mohamed efo'i fynydd, pen-
derfynodd Wendi y gallai'r mynydd ddod ati hi, a
rhoddodd ganiad i Julie. Falla y bysa honno'n lecio dod
draw ryw noson, neu falla y gallen nhw fynd allan am
bryd o fwyd efo genod y ganolfan arddio fel roeddan
nhw'n arfer ei wneud. Roedd y nosweithiau rheiny yn
arfer bod yn rhai hwyliog ar y naw ond doeddan nhw
ddim wedi cael noson allan efo'i gilydd ers sbel garw.
Yn wir, sylweddolodd Wendi wrth ddeialu rhif ffôn Julie,
ddim ers iddi ennill y loteri a rhoi'r gorau i'w gwaith yn
y ganolfan. Ond doedd hynny ddim yn rheswm iddyn
nhw beidio â mynd allan efo'i gilydd, nagoedd?

Digon llugoer oedd ymateb Julie i'w chynnig. Roedd ganddi rywbeth ymlaen bron bob nos, medda hi. Ond mi ddigwyddodd sôn fod y genod yn bwriadu mynd allan am bryd o fwyd wythnos i nos Wener.

'Ma croeso i chdi ddod efo ni,' meddai Julie'n gyndyn.

Derbyniodd Wendi'r cynnig, er ei bod hi wedi teimlo braidd fod y genod wedi trefnu noson allan heb estyn gwahoddiad iddi hi. Sawl noson arall roedd y genod wedi bod allan hebddi, meddyliodd. Ond ddudodd hi ddim byd.

'Arglwy'! Kim Kardashian, cryna yn dy din!' meddai Mal wrthi pan welodd o hi yn ei *ensemble* y nos Wener ganlynol.

'Tydi o ddim dros ben llestri, nachdi?'

'Ti'n edrach yn blydi gorjys. 'Swn i'n medru dy gymryd di'r funud 'ma ar y bwrdd 'na.'

Roedd gan Mal ddawn arbennig efo geiriau ambell dro. Sythodd Wendi ei ffrog Victoria Beckam gwerth mil pedwar cant o bunnoedd o wneuthuriad crêp dwbwl, gwlân a sidan lliw emrallt, gan ddiolch i'r drefn fod y tacsi'n dod i'w nôl hi unrhyw funud.

'Ma 'na ddiod o lefrith i Bradley yn y ffrij os ydi o'n deffro, ond ddyla fo ddim,' meddai Wendi wedyn, yn rhoi ei chôt amdani. 'Reit, ma'r tacsi yma. Wela i di wedyn. Ta-ra.'

Dim ymateb gan Mal: dim 'Ta-ra', dim 'Joia dy hun'. Dim sws, dim ond troi ei gefn arni a cherdded drwodd i'r lolfa i weld pa arlwy oedd gan Sky Sports ar ei gyfer y noson honno.

Mewn bistro bach yn y dre roedd y genod yn cyfarfod, ac roedd y chwech arall wedi cyrraedd o'i blaen: Julie,

Marian, Sandra, Helen a dwy oedd yn ddiarth i Wendi. Rhyfadd, roedd Wendi'n grediniol mai chwarter wedi saith ddudodd Julie eu bod nhw'n cyfarfod. Ond bu raid i Wendi stwffio i eistedd yn y sedd wag ym mhen pella'r bwrdd. Teimlai ei bod hi ar gyrion y bwrdd, yn llythrennol ac yn ffigyrol. Doedd hi ddim hyd yn oed yn adnabod dwy o'r genod, Gwen a Kath, oedd wedi dod i weithio yn y ganolfan ar ôl i Wendi adael.

Ar ôl sbel, cyflwynodd Marian y ddwy iddi ac yna, efo cloch ym mhob dant, meddai hi, 'Hon ydi'r gnawas lwcus oeddan ni'n sôn wrthach chi sy wedi ennill miliynau ar y loteri.'

Trodd pennau'r ciniawyr oedd yn eistedd wrth y byrddau cyfagos fel un i gael golwg ar y 'gnawas lwcus' a llygadrythu ar Wendi. Mi fysa hitha wedi gwneud unrhyw beth i'r ddaear agor oddi tani'r foment honno.

Sylwodd fod gan y lleill ddiod o'u blaenau'n barod, ond gofynnodd Wendi'n gwrtais oedd rhywun isio diod arall.

'Potal o siampên, ia?' meddai Marian yn geg i gyd. Jyst am ei bod hi'n rheolwraig y ganolfan arddio roedd hi'n meddwl bod ganddi hi'r hawl i reoli pawb a phopeth arall hefyd.

'Gad lonydd iddi. Neith potal o win yn iawn,' meddai Sandra a dechrau chwerthin o'i hochor hi. Ymunodd y pump arall yn y chwerthin hefyd.

Ddudodd Wendi ddim byd, dim ond gwenu a chodi i fynd at y bar. Gallai deimlo'r chwe phâr o lygaid yn syllu arni'n mynd, yn syllu ar ei ffrog, pob pâr yn ymwybodol nad ffrog o Dorothy Perkins oedd ganddi amdani. Pam roedd hi'n cael y teimlad eu bod nhw i gyd yn siarad amdani y munud yr aeth hi o'r golwg?

Ar ôl iddi fod yn y bar, aeth am y tŷ bach. Rhoddodd gôt arall o lipstic ar ei gwefusau a brwsio'i gwallt. Ers iddi benderfynu peidio â'i dorri roedd yn gorwedd yn donnau gwinau, sgleiniog ar ei sgwyddau. Syllodd arni ei hun yn y drych, cymerodd anadl fawr ac aeth yn ei hôl at y bwrdd.

Fel roedd hi'n cyrraedd yn ei hôl, mi glywai Marian yn dadlau â'r gweinydd gwin oedd yn sefyll wrth y bwrdd efo dwy botel o win yn ei law, un wen ac un goch.

'You've got the wrong table, we haven't ordered any wine.'

'O'n i ddim yn gwbod pa win oeddach chi isio. Felly 'nes i ordro un goch ac un wen. Shiraz a Chablis yn iawn? I'll have the red please,' meddai Wendi gan wenu ar y gweinydd. Aeth hwnnw yn ei flaen i agor y ddwy botel yn ddeheuig a thywallt gwin coch i'w gwydr.

Edrychodd ei chwe chydymaith arni'n gegrwth. 'O'n i ddim yn ei feddwl o. Jôc siŵr,' meddai Sandra, wedi cochi at ei chlustiau.

'Iechyd da!' meddai Wendi wrthyn nhw, gan godi ei gwydr a chymryd llowciad o'r gwin.

'Ers pryd wyt ti'n lecio gwin coch?' holodd Julie.

'Ers sbel, deud y gwir. Ma Mal a fi'n meddwl prynu *gite* yn Bergerac, Ffrainc. 'Dan ni'n meddwl prynu gwinllan yna hefyd,' meddai Wendi, yn palu clwydda'n braf. 'Ond ma hynny ar ôl i ni brynu fila yn Barbados. Fydd fanno'n rwla i ni ga'l mynd bob Dolig wedyn, yn bydd? Dach chi'n barod i ordro? Dwi am fynd am y sbesial, dwi'n meddwl.'

Cymerodd lowc arall o'r Shiraz. Roedd yn crynu'r tu mewn, yn methu coelio'i bod wedi dweud yr holl gelwyddau 'na. Ond ar ôl gweld agwedd y genod tuag ati'n gynharach, roedd Wendi wedi magu rhyw gythraul o rwla ac wedi archebu dwy botel o win, y rhai drutaf yn y tŷ, gan dalu amdanynt yn y fan a'r lle. Os oedden nhw'n mynnu gwneud rhyw hen sweips eiddigeddus, yna waeth iddi roi digon o wrtaith iddyn nhw ddim.

Rhoddodd ei datganiad am y *gite* a'r fila gaead ar eu piser nhw am sbel. Hynny yw, cafodd Wendi ei han-wybyddu'n llwyr. Siaradai'r lleill am y gwaith heb wneud unrhyw ymgais o gwbwl i'w chynnwys hi yn y sgwrs. Yna, trodd y sgwrs i drafod eu plant ac ati. Holodd Marian am epil pawb heblaw rhai Wendi. Soniodd Kath fod ei merch yn gobeithio mynd i'r brifysgol ym mis Medi.

'Lle ma hi'n gobeithio mynd?' holodd Wendi, yn trio'i gorau i gyfrannu i'r sgwrs.

'Caerdydd.'

'Hy! Tydi pawb a'i nain isio mynd i Gaerdydd y dyddia yma,' meddai Sandra gan gymryd sip o'r gwin gwyn.

'I 'studio be?' holodd Wendi wedyn.

'Cymraeg a'r Gyfraith,' meddai Kath, y fam falch.

'Da. Handi ca'l twrna sy'n siarad Cymraeg,' meddai Marian, yn arddangos ei doethineb arferol.

'Blydi hel, fyddi di angan ail forgais i'w chadw hi yno. Tydan ni ddim wedi cael gwyliau ers i Carys ni fynd i'r brifysgol,' meddai Helen wedyn.

'Fydd hynna'n ddim problem i chdi, na fydd Wendi?' meddai Marian gan godi ei gwydr gwin ati. 'Ma dy hogyn di mewn preifet sgŵl yn barod, tydi? *How the other half,* myn dian i.'

'Sut brofiad ydi ennill y loteri, Wends?' holodd Sandra. 'Mae'n siŵr ei fod o'n deimlad ffantastig, tydi? *Dream come true.* O, braf arna chdi.'

Ddudodd Wendi ddim byd, dim ond rhoi gwên fach. Oedd, mi oedd hi'n braf cael byw mewn tŷ mawr crand, gyrru o gwmpas mewn car swish, gallu prynu unrhyw beth dan haul, bron, heb boeni dim am ei bris, bod yn berchen a rhedeg salon trin gwallt llwyddiannus, cael mynd am wyliau drud ecsotig. Yna cofiodd eiriau ei thad, ac meddai hi wrth y chwech arall yn dawel, 'Pobol, nid petha, sy'n bwysig.'

Mi adawodd Wendi cyn y coffi. Roedd hi wedi hen flino ar y gwmnïaeth ddiflas a'r ensyniadau di-baid am ei phres drwy'r nos. Roedd hi hefyd wedi yfed y botel o win coch ei hun, bron, ar wahân i'r gwydriad gymerodd Kath. Gwnaeth esgus tila fod ganddi gyfarfod efo rhyw rep yn y salon fore trannoeth. Bu rhwng dau feddwl ynghylch talu'r bil. Roedd dros dau gant a hanner o bunnoedd yn braf. Dim ond piso yn y môr i Wendi, fel y bysa Marian a'r genod eraill wedi'i edliw. Ond wedyn, petai hi'n gneud hynny, fyddai o ddim ond yn rhoi mwy o le iddyn nhw wneud rhyw sylwadau bach gwawdlyd am ei chyfoeth. Felly ddaru hi ddim. Dim ond talu am ei siâr hi ei hun. Ond mi adawodd dip hael a phrynu photel o Moët iddyn nhw ei mwynhau efo'u *petits fours*.

'Ti adra'n gynnar,' oedd sylw Mal pan landiodd Wendi yn ei hôl cyn deg a phloncio'i hun wrth ei ochor ar y soffa.

'Yndw. Bradley bach yn iawn?'

'Dim siw na miw. Ffwtbolar fydd hwn, gei di weld. Mi ddylat ti ei weld o'n ista ar fy nglin i heno yn gwylio'r gêm. Wnaeth o ddim tynnu ei lygaid oddi ar y bêl 'na. Ma'r dalent wedi neidio un genhedlaeth, ma'n rhaid.'

Chwarddodd Wendi, 'Ella wir, Mal. Ella wir.'

'Wyt ti'n chwerthin ar fy mhen i?'

'Nachdw.'

'Pam ma 'na wên wirion ar dy wynab di?'

'Cofio dwi.'

'Cofio be?'

'Cofio chdi ar y cae ffwtbol. Yn driblio'r bêl. Yn dy siorts bach secsi ...' giglodd Wendi eto.

'Faint wyt ti wedi'i ga'l i yfad heno?'

'Digon.'

'O ia?'

Dechreuodd Mal fwytho clun Wendi, ei law'n gwthio ffrog Mrs Goldenballs i fyny i dop ei chluniau.

'Be ti'n neud, Malcolm Jones?'

'Rwbath dwi ddim wedi'i neud erstalwm iawn, iawn, Wendi Jones.'

Fe ddechreuon nhw gusanu a llithrodd y ddau i orwedd ar y soffa ledr.

Yn sydyn clywyd llais yn taranu dros y lolfa. 'Would you agree that these actions are cheap and inappropriate ...?'

Llais Ioan Rhys yn ei Saesneg gorau.

'Be uffar?' bloeddiodd Mal gan godi i fyny'n wyllt.

Rywsut neu'i gilydd, yng nghanol yr holl ffymblo a'r bustachu, roedd un ohonyn nhw yn ddamweiniol wedi pwyso ar y remôt, gan achosi i'r teledu aildanio i lais peraidd Ioan Rhys ar *Newsnight*. Pwysodd Mal yn galed ar y remôt unwaith eto, a'i luchio i ben draw'r stafell.

'Rŵan 'ta, Misus Jones, lle roeddan ni?'

Caeodd Wendi ei llygaid a gyda llais melfedaidd Ioan yn dal i atseinio yn ei phen, cusanodd Mal yn wyllt. Dychmygodd mai gwefusau Ioan oedd yn pwyso'n galed ar ei gwefusau hi, ei ddwylo fo oedd yn mwytho'i bronnau; dychmygu mai efo fo yr oedd hi'n caru.

'Asu, oeddach chdi *on form* heno, Wends,' ochneidiodd Mal yn lled-orwedd ar y soffa ar ôl caru. 'Rhaid i chdi fynd allan yn amlach.'

Gwenodd Wendi iddi ei hun. Byddai'n rhaid iddi roi ei dychymyg ar waith yn amlach, meddyliodd.

Trodd Wendi at Mal a golwg ddifrifol iawn ar ei hwyneb, 'Ti'n sylweddoli na wnaethon ni ddim iwsio dim byd neithiwr, dwyt.'

'Dim rhyfadd mod i wedi joio,' meddai Mal yn gwenu fel giât. 'Duw, fyddi di'n iawn.'

'Ond be taswn i ddim, Mal?'

'Groesan ni'r bont yna pan ddown ni ati.'

Ond doedd Wendi ddim yn fodlon aros nes cyrraedd y bont. A deud y gwir, doedd Wendi ddim eisiau bod o fewn can milltir i'r blincin bont honno, diolch yn fawr iawn. Roedd hi angen tawelwch meddwl rŵan, angen sortio hyn allan heddiw. Roedd hi'n tynnu am ei deugain ac yn nain, er mwyn Duw. Er ei bod hi'n caru Bradley bach yn fwy na'r byd i gyd, doedd hi ddim yn dymuno magu babi arall hefyd. Na, no wê.

Roedd ei chalon yn rasio a'i bol yn troi. Bore dydd Sadwrn oedd hi, a'r feddygfa wedi cau. Aeth am gawod a gwisgo amdani'n reit handi, Yna aeth ar y we a theipio 'the morning-after pill' i mewn.

'Dwi'n piciad i'r dre. Fydda i ddim yn hir!' gwaeddodd ar Mal, oedd dal yn ei wely.

Esboniodd Wendi i'r fferyllydd beth roedd hi ei angen. Roedd hi'n amlwg fod hwnnw wedi hen arfer efo cais o'r fath. Nodiodd a gwenu'n glên arni, a glanhau ei sbectol yr un pryd. Fuodd hi erioed mor falch o weld neb â phan ddaeth o yn ei ôl o'r cefnau efo'r pecyn oedd yn cynnwys y tabledi iddi.

Wrth i Wendi dalu amdanyn nhw, cododd y fferyllydd ei ben a syllu'n galed arni cyn dweud, 'O'n i'n meddwl mod i wedi eich gweld chi yn rwla o'r blaen. Chi sydd wedi ennill y loteri, 'te. Ew, sut brofiad ydi ennill?'

Doedd yr holl filoedd oedd ganddi yn ei chyfrifon banc ddim yn gallu lleihau'r cywilydd a'r embaras roedd hi'n eu teimlo'r funud honno – gwraig yn ei hoed a'i hamser yn mofyn y 'morning-after'. Ddudodd hi ddim byd. Gwenodd yn wantan. Doedd hi'n dysgu dim.

Helô a ta-ta

Da ydi Facebook, meddyliodd Wendi. Drwy gyfrwng y gweplyfr roedd hi'n gallu cadw mewn cysylltiad efo Gari a Karen yn ddigon rhwydd.

Roedd Karen ni yn 'having the time of my life ...' fel roedd ei statws yn ei ddatgan yn aml. Edrychai Wendi ymlaen at weld y lluniau di-ri roedd hi'n eu postio ar Facebook yn fynych: lluniau ohoni hi'n ciniawa'n grand efo Alistair, lluniau ohoni hi'n hwylio yn ei gwch, neu'r *yacht* fel roedd Karen yn ei alw, a lluniau ohoni hi'n marchogaeth, yn gwenu'n braf ar gefn rhyw stalwyn fel petai wedi cael ei geni yn y cyfrwy. Rhyfedd – roedd Wendi wastad yn meddwl bod ar Karen ofn ceffylau drwy ei thin ar ôl iddi gael ei brathu yn dair oed gan gob go bowld yn Sioe Môn.

Ond diolchai Wendi bob dydd fod Karen yn dod ar draws y math mwy cyfarwydd hwnnw o geffyl y dyddiau yma ac nid y 'Galloping Horse' roedd Liam mor hoff o'i "reidio". Roedd hi'n ymwybodol ei fod o wedi trio'i orau sawl tro i ddwyn perswâd arni i eistedd yn y cyfrwy caeth hefyd.

Byddai Karen yn ffonio bob nos Sul, yn holi am Bradley bach ac yn gofyn i'w mam anfon lluniau ohono fo ati hi'n gyson. Tybed oedd hi wedi sôn wrth Alistair am ei mab bellach?

Roedd Wendi wrth ei bodd yn busnesu ar dudalen

Gari ar Facebook hefyd. Sylwodd fod tudalennau BBC *Newsnight,* Tŷ'r Cyffredin a Classic FM ymysg ei hoffterau. Roedd ei ddosbarth wedi bod am drip i Lundain yn ddiweddar ac wedi cael cyfle i ymweld â Thŷ'r Cyffredin. Bu bron iawn i Gari wlychu ei drowsus pan welodd gip sydyn o George Osborne yn brasgamu i gyfeiriad y siambr.

Roedd gan Wendi dros gant o ffrindiau erbyn hyn. Un noson Wener, a Mal wedi mynd i ddanfon hen bobol Preswylfa i yrfa chwist mewn cartref yng nghyffiniau Caernarfon a Wendi efo fawr ddim i'w wneud, aeth ati i fusnesu unwaith yn rhagor ar y gweplyfr. Gwelodd fod Sharon a'r criw wedi bod mewn cyngerdd gan Bryn Fôn a'r Band; roedd hi'n arfer cael cynnig mynd efo nhw. Wrth iddi bori drwy'r dwsin a mwy o luniau, a'r genod yn amlwg wedi cael noson dda, meddyliodd fod yna rywbeth reit drist mewn merched *menopausal* yn glafoerio dros ddyn trigain oed.

Sylwodd fod ganddi gais ffrind – dau, a deud y gwir. Roedd y cyntaf oddi wrth Eirlys Davies, neu Eirlys Ferguson fel roedd hi bellach. Roedd hi wedi symud i'r Alban yn Fform Tŵ. Pam roedd Eirlys wedi anfon cais ati hi i fod yn ffrind? Petai'r ddwy wirioneddol yn ffrindiau, yna mi fysa'r ddwy wedi cadw mewn cysylltiad. Ac o'r hyn gofiai Wendi amdani, roedd hi'n gallu bod yn hen gnawes ddigon sbeitlyd. Gwrthododd y cais. Gan Ioan Rhys roedd y llall. Llyncodd ei phoeri. Curai ei chalon fel dwn i ddim be. O, mam bach, roedd Ioan Rhys eisiau bod yn ffrind efo hi ar Facebook. Heb feddwl ddwywaith derbyniodd ei gais.

Helô. Daeth neges ar ei ffôn. Dim ond un gair. Gair bach. Dyna i gyd. Helô. Cyfarchiad. Lai na phum munud ar ôl iddi hi dderbyn ei gais, roedd Ioan Rhys wedi anfon neges ati.

Helô, atebodd Wendi'n ôl.

Roedd rhyw swildod od wedi dod drosti er mai dim ond teipio neges roedd hi.

Da ydi'r Facebook yma, medda fo wedyn.

Yndi, mae o.

Ti'n iawn?

Grêt, diolch. A chditha?

Yndw, sdi. Prysur. Diflas gweithio ar nos Wener.

Edrychodd Wendi ar ei horiawr. Roedd hi'n tynnu am ddeg, a byddai *Newsnight* ar yr awyr ymhen hanner awr.

Yndi, dwi'n siŵr, atebodd hithau. Ysai am gyfle i'w holi, Pryd ti'n priodi, pwy ydi hi? Ond wnaeth hi ddim.

Well i mi fynd. Angen ymarfer lincs ac ati. Siarad efo chdi'n fuan.

Yna roedd o wedi mynd. *Siarad efo chdi'n fuan.* Syllodd ar y geiriau. Lluchiodd Wendi ei ffôn i ben arall y soffa. Be oedd yn bod arni hi? Roedd hi'n gweld bai ar y merched *menopausal* yma yn cael *hot flush* dros yr hen Sobin, ond doedd hi ddim gwell na nhw: gwraig briod yn cael crysh ar gyflwynydd teledu. A rŵan roedd hi hyd yn oed yn ffrindia efo fo ar Facebook. Callia, wir! Cododd a mynd i neud paned a darn o dost iddi ei hun. Aeth i edrych ar Bradley bach, oedd yn cysgu'n ddigon o ryfeddod yn ei got. Daeth yn ei hôl i'r lolfa i fwyta'i thost. Adnabu'r gerddoriaeth agoriadol gyfarwydd ar y teledu, a chroesawodd y cyflwynydd hi'n gynnes i'r rhaglen. Roedd o fel petai'n ei chyfarch hi'n bersonol a neb arall, ei wên yn achosi i'w stumog roi rhyw dro –

nid amhleserus. Roedd yn brofiad swreal, bron, ei bod hi newydd fod yn cyfathrebu efo'r dyn yma a dyma fo rŵan yn cyfarch pawb o John O'Groats i Land's End.

Ochneidiodd Wendi'n uchel. Doedd o ddim yn iawn ei bod hi ar ei phen ei hun yn bwyta tost a gwylio *Newsnight* ar nos Wener. All peth felly ddim ond arwain i helbul. Pa fath o helbul, doedd hi ddim yn siŵr. Ond helbul serch hynny. 'Sbia arna chdi dy hun mewn difri calon lân,' meddai hi'n uchel. 'Ti 'di ennill y blwmin loteri, ti'n byw mewn tŷ mawr crand, a dyma chdi'n fama ar nos Wener yn byta tost! Tyd 'laen, Wendi bach, mae angen i ti fyw! Byw yn y byd go iawn yn lle rwdlian ar yr hen Facebook 'na!'

A dyna pryd y cafodd hi frenwêf. Parti. Roedd hi'n mynd i drefnu parti, coblyn o barti mawr i'w ffrindiau a'r teulu i gyd. Roedd hi wedi bwriadu cynnal un ar ôl iddyn nhw symud i Lys Alaw ond rywffordd neu'i gilydd ddigwyddodd o ddim. Câi hithau wedyn roi lluniau'r parti ar Facebook i bawb i'w gweld. No wê roedd hi'n gwylio *Newsnight* ar ei phen ei hun ar nos Wener eto, addawodd iddi ei hun, a newidiodd i sianel arall yn reit handi.

'Oes raid i mi wisgo crys?'

'Oes, Mal. Dwi 'di estyn yr un Tommy Hilfiger 'na ar y gwely i chdi.'

Roedd popeth yn mynd fel wats. Roedd y cwmni arlwyo Bwyd a Mwy newydd gyrraedd ac wrthi'n gosod popeth allan yn barod i'w weini yn hwyrach ymlaen. Roeddynt hefyd wedi gosod poteli siampên mewn casgenni yn llawn rhew. Roedd Wendi'n benderfynol fod heno yn mynd i fod yn noson i'w chofio. Sbloets iawn.

Yn wir, mi gofiai Wendi'r noson arbennig hon am weddill ei hoes, ond ddim am y rhesymau roedd hi wedi'u bwriadu.

Roedd hi wedi gwahodd dros dri deg o bobol i'r parti. Roedd Gwyn a Nicola'n dod wrth gwrs, ac roedd hi wedi rhoi gwahoddiad i'w thad, ond 'Sa well gin i sticio pinna yn fy llgada' oedd ymateb Harri Edwards. Roedd Sonia, chwaer Mal, a'i fam, Mavis, wedi landio awr dda cyn dechrau'r noson yn swyddogol a mam Mal wedi mynnu dod â threiffl efo hi, er bod Wendi wedi deud yn glir fod dim angen iddi neud dim byd gan fod cwmni arlwyo'n darparu'r bwyd i gyd. Roedd y ddwy wedi sodro'u hunain yn y seti gorau ar y soffa i gael gweld a 'studio pawb a phob dim drwy'r nos. Roedd Mavis wedi rhoi clec i'r rhan fwya o'r sieri Emva Cream roedd hi wedi dod efo hi tra sipiai Sonia ei leim a soda'n sidêt.

Chwarae teg, roedd y cwmni arlwyo wedi tynnu'r stops i gyd allan ac wedi gosod y gwahanol seigiau allan ar yr ynys wenithfaen enfawr yn y gegin. Roedd Wendi wedi gofyn am y fwydlen ddrutaf, yn ogystal â rhai pethau ychwanegol – pethau fel *couscous* a *sun-dried tomatoes*. Gresynai'n fawr fod Gari'n methu bod adre ar gyfer y parti ond roedd ganddo gystadleuaeth siarad cyhoeddus y noson honno.

'Tydi'r tŷ 'ma *out of this world!*' byrlymodd Gwenfron, yn falch o'r diwedd ei bod hi'n cael cyfle i gael golwg iawn ar y palas. Mi lwyddodd i fusnesu i fyny'r grisiau hefyd pan aeth hi i lychu ei letan yn syth bin ar ôl iddi landio.

Ni symudodd mam na chwaer Mal oddi ar y soffa drwy'r nos, heblaw i godi cyn pawb arall i lwytho'u platia efo'r *buffet*, ac wedyn cwyno nad oeddan nhw'n lecio dim byd a holi oedd 'na frechdan wy neu ham plaen ar gael.

Roedd hi'n tynnu am naw ar Gwyn a Nicola'n cyrraedd, ond wnaeth yr un o'r ddau ymddiheuro am fod yn hwyr na chynnig esboniad pam. Ond mi sylwodd Wendi fod Nicola'n gwisgo ffrog roedd hi wedi'i gwisgo o'r blaen. Od. Doedd hynny ddim fel Nicola. Roedd yn rhaid iddi gofio sôn am hynny wrth Gari.

Cwpwl arall oedd yn hwyr yn landio oedd Gwyneth a Dyfed.

'Iw-hŵ, dyma ni o'r diwedd!' gwenodd y ddanheddog. 'Sori ein bod ni'n hwyr, yr hen Nan Ifans wedi'n gadal ni tua pump heno 'ma, cofiwch. Graduras. O'dd raid i mi ddisgwl i'r ymgymerwr ddod i nôl y corff a ballu, a dwi 'di bod yn trio ca'l gafal ar Ioan Rhys, ei nai hi. Fo ydi'r *next of kin*, dach chi'n gweld. Ow, siampên! Lyfli! Jyst y peth ar ôl y diwrnod dwi wedi'i ga'l!' Ac yfodd y gwydriad mewn un llowc.

Doedd Gwyneth ddim yn edrych fel petai newydd fod yn ymgomio ag ymgymerwr, yn trin a thrafod corff marw. Yn hytrach, edrychai fel petai newydd gerdded oddi ar y *catwalk*. Gwisgai ffrog o liw hufen a phinc, un dynn, dynn oedd yn dangos ei siâp yn berffaith. Un fain fu Gwyneth erioed, ond roedd Wendi'n amau ei bod hi wedi colli pwysau neu fod ei bronnau wedi mynd yn fwy gan wneud i'w chanol edrych yn llai. Roedd rhywbeth yn bendant yn wahanol amdani. Teimlai Wendi'n ddi-liw iawn yn ei ffrog biws tywyll, er ei bod hi yn un Stella McCartney, o'i gymharu â'r blodyn ecsotig yma. Roedd Gwyn, ei brawd, hyd yn oed wedi sylwi fod 'na ryw sioncrwydd newydd yn perthyn i Gwyneth.

'Argol!' medda fo, yn llygadu ei phen-ôl wrth iddi

gerdded heibio yn din ac yn dro. 'Tydi'r Gwyneth 'na wedi slasaneiddio drwyddi. Ydi hi 'di ca'l bŵb job, dwa'? Ma'n edrach felly. Dwi yn y job rong – ma rhedag cartra hen bobol yn talu'n dda, ma raid.'

Ceisiodd Wendi astudio bronnau Gwyneth yn fanylach. Doedd dim dwywaith nad oeddan nhw'n fwy, ac yn fwy siapus, yn uwch falla. Ond bu'n rhaid i Wendi roi'r gorau i'w hastudiaeth pan sylwodd ar Gwyneth yn syllu'n od yn ôl arni hi. Gwenodd Wendi'n wantan ac aeth drwodd yn dinfain i'r conserfatori. Yno roedd Dyfed yn cynnal seiat ar ddyfodol gweinyddiaeth gyhoeddus yng Nghymru. Yn y gornel arall roedd Gillian a Nicola. Sylwodd Wendi nad oedd Nicola yn ei hwyliau arferol. Fel arfer, roedd hi'n un oedd yn hawlio'r sylw mewn unrhyw barti. Ond ddim heno. Roedd hi'n reit dawedog, ac yn gadael i Gillian hefru ymlaen am Tuscany, sef lleoliad y gwyliau oedd yn yr arfaeth ar gyfer y ddau gwpwl.

Aeth drwodd wedyn i stafell y pwll nofio lle roedd Julie, Graham a'r criw wedi ymgartrefu am y noson. Roedd y lle yn llawn mwg, a sylwodd Wendi ar stwmp sigarét yn arnofio ar wyneb y dŵr.

'Haia, Wends. Parti grêt. Ti ddim yn meindio ein bod ni'n smocio yn fama, nagwyt ti? Ma hi'n oer ar y diawl i fynd allan,' meddai Julie gan danio sigarét arall.

Mi oedd Wendi'n meindio. Roedd hi'n ddigon drwg ei bod hi'n cael trafferth stopio Mal rhag tanio yn y tŷ fel roedd hi, heb sôn am gael criw o tua deg yn mygu'n braf a'u hen ogla a'u mwg yn treiddio i bob twll a chornel. Petai Gari yma rŵan, mi fysa fo wedi sefyll o'u blaenau a gweiddi 'Cansar! Cansar!' fel petaen nhw'n dioddef o'r gwahanglwyf. Ond, yn ôl ei harfer, ddudodd Wendi ddim byd.

'Lle crand gin ti. Lecio'r pwll nofio. Braf arna chdi,' meddai Marian yn llawn eiddigedd. 'Ond biti ei fod o lle mae o 'fyd,' meddai hi ar yr un gwynt.

'Be ti'n feddwl?' holodd Wendi.

'Yn Sir Fôn, 'de. Meddylia tasa'r tŷ yma yn Swydd Gaer neu rwla, Caerdydd hyd yn oed, fysa fo werth dwbwl neu deirgwaith be mae o werth yn fama.'

'Dwi'n hapus iawn yn fama, sdi Marian. Dach chi 'di ca'l bwyd? Ma 'na ddigonadd yna.'

'O, 'dan ni'n iawn efo hon, diolch!' Chwifiodd Marian y botel Moët oedd ar y llawr wrth ei hymyl.

'Braidd yn rhy ffansi i mi,' slyriodd rhyw lais o'r tu ôl i'r goeden *yucca* anferth yng nghornel y stafell. 'Sdim byd gwell na sosej rôl neu sleisan o bitsa,' ychwanegodd Graham.

Blydi hel, ma isio gras, meddyliodd Wendi. Perlau o flaen y moch, myn coblyn i! Dyma hi wedi mynd i drafferth i ddarparu *buffet* gwerth chweil i'w gwesteion ac roedd eu hanner nhw'n troi eu trwynau ar yr arlwy oedd ger eu bron.

Aeth i chwilio am Mal fel y câi o ddeud wrth Graham a'r lleill i beidio â smocio yn y tŷ. Sôn am ddiffyg parch. Rhyfedd, doedd hi ddim wedi gweld siw na miw ohono fo ers sbel. Doedd dim golwg ohono fo yn y gegin, na'r lolfa. Roedd Sonia'n dal wedi'i gwreiddio i'r soffa a mam Mal yn trio hwrjio'i threiffl dan drwynau Illtud a Gwenfron, a'r rheiny'n trio'u gorau glas i wrthod yn boléit gan eu bod ar ganol claddu'r *pavlova*.

'Wel, cymrwch lwyad, ma 'na sieri ynddo fo. Wel, dowch yn eich blaenau. Ma ganddoch chi le i dreiffl, debyg,' oedd cri Mavis, yr un fath yn union â Mrs Doyle a'i phaned o de yn y gyfres *Father Ted* erstalwm.

A chyn i'r ddau gael cyfle i wrthod ymhellach roedd hi wedi ploncio dwy lwyaid o'r gybolfa ar eu platiau dros y *pavlova*.

Lle ar wyneb y ddaear oedd Mal? Gwyddai Wendi ei fod wrth ei fodd yn chwarae rhan y *mine host*, ond doedd o fawr o westeiwr heno a fynta'n absennol o'i barti ei hun. Ond, ar ôl meddwl, falla fod hynny'n beth da gan fod tuedd i Mal fynd dros ben llestri ar adegau fel hyn. Wedi mynd allan am smôc oedd o, beryg.

'Parti gwych, Wendi! Ond ma Robin a finna am ei throi hi rŵan. Ma hi'n Steddfod Sir yr Urdd fory. Ac mae rhagbrawf fy mharti llefaru fi am wyth,' esboniodd Mererid. 'Be 'nest ti efo'n cotia ni, dwa'?'

'Ma nhw i fyny'r grisia. A' i i'w nôl nhw i chi rŵan.'

Wrth i Wendi gamu i fyny'r grisiau i nôl y cotiau, meddyliodd nad oedd ganddi ddim cof iddi wahodd Robin na Mererid i'r parti o gwbwl. Falla fod Mal wedi gofyn iddyn nhw. Ond eto, roedd hi'n amau hynny'n fawr. Sut ar wyneb y ddaear roedd y ddau wedi landio yno felly? Doedd y ddau ddim y teip i gêt-crashio rywsut, ond eto ... Roedd drws y stafell sbâr yn gilagored. Heb feddwl ddwywaith, gwthiodd y drws i'w agor ymhellach.

Allai Wendi ddim credu'r hyn a welai. Roedd dau gorff yn gorwedd ar y gwely. Ar led yng nghanol y cotiau, dyna lle roedd Gwyneth a'i llygaid ynghau wedi llwyr ymgolli yn y foment yn canu grwndi'n braf. Roedd ei ffrog wedi'i chodi i fyny at ei botwm bol a rhwng ei choesau roedd yna ben bach prysur, moel yn talu gwrogaeth i'w man dirgel. Daeth y sylweddoliad pwy oedd berchen y pen iddi fel gordd. Mal.

Welodd 'run o'r ddau Wendi. Yn frysiog, camodd hithau oddi wrth y drws gan anadlu'n drwm. Trodd ar ei sawdl a brasgamu yn ei hôl i lawr y grisiau i fwrlwm y parti gan wenu ei gwên orau, y wên wag honno roedd hi wedi'i pherffeithio erbyn hyn.

'Y cotiau?' holodd Mererid yn ddisgwylgar.

'Sori?'

'Ein cotiau ni,' ailadroddod Mererid.

'O ia. Ddo i â nhw draw i chi bora fory.'

'Be?'

'Ddo i â nhw draw i chi fory. Ma arna i ofn na fedra i ddim cael gafal arnyn nhw ar y funud.'

'Pam, felly?' holodd Robin

'Be ... ym ... wel ... ym ...? Ma rhywun arall wedi mynd â nhw mewn camgymeriad,' meddai Wendi gan wthio'r ddau'n wyllt drwy'r drws ffrynt.

'Ond dwi angen fy nghôt ar gyfer y steddfod! Ma gin i ragbrawf am wyth!' protestiodd Mererid eto.

'Ddo i â hi draw ben bora fory. Dwi'n gwybod yn iawn lle ma hi.' Ceisiodd gau'r llun roedd hi newydd ei weld o'i meddwl. 'Diolch am ddod. Hwyl rŵan.' A chaeodd Wendi'r drws yn glep yn wynebau'r ddau.

Ymhen rhyw ugain munud, mewn hwyliau ardderchog, ymddangosodd Mal. Aeth ati i agor mwy o boteli siampên a throi'r gerddoriaeth yn uwch. Rhyw bum munud strategol yn ddiweddarach, daeth Gwyneth i'r fei hefyd, ei ffrog yn grychau i gyd, sylwodd Wendi. Ond, yn ôl ei harfer, ddudodd hi ddim byd.

Roedd hi ymhell ar ôl tri ar y gwesteion olaf yn gadael. Roedd Julie, Graham a'r criw yn benderfynol o fanteisio ar bob eiliad o letygarwch Wendi a Mal, hyd nes roedd pob potel o'r Moët yn hesb.

'O'n i'n meddwl na fysan nhw byth yn gadael,' meddai Mal gan dorri gwynt yn swnllyd. 'Ma'r petha *tempura prawns* 'na'n *lethal* am wynt. Reit, dwi'n mynd i ngwely.' A thorrodd wynt arall a'i nelu hi am y cae sgwâr.

Ar waelod y grisiau bu bron iawn iddo faglu dros bedwar *bin-liner* du oedd dan eu sang.

'Be uffar ma'r rybish yma'n ei neud yn fama?' holodd yn flin.

'Dim rybish ydyn nhw. Ond dy betha di i gyd,' meddai Wendi'n gwbwl hunanfeddiannol.

'E?'

'Dwi wedi pacio dy betha di. Dwi isio chdi allan o'r tŷ 'ma heno.'

'Pam? Be dwi wedi'i neud?'

Edrychodd Wendi i fyw llygaid ei gŵr.. 'Dwi'n gwbod. Dwi'n gwbod amdanach chdi a Gwyneth.'

'Am be ti'n fwydro, dwa'?' chwarddodd Mal.

'Dwi'n gwbod dy fod ti'n ca'l affêr efo hi.'

'E? Paid â malu cachu! Wyt ti 'di colli'r plot, dwa'? Jyst ffrindia ydw i a Gwyneth. Dim byd mwy, siŵr.'

'Ma'n amlwg eich bod chi'n fwy na jyst ffrindia os wyt ti'n cnoi ei charpad hi! Mi welis i chi, Mal!'

Rhoddodd Mal ei ben i lawr; wyddai o ddim be i'w ddeud. Felly ddudodd o ddim byd. Ond am y tro cynta ers blynyddoedd lawer mi oedd gan Wendi ddigon i'w ddeud, a mwy.

Ti'n well hebddo fo

'Lecis i rioed y diawl, gwynt teg ar ôl yr uffar,' meddai Harri Edwards. 'Synnu at y Gwyneth yna 'fyd. O'n i'n meddwl bod honno'n gallach. Ond hen astan wirion ydi hi hefyd, wedi meddwl. Ti'n well hebddo fo, Wendi bach.'

Yn wir, dyna oedd barn Gari hefyd ac fe leisiodd yntau eiriau tebyg i'w daid, ond heb y rhegfyedd.

'Ti'n well hebddo fo, Mam. Doeddech chi ddim rili yn siwtio'ch gilydd.'

'Ti'n meddwl?'

'Dim meddwl, gwybod. Ac mi ddeuda i rwbath arall wrthach chdi 'fyd. Mi wyt ti'n lot delach na'r Gwyneth 'na.'

Gwenodd Wendi ar ei mab triw.

'Ddo i adra.'

'Be ti'n feddwl?'

''Na i ddim aros yma. Gysga i adra.'

'Na 'nei, wir!'

Doedd y sefyllfa rhyngddi hi a Mal ddim yn mynd i gael amharu ar Gari mewn unrhyw fodd os câi Wendi ei ffordd.

'Dwi ddim yn lecio meddwl amdanat ti yn y tŷ 'na ar dy ben dy hun.'

'Tydw i ddim ar fy mhen fy hun. Ma Bradley bach gin i.'

'Babi ydi hwnnw!'

'Dwi'n iawn, Gari. A mi fydd hi'n wylia ysgol cyn bo hir.'

'Digon gwir.'

Ennyd o dawelwch rhwng y ddau, a Gari'n syllu allan drwy ffenest ei stafell. Ymhen sbel meddai, 'Mi wyt ti'n iawn, yn dwyt Mam?

'Yndw, Gari. Dwi'n tshiampion.'

Gwenodd y ddau a gafael yn dynn, dynn yn ei gilydd.

Erbyn gweld, roedd Mal a Gwyneth wedi bod yn mocha efo'i gilydd ers misoedd. Roedd y ddau wedi dechra gneud llygada llo bach ar ei gilydd yn ystod eu tripiau wythnosol efo'r hen bobol. Tra oedd y rheiny'n llyfu eu hufen iâ yn braf, buan iawn roedd Mal a Gwyneth yn llyfu'i gilydd yng nghefn y bws. Erbyn dallt, doedd 'na ddim gyrfa chwist na nosweithiau i weld rhyw ddrama neu ffilm yn y ganolfan gelfyddydau o gwbl. Ar wahân i un ddrama yn unig. Ffrynt oedd y cwbwl i'r ddau gael treulio orig rywiol yn y Premier Inn ym Mharc Menai.

Roedd Gwyn yn llygad ei le hefyd. Mi oedd Gwyneth wedi cael bŵb job, anrheg gan Mal. Tra oedd dynion eraill yn prynu dillad isaf go grand neu flodau, neu siocled, neu emwaith drud i'w meistresi, pâr o fronnau newydd brynodd Mal i'w feistres o. Efo pres loteri Wendi.

Doedd hi ddim yn ypsét nac yn flin nac wedi'i brifo ynglŷn â'r affêr. Doedd hi ddim yn teimlo dim byd. Dim ond gwacter, teimlo'n wag. Ac er i Mal grefu a chrefu arni i roi cyfle arall iddo fo a'i fod yn sori, gwyddai Wendi'n bendant nad oedd hi isio hynny.

Mewn gwirionedd, gwyddai Wendi ym mêr ei hesgyrn ers blynyddoedd na fyddai hi a Mal byth bythoedd wedi priodi oni bai ei bod hi'n disgwyl. Byddai'r ddau wedi hen orffen efo'i gilydd ymhen ychydig fisoedd, y ddau wedi sylweddoli doedd ganddyn nhw ddim yn gyffredin, ac mai fflam fyrhoedlog iawn oedd fflam eu hatyniad. Yn y bôn, rhigol a diffyg cyfle i gael rhywun gwell oedd wedi'u cadw efo'i gilydd. Yn dawel bach, meddyliai falla fod yr hen Gwyneth wedi gwneud ffafr fawr â hi.

'Oeddat ti'n gwybod bod y ddau wedi'i g'luo hi?' holodd ei thad ryw bythefnos ar ôl y gyflafan.

Roedd Wendi wedi mynd â'i thad am dro bach i'r caffi roedd mor hoff ohono ym Miwmares i gael ei debotiad o de a'i deisen gwstard. Doedd Wendi ddim yn ffansïo treulio pnawn yn y Cartref rhag ofn iddi ddod wyneb yn wyneb efo'r ddanheddog a'i bronnau newydd.

'I le?' holodd Wendi, yn sipian ei the.

'I'r Malvinas ne' rwla.'

'Malvinas?'

'Ia, dwi'n siŵr dyna lle glywis i.'

'Y Falklands ydi'r rhieni!'

'Be? Asu, na. Na na, rhyw le drud a posh uffernol ydi fama. Ond Mal rwbath dwi'n siŵr.'

'Ddim y Maldives?' holodd Wendi'n gegrwth.

'Ia, 'na chdi. Fanno.'

Canodd ei mobeil ac ymddangosodd rhif dieithr ar y sgrin.

'Helô?'

'Helô, Wendi Jones ia?' holodd y llais ar ben arall y lein.

'Ia.'

'Sharon Richards o'r banc sy 'ma. Ydach chi'n go lew, Wendi?'

'Yndw, diolch,' atebodd Wendi, yn methu dallt pam roedd Sharon Richards yn ei ffonio.

'Ydi hi'n amsar cyfleus i siarad, Wendi?'

'Ydi, tad. Be sy?'

'Rŵan 'ta, Wendi, y rheswm pam dwi'n ffonio ydi fod 'na gais wedi dŵad i symud y pres o'r cyfrifon cynilo i'r cyfri cyfredol heb roi mis o notis. Mi ydach chi'n sylweddoli y byddwch chi'n colli llog mawr ar y pres a ...'

'Be?' torrodd Wendi ar ei thraws. 'Dwi ddim wedi gneud unrhyw gais.'

Yna, gwawriodd ar Wendi be oedd ar droed. Neu'n hytrach pwy. Mal.

'Be sy? Pwy sy 'na?' sibrydodd ei thad yn uchel.

'Sh!' brathodd Wendi.

'Ma'n ddrwg gin i?' meddai Sharon yr ochor arall i'r lein.

'Sori. Nid chi,' ymddiheurodd yn llaes. 'Gwrandwch, dwi ddim wedi gneud ffasiwn beth. Mal y gŵr, neu'r cyn-ŵr yn go fuan, sy tu ôl i hyn. 'Dan ni wedi gwahanu, a ...'

'Reit, dwi'n gweld.' Tro Sharon oedd hi i dorri ar draws rŵan. 'Ma hynny'n esbonio petha, felly.'

'Esbonio be'n union?' Doedd Wendi ddim yn gyfforddus efo cyfeiriad y sgwrs yma, ac roedd ganddi deimlad annifyr iawn yn ei dŵr.

'Ma hynny'n esbonio pam fod 'na ddeg mil, pedwar cant o bunnau, wedi cael eu tynnu allan o'r cyfri cyfredol bore 'ma ...'

'Be?'

'Sydd yn golygu, yn anffodus, fod y cyfri mewn gorddrafft.'

'Mae'n ddrwg gin i?'

'Yn y coch, Wendi.'

'Na!' Teimlai Wendi'r stafell yn troi fel top o'i chwmpas a'r deisen gwstard yn bygwth gneud ailymddangosiad.

'Be sy? Be sy 'di digwydd?' holodd ei thad, bron â marw isio gwbod.

'Ddo i i fewn rŵan i'ch gweld chi,' meddai Wendi'n grynedig gan ddiffodd ei mobeil.

''Nei di ddeud wrtha i be sy matar?' gorchmynnodd Harri Edwards gan sylwi bod gwedd Wendi cyn wynned â'r lliain oedd ar y bwrdd o'u blaenau.

'Mae o 'di mynd â'r cwbwl!' sibrydodd. 'Ma'r bastad wedi clirio'r *current account*. Sgin i'm dima.'

Dim dima

Gormodiaith oedd dweud nad oedd gan Wendi ddima goch i'w henw. Oedd, mi oedd Mal wedi clirio'r cyfri cyfredol a'i adael o yn y coch. Ond, diolch i'r mawredd, doedd o ddim wedi llwyddo i gael ei fachau ar y cyfrifon cynilo, y cyfranddaliadau, y pensiynau a'r holl fudd-soddiadau eraill. Ond oherwydd y sefyllfa rhwng y ddau roedd y banc wedi rhewi'r cyfrifon i gyd, oedd yn golygu nad oedd Wendi druan yn gallu cael gafael ar ei phres. O edrych ar bethau felly, yna doedd gan Wendi ddim ffadan beni i'w henw.

Ond mi oedd 'na lygedyn o oleuni yn y llanast yma i gyd, sef y busnes trin gwallt. Gan na ddangosodd Mal owns o ddiddordeb yn y salon erioed, doedd Wendi, drwy ryw drugaredd, ddim wedi cynnwys ei enw fo ar y gweithredoedd ac roedd y salon yn ei henwau hi a Karen yn unig. Roedd y lle'n ffynnu, diolch i'r drefn, felly doedd Wendi ddim cweit ar y grindil eto. Ond roedd y 'sitiwesion sefyllfa', chwedl arwr mawr Harri Edwards, Ifans y Tryc, yn bell o fod yn 'splendid'. Roedd yn rhaid iddi gael cyngor cyfreithiol ar fyrder.

'Mm,' meddai Richard Lloyd-Hughes yn ddwys ar ôl i Wendi adrodd ei thrafferthion wrtho. 'Dyna ydi drwg yr hen *joint accounts* 'ma, dach chi'n gweld. Ma pob dim yn hynci-dori tan ma'r cach ...' cliriodd Richard Lloyd-

Hughes ei wddw a phenderfynu dewis ei eiriau yn fwy gofalus. 'Tan mae amgylchiadau'n newid, fel petai. 'Swn i'n annog pawb i neud *prenup* fy hun.'

Roedd Wendi'n amau'n gry fod y twrna yn siarad o brofiad. A beth bynnag, yn ei hachos hi roedd y *nup* wedi hen ddigwydd!

'Does 'na ddim modd i mi ga'l y pres mae o wedi'i gymryd o'r cyfri 'nôl?' gofynnodd yn obeithiol. 'Fel dudis i, mae o wedi prynu bŵb job i'w gariad ac wedi mynd am wylia efo hi i'r Maldives.'

'Lle braf, y Maldives, meddan nhw. Rioed wedi bod yna fy hun chwaith,' meddai Richard wedyn yn freuddwydiol. Roedd ar Enid, ei ail wraig, ofn hedfan drwy ei thin ac allan, felly bodloni ar wyliau yn Ffrainc neu Sbaen ar yr Eurostar oedd ei dynged o bob blwyddyn.

'Wel? Oes modd i mi ga'l y pres yn ôl 'ta?' holodd Wendi eto, yn dechrau amau'n dawel bach y dylsai hi fod wedi mynd at gwmni arall o gyfreithwyr.

'Dim gobaith, ma arna i ofn. Ei bres o o'dd o i'w gymryd, dach chi'n gweld. Yr hen *joint accounts* 'ma,' edliwiodd Richard Lloyd-Hughes eto. 'Dach chi'n lwcus mai dim ond deg mil sydd wedi mynd. I rywun yn eich sefyllfa chi, tydi hynny ond fel tasa fo wedi pis ... cymryd pumpunt, nachdi? Rŵan 'ta, gymerwch chi banad, Mrs Jones? Te 'ta coffi?'

'Te, plis. Llefrith, dim siwgwr.'

Cododd Richard Lloyd-Hughes y ffôn. 'Iona, fysach chi'n meindio gneud dwy banad o de, plis. A dewch â chydig o fisgedi i ni hefyd. Diolch.'

Roedd y dybl-baryl yn llwyr ymwybodol nad oedd y cleient oedd yn eistedd o'i flaen y math o gleient oedd yn cerdded drwy ddrws ei swyddfa bob dydd, yn anffodus. Prinnach na phrin oedd cael cleient oedd yn filionêr. Roedd o angen creu argraff ar hon a'i seboni – yn y gobaith y byddai Wendi Jones angen twrna ar gyfer ystod eang o faterion, nid yn unig ar gyfer yr ysgariad ond ar gyfer materion megis gwerthu a phrynu eiddo ac ati. A phwy well na chwmni Lloyd-Hughes a Matthews i'w chynrychioli? Gwenodd ei wên orau gan ddatgelu dwy res o ddannedd melynaidd, canlyniad blynyddoedd o ysmygu.

'Rŵan 'ta, y peth cynta 'dan ni am ei neud ydi stopio Mr Malcolm Jones rhag cymryd mwy o'ch pres chi.'

'Ma'r banc wedi rhewi pob acownt sy ganddon ni.'

'Yndi, am gyfnod,' pwysleisiodd y twrna. 'Y man cychwyn ydi cymryd y manylion i gyd i lawr.'

'Be dach chi'n bwriadu ei neud, 'lly?' holodd Wendi, yn dal heb fawr o ffydd yng ngallu cyfreithiol y bonwr yr ochor arall i'r ddesg.

'Sicrhau na fedrith o gymryd mwy o'r arian nes 'dan ni wedi sortio pethau allan.'

'Be'n union dach chi'n feddwl efo sortio pethau allan?'

'Wel, y pres, yr eiddo ac ati.'

'Ond fy mhres i ydi o. Y fi nath ennill y loteri!'

'Ella wir. Ond ma pob dim yn eich enwau chi'ch dau, tydi, y *matrimonial assets*. Dwi'n cymryd eich bod chi isio ysgariad.'

Nodiodd Wendi ei phen.

'Felly, bydd raid i ni fynd i'r llys i gael gwaharddiad, *injunction*, i sicrhau nad oes neb yn mynd ati i wario neu ddiddymu buddsoddiadau. Dwi angen rhestr fanwl o bob buddsoddiad sydd ganddoch chi er mwyn gneud cais i'r llys am waharddiad a rhewi pob dim.'

'Faint gymerith hyn, dach chi'n meddwl?'

'Wel, ma hyn yn fater brys. Ychydig ddyddia ar y mwya. Felly, os fedrwch chi gael yr wybodaeth yma yn ôl i mi erbyn fory, mi fysa hynny'n help mawr. Ac mi wna i inna drefnu amsar ar gyfer y gwrandawiad.'

'O'n ni ddim yn sylweddoli y bysa petha'n symud mor sydyn â hyn chwaith.'

'Er bod y banc wedi rhewi eu cyfrifon nhw, dwi'n amau'n fawr ydi'r buddsoddiadau sydd efo gwahanol gwmnïau wedi cael eu rhewi. A fedran ni ddim dibynnu chwaith ar bawb i rewi'r cyfri.'

Doedd Richard Lloyd-Hughes ddim mor ddi-lun ag roedd Wendi wedi'i dybio. Falla fod ei hargraffiadau cynta ohono fo wedi bod braidd yn annheg. Cafwyd cnoc ysgafn ar y drws.

'Dewch i mewn. O, Iona, diolch i chi am y banad. W! Bisgedi siocled. Fy ffefryn i!' Bywiogodd y twrna drwyddo pan welodd y bisgedi siocled. 'Rŵan 'ta, sut dach chi'n lecio'ch te, Mrs Jones? Cry 'ta gwan?'

Roedd Wendi'n amau'n fawr nad oedd pawb oedd yn cael mynediad i'r swyddfa yn derbyn y fath wasanaeth. Yn bendant, doedd Richard Lloyd-Hughes ddim yn rhannu ei fisgedi siocled efo unrhyw Tom, Dic neu Harri. Ond nid pob cleient oedd yn werth ei filiynau chwaith. Estynnodd Wendi am y fisgedan oedd wedi'i gorchuddio'n dew â siocled gwyn hufennog. Yn ffodus, welodd hi mo wep Richard Lloyd-Hughes yn disgyn gan ei fod ynta wedi rhoi ei fryd ar yr union fisgedan honno hefyd. Brathodd Wendi i mewn i'r fisgedan felys, yn ymwybodol fod y banad a'r fisgedan yma'n costio'n ddrud iddi.

Yn unol â chyfarwyddiadau ei chyfreithiwr, wrthi'n brysur yn rhestru'r holl fuddsoddiadau roedd hi a Mal yn berchen arnyn nhw yr oedd Wendi pan glywodd hi gnoc ar y drws y noson honno. Roedd hi wedi naw o'r gloch. Pwy andros oedd yn galw yr adeg honno? Cafodd hi dipyn o sioc o weld Gwyn a Nicola yn sefyll ar garreg y drws.

Yn ôl ei harfer, yn ei haffla roedd gan Nicola lwyth o hen gylchgronau o *Hello!* i *OK*. Eu prynu ar gyfer y salon gwallt roedd hi, ac yna'n eu hailgylchu drwy ddod â'r cylchgronau draw i Karen ni. Dyna oedd y drefn ers blynyddoedd ac roedd Nicola'n dal i ddod â'r cylchgronau draw yn ddeddfol. Doedd gan Wendi ddim calon i ddeud wrthi nad oedd 'na fawr o bwrpas iddi ddod â nhw draw bellach gan nad oedd hi byth yn eu darllen nhw. Beth bynnag, erbyn iddi hi eu derbyn nhw roedd y straeon yn hen, hen hanes a'r rhai oedd newydd briodi erbyn hynny ynghanol ysgariad dyrys. A'r seléb sebonllyd oedd yn drom mewn ffrog shiffonaidd, yn barod i esgor unrhyw funud, yn disgwyl ei hail, os nad ei thrydydd plentyn bellach. Fel arfer, âi Wendi â'r cylchgronau draw i'r hen ledis ym Mhreswylfa. Roedd cael cipolwg ar fywyd y selébs lliwgar yn ddihangfa fer o'u bywydau llwydaidd, undonog.

'Gobeithio dy fod ti ddim yn meindio ein bod ni wedi galw 'radag yma o'r nos,' meddai Nicola gan wenu'n wantan.

'Na, ddim o gwbwl. Dewch i mewn.'

Wrth iddi arwain y ddau drwodd i'r lolfa synhwyrodd

Wendi fod rhywbeth o'i le, rhywbeth mawr o'i le.

'Ar eich ffor' adra o'r *gym* dach chi?' holodd yn ysgafn. Roedd y ddau ymwelydd yn anarferol o dawedog.

'Na, 'dan ni ddim wedi bod heno, naddo Gwyn?' atebodd Nicola'n fflat.

Ysgydwodd Gwyn ei ben.

'Be sy? Be sy wedi digwydd?' holodd Wendi. Roedd ei brawd a'i wraig yn celu rhywbeth o dragwyddol bwys oddi wrthi. Roedd ei stumog yn troi. 'Ydi Dad yn iawn? Oes 'na rwbath wedi digwydd iddo fo?'

'Be?'

'Wedi dod yma i dorri'r newydd dach chi, ia?'

'Am be ti'n fwydro, dwa'?' meddai Gwyn yn ddryslyd.

'Dad. Ydi o wedi marw?'

'Arglwy' mawr, nachdi! Wel, ddim hyd y gwyddon ni.'

'O, diolch i Dduw. O'n i'n meddwl siŵr fod rwbath wedi digwydd i Dad.'

Distawrwydd mawr wedyn. Ciledrychodd Nicola ar Gwyn a gwneud stumiau arno gan ei hwrjio i ddeud ei genadwri.

Cliriodd Gwyn ei wddw ac medda fo'n bwyllog, 'Gwranda, ma 'na rwbath. Dwi newydd glwad ...'

O, mam bach! Roedd Gwyn yn wael. A hithau'n meddwl ei bod hi yn llawn ei helbul efo Mal a'r pres, doedd hynny yn ddim i'w gymharu â phoen Gwyn. Does dim pris ar iechyd.

Torrodd Wendi ar ei draws, 'Na! O, Gwyn! Dwi mor sori. Lle ma o?'

'Lle ma pwy?'

Roedd Gwyn a Nicola'n dechrau amau bod Wendi yn dechrau colli'r plot.

'Y cansar. Lle mae o gin ti?'

'Arglwy' mawr, Wendi! Be sy matar efo chdi?'

'Cansar! Sgin Gwyn ddim cansar, siŵr!' ebychodd Nicola a'i llais wedi codi ddwy octif.

'Be nath i ti feddwl peth felly?' meddai Gwyn, yn amlwg wedi colli amynedd efo'i chwaer. 'Ma'n iechyd i'n tshiampion.'

'Ond ma'n amlwg fod 'na rwbath mawr o'i le. A'ch gweld chi'ch dau'n galw 'radag yma'r nos ...'

Ochneidiodd Gwyn gan roi ei ben yn ei ddwylo. 'Dwi bron iawn â mynd i'r wal.'

'Be?' meddai Wendi, mewn anghrediniaeth lwyr.

''Dan ni'n bancrypt!' bloeddiodd Nicola a dechrau beichio crio a'i masgara a'i *eyeliner* oedd wastad, fel arfer, yn berffaith, yn rhedeg fel afon i lawr ei hwyneb.

'Ddim eto!' cywirodd Gwyn hi'n sarrug.

'Sut?' holodd Wendi wedi'i syfrdanu o glywed y newydd.

Esboniodd Gwyn fod ei fusnes adeiladu tai mewn trafferthion. Roedd o wedi benthyg pres er mwyn adeiladu *executive homes* braf ar dir ar gyrion Bryngwran. Er gwaetha'i ymdrechion i'w gwerthu, doedd dim affliw o ddiddordeb yn unman. A fynta'n dibynnu ar bres gwerthiant y ddau dŷ cynta, roedd ei bres bellach yn prysur redeg allan, a'r hwch o fewn trwch asgell gwybedyn o fynd drwy'r siop go iawn. Roedd y credydwyr eisoes yn bygwth ei wneud yn fethdalwr ac roedd y banc wedi'i gwneud hi'n glir os nad oedd yn talu ei ddyled yn y dyddiau nesa, yna bydden nhw'n ailfeddiannu'r safle. Yn anffodus iawn hefyd, roedd Gwynfa, eu cartref, yn rhan o'r warant ar y benthyciad.

Gwawriodd ar Wendi beth oedd y rheswm y tu ôl i'w hymweliad hwyrol. Roedd pob dim yn gneud synnwyr rŵan, yn enwedig ymweliad prin Gwyn â Phreswylfa i weld ei dad i holi'n benodol am hanes yr hanner can mil. Roedd Gwyn mewn trafferthion ariannol i fyny at ei gorn gwddw. Ond cyn i Gwyn orfod llyncu ei falchder a gofyn iddi hi am gymorth mewn cyfyngder, achubodd Wendi'r blaen arno.

'Ma'n ddrwg iawn gin i, Gwyn, ond fedra i ddim eich helpu chi.'

'Be ti'n feddwl, fedri di ddim ein helpu ni?' brathodd Nicola. 'Ma Gwyn yn frawd i chdi. Ma teuluoedd i fod i helpu ei gilydd.'

'Fyswn i ddim yn gofyn os na 'swn i'n desbret, Wends,' meddai ei brawd yn dawel. Gwyddai Wendi ei fod yn deud y gwir: nid ar chwarae bach yr oedd y ddau wedi dod draw i'w gweld hi'r noson honno.

'Tasa'r pres gin i, mi fyswn i'n ei roi o i chdi.'

Dechreuodd Gwyn a Nicola chwerthin.

'Cês di hon! Tasa'r pres gin i, wir! A chditha werth dy filiynau!' chwarddodd Nicola.

'Fel dach chi'n gwybod, dwi a Mal yn ca'l difôrs. A dwi newydd ffeindio'i fod o wedi clirio'r *current account* ac wedi'i adal yn y coch. Ma'r banc wedi rhewi pob un o'r acownts eraill. Fedra i ddim ca'l gafael ar y pres o gwbwl.'

'Be? Sgin ti'm dima?' holodd Nicola'n gegrwth.

'Wel, oes a nagoes.'

'Be ti'n feddwl efo dy "oes a nagoes"? Un ai mae gin ti bres neu ddim!' Roedd llais Nicola'n dechrau codi octif neu ddwy eto.

'Ma gin i bres, oes, ond Duw a ŵyr pryd ga' i nwylo arno fo. Ma pob dim yn nwylo'r twrna.'

Y bastyn Mal 'na, meddyliodd Gwyn. Petai o heb gael ei ddal yn ymdrybaeddu ym mlwmar Gwyneth, yna mi fysa pob dim wedi bod yn iawn. Mi fysa fo wedi cael benthyg mwy na digon o bres i sortio'r llanast 'ma allan, a heb ddim gwerth sôn amdano fo o log ar y pres chwaith, neu ddim llog o gwbwl, debyg. Ond rŵan, roedd ei unig lygedyn o obaith am *lifeline* yn llithro o'i afael.

'Ti ddim yn meddwl dy fod ti wedi bod braidd yn fyrbwyll, Wendi,' medda fo wrth ei chwaer fach.

'Be ti'n feddwl – byrbwyll?'

'Wel ti'n gwbod, yn mynd am ddifôrs a ballu. Mi wyt ti a Mal wedi bod efo'ch gilydd rŵan ers ... ers ... Wel, dwi'm yn cofio chdi'n mynd efo neb arall.'

'Ches i ddim cyfla i fynd efo neb arall, naddo,' atgoffodd Wendi fo'n finiog.

'Fysat ti'n lecio i mi siarad efo fo?'

'I be? Ac mi gei di dipyn o draffarth ca'l gafal arno fo. Mae o yn y Maldives.'

Y Maldives! Dyna un lle roedd o a Nicola wastad wedi bwriadu mynd ar eu gwyliau. Ond fyddai o ddim hyd yn oed yn gallu fforddio penwythnos gwlyb yn Morcambe bellach.

Aeth yn ei flaen. 'Yli braf o'dd hi ar y ddau ohonach chi: y tŷ mawr 'ma, gallu mynd a gneud rwbath dach chi isio. Duwcs, tydi un ffling bach yn ddim byd, siŵr. Gwan o'dd o – fel pob dyn. Methu peidio ildio i demtasiwn, a hwnnw ar blât o'i flaen o. Dwi'n gwbod bod Mal yn difaru ei enaid am yr affêr, sdi.'

Pam roedd Wendi'n cael y teimlad fod Gwyn yn hen

law am adrodd ei araith fach ac mai siarad o brofiad yr oedd yr hen frawd.

'Be dwi'n drio'i ddeud ydi ei bod hi'n hawdd iawn gorymateb i betha fel hyn, sdi.'

'Gorymateb? Gorymateb? O ia, ma'n siŵr mai gorymateb ydw i, isio difôrs pan dwi 'di dal fy ngŵr efo'i wynab rhwng clunia dynas arall!'

Roedd gwep Nicola'n bictiwr a llyncodd Gwyn ei boer yn swnllyd.

'No wê dwi a Mal yn cymodi. Ddim hyd yn oed i achub dy fusnas di, sori.'

Bu ennyd o dawelwch chwithig rhwng y tri hyd nes i Gwyn godi ar ei draed ac amneidio ar Nicola iddi hithau neud yr un modd. Roedd Nicola'n dal wedi styrbio'n lân ac yn methu'n glir â chael y llun anffodus hwnnw, sef pen Mal rhwng clunia Gwyneth, o'i meddwl.

'Tyd, Nici. Well i ni fynd adra.'

Roedd y cyfan ar ben. Roedd Gwyn wedi gweithio ddydd a nos am flynyddoedd i sefydlu ac ehangu ei gwmni adeiladu. Ond, fel tŵr uchel o flocs chwara Bradley bach, un bloc yn ormod ac roedd y cyfan wedi disgyn a chwalu o'i gwmpas.

Yn ei gwely'r noson honno methai Wendi'n lân â chysgu. Bu'n troi a throsi am oriau. Roedd hi'n cydymdeimlo'n fawr â sefyllfa ei brawd. Er ei holl ffaeleddau a'i fod yn gallu bod yn rêl pen bach yn aml, er gwaetha pawb a phopeth, roedd gwaed yn dewach na dŵr. Bron iawn y gallai hi faddau iddo am awgrymu y dylai hi a Mal gymodi er mwyn iddo fo gael benthyg miloedd o'u harian. Ma pobol desbret yn gneud pethau desbret, cysurodd ei hun.

Anodd credu y byddai raid iddyn nhw werthu Gwynfa a'u ceir drud. Byddai'n rhaid canslo'r tanysgrifiad blynyddol i'r *gym* a rhoi stop ar dripiau siopa Nicola i Gaer bob pythefnos. Dim mwy o wyliau trofannol, ecsotig; dim mwy o gynnal partïon a barbeciws i'w ffrindiau gwên deg o'r clwb golff a'r Bwrdd Crwn. Roedd amseriad yr holl beth mor anffodus. Petai hi'n gwybod am drafferthion busnes Gwyn fis neu ddau yn ôl, yna mi fyddai hi wedi gallu ei helpu o, dim problem, ond bellach ... fel bysa Harri Edwards yn ei ddeud, roedd y cachu wedi hitio'r ffan go iawn.

Gwyn, ei brawd mawr, mewn trafferthion? Roedd hi'n anodd credu'r fath beth. Os oedd o'n gollwng darn o dost ar y llawr pan oedd o'n hogyn bach, roedd y tost wastad yn landio ar yr ochor iawn iddo fo. Ac felly roedd bywyd wastad wedi bod i Gwyn; roedd o wastad yn llwyddo i landio ar ei draed. Ond ddim y tro hwn.

Petai'r peth ddim mor ddifrifol fe allai fod yn ddoniol, bron – y ddau ohonyn nhw mewn trafferthion ariannol. Teimlai Wendi fel petai'n hwylio mewn cwch bach unig yng nghanol y môr mawr – bron â marw o syched ond ddim dropyn o ddŵr ar gael iddi i'w yfed yn unman.

O leia roedd Gwyn a Nicola yn gefn i'w gilydd. Doedd ganddi hi neb. Roedd y gwely *super king* mawr yn gallu bod yn unig iawn ar adegau.

Cododd i neud paned. Ar ei ffordd 'nôl i'w gwely digwyddodd daro ar y cylchgronau roedd Nicola wedi dod draw iddi. Penderfynodd fynd ag un yn ôl efo hi i'r gwely i gael cipolwg sydyn arno fo wrth yfed ei phaned. Edrychodd ar y clawr – rhifyn mis diwethaf. Am newid, doedd hwn ddim mor hen â hynny.

Trodd y tudalennau, ond roedd wedi diflasu arno'n

fuan iawn. Ochneidiodd – doedd ganddi hi ddim affliw o ddiddordeb ym mhriodas un o deulu brenhinol Sweden, na phwy oedd wedi mynychu te parti'r Frenhines yn Buck House. Ond mi fu bron iawn iddi dagu ar ei phaned pan welodd y llun a'r pennawd:

Newsnight presenter Ioan Rhys and top model Marissa Huntington split

Roedd calon Wendi yn ei gwddw. Darllenodd yr erthygl:

Top model Marissa Huntington has split up with her fiancé Ioan Rhys just two months before the couple planned to marry. Marissa confirmed the break up on Twitter, saying she was broken-hearted. The couple have been together for two years and became engaged on holiday last May in St Lucia when Rhys brought Marissa a ring worth over £15,000. However, friends of the model say that the last six months had made the pair realise that they were growing apart ...

Syllodd am yn hir ar lun Ioan, oedd yn gwenu'n braf yn ôl arni oddi ar y dudalen sgleiniog, llun roedd hi'n amau oedd wedi'i ddarparu gan Adran Gyhoeddusrwydd y BBC. Roedd ei wyneb fel petai wedi cael ei 'wella': doedd dim llinell ar ei gyfyl. Syllodd hefyd ar y llun o'i gyn-ddyweddi'n cerdded a'i phen i lawr mewn sbectol dywyll fel petai'n cario pwysau'r byd ar ei hysgwyddau esgyrnog.

Teimlodd Wendi'r hen deimlad cyfarwydd hwnnw'n

cyffroi'r tu mewn iddi. Er gwaetha'i holl helbulon, daeth ton o hapusrwydd sydyn drosti. Rhoddodd y cylchgrawn o'r neilltu, diffoddodd olau'r lamp a gorwedd yn ei hôl gan gau ei llygaid. Ond roedd hi wedi hen wawrio cyn i Wendi lwyddo i fynd i gysgu.

Ar y *razz* yn y Ritz

'Be uffar ydi peth fel hyn? Ar be dwi i fod i fyw arno fo rŵan?' blagardiodd Mal ar garreg drws Llys Alaw gan chwifio'r papurau llys dan drwyn Wendi.

Dyna lle roedd Mal a Gwyneth heb unrhyw boen yn y byd yn eu fila moethus ar y dŵr yn y Maldives, yn diogi a thorheulo ar eu dec preifat pan gafwyd styrbans hyll i'w holides. Gorweddai'r ddau ar eu 'gwely' pedwar postyn â'r canopi uwch eu pennau'n taflu mymryn bach o gysgod ac yn cyhwfan yn yr awel ysgafn. Sipiai'r ddau eu coctels yn lluddiedig, ddim cweit wedi dod dros eu sesiwn garu nwydwyllt. Crafai Mal ei frest yn wyllt – damia'r hen wres 'ma, meddyliodd.

Tarfwyd ar y foment baradwysaidd yma pan wibiodd cwch modur swish heibio gan wneud anferth o U-bedol fawr, donnog yn y môr a oedd, cyn y styrbans, yn wydr gwyrddlas. Stopiodd y cwch reit o flaen dec y fila. Cododd Mal a Gwyneth ar eu heistedd, yn methu dallt beth oedd yn digwydd. Cyn i Gwyneth gael cyfle i gadw'i dwyfron 32E newydd o'r golwg, camodd dyn mewn siwt a sbectol dywyll oddi ar y cwch ar ddec y fila.

'Mr Malcolm Jones?' holodd y siwt yn siort.

'Who's asking?' holodd Mal yr un mor siort yn ôl. Cymerodd y dyn o ymateb Mal mai fo oedd o, ac o boced ei siwt estynnodd amlen frown, swyddogol yr olwg a'i rhoi yn nwylo Mal.

'Sign here, please,' medda fo wedyn.

Ufuddhaodd Mal ac arwyddo am y amlen.

Trodd y siwt ar ei sawdl a chamu yr un mor ddeheuig ag y daethai dros y dec yn ôl i'r cwch a diflannu'n ddisymwth dros y gorwel.

'Be ydi o, Mal?' holodd Gwyneth wrth weld gwedd Mal yn gwaelu er gwaetha'r ffaith ei fod wedi llosgi ei wyneb.

'Y bitsh fach iddi! Y ffwcin bitsh!'

'Be sy?' holodd Gwyneth, gan neidio oddi ar y gwely pedwar postyn at ymyl *the love of her life*.

'Ma pob dim wedi'i rewi! Ma'r pres i gyd wedi'i rewi!'

Er gwaetha'r gwres, yn union fel y pres yn y cyfrifon, rhewodd wyneb Gwyneth hefyd.

Trodd Mal ei ben ati. 'Ti'n nabod twrna da, rhad?'

Ysgydwodd Gwyneth ei phen gan feddwl bod y ddau air, twrna a rhad, yn anathema llwyr i'w gilydd.

Roedd Wendi wedi bod yn hannar disgwyl ymweliad gan Mal.

'Be o'dd ar dy ben di'n clirio'r *current account* a'i adal o yn y coch?'

'Fy mhres i ydi o!'

'Fy mhres i! Y fi brynodd y tocyn loteri 'na. Fy nwybunt i! Ddim y chdi. Y fi!'

'Ma gin i gymaint o hawl â chditha i'r pres! *Matrimonial assets*, dallta!'

Llithrodd y termau cyfreithiol oddi ar dafod Mal fel petai'n eu defnyddio bob dydd.

Pwy oedd yng ngwaelod y dreif y foment honno ond Gwenfron, oedd yn digwydd pasio heibio, yn anffodus, yn mynd â'i Bichon Frise am dro. Wrth glywed y codi lleisiau hyll a sylwi ar fysedd yn cael eu pwyntio'n gyhuddgar, synhwyrodd Gwenfron fod yna ddomestig yn cael ei gynnal reit o flaen ei llygaid, ac, am unwaith, diolchai fod Eira Wen wedi penderfynu gneud ei busnes yn yr union fangre honno ar yr union foment honno er mwyn rhoi cyfle iddi gael clustfeinio ymhellach.

O gornel ei llygaid, sylwodd Wendi ar ei chymdoges yn cael modd i fyw yn gwylio'r ddrama. Cododd ei llaw arni, a hysio Mal i mewn i'r tŷ'n reit handi gan gau'r drws yn glep ar ei ôl.

'Damia,' meddai Gwenfron o dan ei gwynt wrth weld y sioe wedi dod i ben yn ddisymwth a sylweddoli ei bod hi wedi anghofio cwdyn i hebrwng offrwm Eira Wen adra. 'Tyd, siwgs,' meddai hi wedyn gan roi plwc sydyn ar gortyn y ci bach, ac aeth y ddwy yn eu blaenau'n dalog gan anwybyddu'r baw ci oedd yn stemio'n boeth braf wrth y giât.

'Dy fai di ydi hyn!' cyhuddodd Mal.

'Fy mai i? Yli, mêt, ddim y fi gafodd yr affêr,' atgoffodd Wendi ei darpar gyn-ŵr. 'Ddim y fi gliriodd y banc acownt, na trio symud y pres o'r cyfrifon cynilo i'r cyfri cyfredol.'

'O'dd gin i berffaith hawl!'

'Nagoedd! O'dd gin ti ddim hawl! Jyst dos, 'nei di. Dwi ddim isio dy weld di na siarad efo chdi. Ma pob dim yn nwylo'r twrna rŵan.'

'Ma'n iawn i mi ga'l hannar y pres! A dwi'n mynd i neud yn saff mod i'n mynd i'w ga'l o, dallta!'

Clywyd sŵn crio'n dod o'r lolfa. Roedd yr holl weiddi a'r ffraeo wedi deffro Bradley bach o'i nap.

'Yli be ti 'di neud rŵan!'

'Wela i di yn y llys.' Trodd Mal ar ei sawdl a'i chychwyn hi am y drws ffrynt. Ond fel roedd o'n mynd trodd yn ei ôl, gan ddatgelu rhywbeth a ysgydwodd Wendi i'w pherfedd.

'Wst ti be? Doeddat ti rioed fy nheip i. Yr unig reswm 'nes i fynd allan efo chdi o'dd am mod i'n gwbod bod Ioan Rhys yn dy ffansïo di'n racs a bron â thorri silff ei din isio mynd allan efo chdi. Fysa'n well ar y diawl 'swn i wedi gadal iddo fo dy ga'l di.'

Yna, heb edrych yn ei ôl unwaith, na hyd yn oed ddeud ta-ta wrth ei ŵyr bach, gadawodd Mal Lys Alaw.

Wyddai hi ddim, wyddai Wendi ddim. Dwy flynedd ar hugain yn ôl roedd Ioan Rhys yn ei ffansïo hi. Doedd hi erioed wedi amau dim. Roddodd o erioed unrhyw arwydd iddi ei fod yn ei ffansïo hi. Do, mi fuodd yn glên iawn efo hi ar ôl iddi golli ei mam. Sawl tro roedd wedi cynnig ei lyfrau Hanes a Saesneg iddi hi gael copïo'r gwaith pan fuodd hi'n absennol o'r ysgol ac wedyn yn ddiweddarach pan ddechreuodd chwarae triwant. Ond feddyliodd hi erioed am Ioan mewn termau rhamantus o gwbl. Roedd o ben ac ysgwydd yn rhy glyfar i rywun fel hi.

Tarfodd crio Bradley bach ar ei meddyliau. Dad-rebodd a rhuthro i'r lolfa i gysuro'i hŵyr. Roedd ganddi waith pacio i'w wneud hefyd. Yfory, roedd hi, Gari a'i thad yn mynd i Lundain am ddwy noson.

Rhyw bythefnos yn ôl roedd Harri Edwards wedi dweud wrth Wendi'n sobor iawn, 'Sgin ti ddim pres felly rŵan.'

'Wel, ma gin i ddigon i ddal fy mhen uwchben y dŵr, 'lly, diolch i'r salon.'

'O, wela i,' medda fo wedyn a thinc bach o obaith yn ei lais.

'Pam dach chi'n holi?'

'Dim, dim.'

'Dewch yn eich blaen,' hwrjiodd Wendi. 'Pan dach chi'n deud, "O, wela i", ma ganddoch chi rwbath dan sylw. Be sy?'

'Dim byd.'

'Dad ...'

'Wedi meddwl ca'l mynd i Lundan o'n i.'

'Llundan?'

'Ia, ond sdim ots. Anghofia mod i wedi sôn.'

'Isio mynd i Lundan dach chi?'

'Dwi'm 'di bod yno ers pan o'n i'n ddeg oed – trip efo'r côr. Roeddan ni'n cysgu dan ddaear yn yr hen diwb stesion oedd yn cael ei hiwsio fel *air-raid shelter* adag rhyfel. Wel, mi wrthodis i'n lân ag aros yna ac mi o'dd raid i Mam a Nhad gysgu yn y bỳs efo fi. 'Swn i'n lecio gweld yr hen ddinas unwaith eto a cha'l cysgu mewn hotel y tro 'ma. 'Nes i ryw feddwl ella 'swn i 'di ca'l mynd efo dy frawd a Nicola pan oeddan nhw'n arfar mynd ar eu trip siopa bob Dolig – mi 'nes i ryw hintio sawl gwaith. Ond dyna fo. Sdim ots.'

'Pryd fysach chi'n lecio mynd, Dad?'

'Dwi'n dŵad hefyd. Fedri di ddim delio efo Taid ar dy ben dy hun,' meddai Gari fel bwled pan soniodd Wendi am y trip.

'Ti'n siŵr?' holodd ei fam, yn falch yn dawel bach o'i gwmni a'i gymorth.

'Yndw, tad. Ar yr amod ein bod ni'n mynd i weld *Les Misérables*. Dwi'n lyfio'r sioe yna.'

Felly, trefnwyd y trip. Y cynllun gwreiddiol oedd fod Bradley bach yn mynd hefyd ond, chwarae teg, mi gynigiodd Nicola a Gwyn ei warchod. Ers y noson pan ddaeth y ddau draw ar ofyn Wendi, roedd 'na ychydig o densiwn wedi bod yn yr awyr rhyngddynt. Ond, allan o nunlla, mi ffoniodd Nicola yn dweud ei bod hi wedi clywed gan Harri eu bod nhw i gyd yn mynd i Lundain. Holi oedd hi a fysa Wendi'n lecio iddi hi a Gwyn warchod Bradley gan y bysa trip i Lundain efo hen gojar oedd wedi cael strôc a babi yn ormod i unrhyw un.

'Ti'n gweld,' aeth Nicola yn ei blaen. ''Swn i a Gwyn wedi bod wrth ein bodda'n ca'l plant, ond nath o jyst ddim digwydd, yn anffodus.'

Roedd y dadleniad yma'n dipyn o sioc i Wendi. Roedd hi wastad wedi meddwl mai o ddewis roedd y ddau heb gael plant, bod y ddau'n byw i'w gilydd a Nicola'n lot rhy hunanol i fagu plant. Ond erbyn dallt, ddim felly roedd pethau o gwbl.

''Dan ni 'di trio IVF a bob dim, sdi,' dadlennodd. 'Ond ar ôl y trydydd tro mi ddudodd Gwyn, "Dim mwy".'

'Wyddwn i ddim,' cydymdeimlodd Wendi.

'Fel'na o'dd hi i fod, ma'n rhaid. Beth bynnag, fel o'n i'n deud, fysan ni wrth ein bodda'n edrach ar ôl Bradley.' Roedd ei llais hi bron â thorri yr ochor arall i'r lein.

Gan fod eu trên yn cychwyn am saith y bore wedyn, ar ôl i Harri fynnu eu bod yn mynd ar y trên cynharaf, roedd Wendi wedi trefnu i ddanfon y bychan at Nicola a Gwyn y noson cynt. Profiad od oedd ei ddanfon draw: doedd Wendi a Bradley bach ddim wedi bod ar wahân ers i Karen ddod ag o adra o'r ysbyty ar ôl ei enedigaeth. Profiad rhyfeddach oedd pasio Gwynfa a throi i mewn i stad fechan o dai – *starter homes*, yn iaith y gwerthwyr tai – cartref Gwyn a Nicola bellach.

Roedd Nicola wedi cynhyrfu'n lân ac yn edrych ymlaen at gael yr ymwelydd bach i aros. Dangosodd y teganau a'r llyfrau oedd ganddi ar ei gyfer.

'Ti ddim wedi prynu'r rhein i gyd, naddo?' holodd Wendi, yn ymwybodol iawn o sefyllfa ariannol fregus Nicola a'i brawd.

'Naddo. Roeddan nhw gin i'n barod, sdi,' meddai'n dawel.

Roedd calon Wendi'n gwaedu dros anffrwythlondeb ei chwaer-yng-nghyfraith.

'A gesia lle 'dan ni'n mynd fory?' meddai Nicola gan droi'r stori'n reit handi. ''Dan ni am fynd am drip i sw Gaer, tydan Gwyn?'

'Mm,' meddai hwnnw heb godi ei ben o'r bar brecwast bach cul yn y gegin fach gul.

Roedd o yn ei chanol hi yn trio prisio joban gosod to i hen fêt iddo fo oedd hefyd yn y busnes adeiladu, ond roedd gan hwnnw, yn wahanol iawn i Gwyn, fusnes llewyrchus. Roedd o wedi cymryd trueni dros sefyllfa Gwyn ac wedi cynnig joban 'yn ôl ar y tŵls' iddo fo.

'Well i mi fynd 'ta,' meddai Wendi wrth weld nad oedd 'na ddim cynnig paned ar y gweill. 'Gwely cynnar heno. Dwi 'di ca'l strict ordors i nôl Dad bora fory ar ben chwech. Mae o ofn drwy ei din i ni golli'r trên, bechod.' Rhoddodd Wendi glamp o sws ar foch Bradley bach. 'Ta-ta, babi del. Cofia di fod yn hogyn da i Anti Nicola ac Yncl Gwyn rŵan. Mi ddaw Nain â phresant bach i chdi o Lundain, iawn? O, mae'i flanced o yn y bag. Eith o ddim i gysgu heb honno. Ac mae o'n lecio diod bach o lefrith cyn mynd i'w wely, ma'r bicyr yn y bag hefyd.'

'Paid â poeni, mi fyddan ni'n tshiampion,' meddai Nicola, yn synhwyro'n gywir fod Wendi'n dechrau cael traed oer am adael y bychan. 'Mi fydd Bradley'n rêl boi efo ni, yn byddi di, babs?'

Claddodd Nicola ei hwyneb yn y cyrls aur gan anadlu'r arogl babi oedd mor ddiarth iddi.

Heb gerdded yr un cam, roedd Harri Edwards yn cael modd i fyw yn mwynhau gweld y llefydd enwog i gyd: o Balas Buckingham, Abaty Westminster, Sgwâr Trafalgar, Big Ben, Twr Llundain i Gadeirlan St Paul's, i gyd o gyfforddusrwydd y bws mawr coch. Roedd gweld y mwynhad pur ar wyneb ei thad yn gwneud y trip yn werth pob ceiniog a doedd Wendi'n difaru dim mynd â fo. A phan ddeallodd Harri eu bod yn aros yng ngwesty'r Ritz, doedd o ddim llai nag wedi dotio. Falla fod ganddi broblem *cash flow* ar y funud, ond doedd hynny ddim am ei rhwystro hi rhag rhoi trip gwerth chweil i'w thad.

'Wannwl Dad!' ebychodd gan edrych o'i gwmpas a syllu mewn rhyfeddod ar y siandelïers crand oedd yn crogi o'r nenfwd a'r torchau o flodau ffres yn y lobi enfawr. 'Ma fama fatha palas, 'chan! Ddim yn fama 'dan ni'n aros?'

'Ia, Taid. Smârt, 'de!' meddai Gari, yntau hefyd wedi cynhyrfu'n lân ac yn bodio'i ffôn yn wyllt.

'Pwy ti'n ei decstio?' holodd Wendi wrth i'r tri gael eu harwain i'w *suites*.

'Neb. Dim ond deud ar Facebook mod i wedi tsiecio i mewn i'r Ritz. Mi fydd fy ffrindia i gyd yn wel jel.'

'Dy ffrindia di'n be, hogyn?' holodd Harri gan droi rownd yn ei gadair olwyn.

Roedd yr hogyn ifanc oedd yn eu tywys yn cael

ychydig o drafferth efo'r gadair gan fod y carped mor drwchus a Harri mor aflonydd. Gwyddai Wendi'n iawn na allai ei thad fod wedi gallu ymdopi efo mynd o gwmpas Llundain heb gadair olwyn, ond fe gafodd Gari a hithau drafferth i'w berswadio fo pan ddangosodd y ddau'r gadair roeddan nhw wedi'i llogi ar ei gyfer o.

'Duwcs, duwcs, mi fydda i'n iawn efo fy ffon. Fydda i ddim angen yr hen beth yma, siŵr!' medda fo'n biwis gan droi ei drwyn ar y gadair a'i tharo'n ddiystyriol â'i ffon.

'Ond mi fydd hi'n lot haws i chi fynd o gwmpas yn hon, yn bydd?' meddai Wendi, yn hanner difaru ei bod wedi cytuno i'r trip os oedd ei thad yn mynd i ddechrau tynnu'n groes.

'Haws i bwy, dwa'?'

'Wel, i chi 'te. Gewch chi ista'n ôl a chael eich gwthio o gwmpas yn braf yn hon.'

'Ac ydw i isio ca'l fy ngwthio o gwmpas fel taswn i'n gripil, ydw i?'

'Ylwch, Taid. Dach chi'n ormod o liabiliti fel arall, ocê,' meddai Gari'n blwmp ac yn blaen.

Gwyddai'r hen Harri Edwards os oedd o'n dymuno cael mynd am swae i Lundain, yna roedd yn rhaid iddo oddef ista yn y blincin contrapsiyn felltith yna a llyncu ei falchder er ei waethaf.

'Ew, biti na fysa gin inna un o'r petha ffôns 'na i minna ga'l deud lle rydw i wrth yr hen begors 'na yn Preswylfa. Mi fysan nhwytha'n wel jeli wedyn 'fyd.'

'Jel, Taid.'

'Be?'

'Wel jel, dim wel jeli.'

'Ffw ... ff ... fflamia!' medda Harri wedyn pan agorwyd

drws *suite* Gari a fynta. 'Fama ma'r Cwîn yn cysgu, myn uffar i! Fedra i ddim cysgu'n fama, siŵr.'

'Pam ddim?' holodd Wendi.

'Ma fama'n lot rhy grand. 'Swn i ddim yn lecio meddwl faint ma fama'n gostio'r noson.'

'Fysa'n well ganddoch chi i ni fynd i ryw Travelodge 'ta?'

Rhoddodd Wendi anferth o winc ar Gari.

'Ewadd annwl, na fysa wir. Ti 'di bwcio fama rŵan, do? Na, neith fama'r tro'n iawn. Jyst gobeithio bod 'na frecwast go lew 'ma.'

Ar ôl i Wendi gyrraedd ei *suite*, tsieciodd hithau i mewn ar Facebook hefyd. Ddim ffrindiau Gari fyddai'r unig rai a fyddai'n 'wel jel'.

Ar yr ail fore, ar gais Gari, aeth y tri i Madame Tussauds. Roedd o yn ei seithfed nef, yn mynnu bod Wendi'n tynnu ei lun o efo pob dim oedd ddim yn symud, yn enwedig lluniau ohono fo efo'r ffigyrau o arweinwyr y byd a'r teulu brenhinol. Ond roedd ei daid wedi diflasu ers oriau ac yn methu dallt be oedd pwynt yr holl le.

'Pam ar wyneb y ddaear fysa pobol isio talu trwy eu trwyna i sbio ar ffigyrau gwêr,' meddai dan rwgnach. 'Pam uffar ma'r hogyn 'ma isio ca'l tynnu ei lun efo'r tacla yna?' bytheiriodd wedyn pan welodd Gari'n pôsio am y canfed tro efo Will a Kate. 'Pwy 'di hwnna i fod?' medda fo wedyn am Elvis. 'Dydi o'n ddim byd tebyg iddo fo!'

'Wel, o'dd hynna'n wast o amsar,' datganodd yn ddiflas pan ddaeth y tri allan yn ôl i olau dydd.

'Lle fysach chi'n lecio ca'l mynd pnawn 'ma, 'ta?' holodd Wendi.

'Dduda i wrthach chi lle 'swn i'n lecio mynd – i'r Imperial War Museum.'

'O ia!' ategodd Gari. 'Gawn ni, Mam? Plis?'

Doedd gan Wendi ddim awydd o gwbl cerdded o gwmpas amgueddfa ryfel ddiflas drwy'r pnawn ond eto doedd hi ddim yn rhy siŵr ynglŷn â gadael Gari a'i thad i grwydro'r amgueddfa hebddi.

'Wn i be wnawn ni. Awn ni am ginio bach rŵan, wedyn mi wnâi'ch danfon chi'ch dau mewn tacsi i'r amgueddfa. Mi bicia' innau i Hamleys i chwilio am bresant bach i Bradley a'ch cyfarfod chi wedyn yn yr amgueddfa am banad.'

'I be nei di beth felly?' holodd Harri Edwards.

'Ia,' ategodd Gari, 'Mi fydd Taid a fi am oriau mewn 'na. Welwn ni chdi 'nôl yn y gwesty.'

'Da chi'n siŵr fyddwch chi'ch dau'n olreit?'

'Berffaith iawn, siŵr. Paid â ffysian hogan.'

Felly, ar ôl boliad o ginio yn un o'r amryw o dai bwyta yn Stryd Marylebone, neidiodd y tri mewn tacsi i'r amgueddfa. Ar ôl gwneud yn siŵr bod y ddau'n iawn, hynny yw, yn gwybod lle roedd y lle chwech, lle'r oedd y caffi, a rhoi rhif cwmni tacsi i Gari i'w danfon yn eu holau i'r Ritz, aeth Wendi yn ei blaen i Stryd Regent. Prynodd dedi bêr i Bradley yn Hamleys ac fe lapiodd y ferch y tu ôl i'r cownter y tedi mewn bocs crand.

Pan ddaeth hi allan o'r siop roedd hi'n tresio bwrw glaw, a Wendi heb gôt nac ymbarél. Doedd dim amdani ond galw am dacsi arall i'w hebrwng yn ôl i'r Ritz. Os mai'r dewis oedd cerdded strydoedd Llundain yn wlyb

189

at ei chroen neu gyfforddusrwydd ei *suite* yn y Ritz, yna doedd 'na ddim cystadleuaeth.

Gorweddai'n braf ar ei gwely yn fflicio'n ddiamcan drwy'r sianeli'r teledu ac yn mwynhau ei brechdanau a'i phaned. Roedd ganddi dair awr braf hyd nes y byddai ei thad a Gari yn eu holau. Roedd hi am redeg bath iddi ei hun – peth prin oedd cael llonyddwch fel hyn.

Yna clywodd gnoc ysgafn ar y drws. Doedd Gari a'i thad ddim yn eu holau'n barod, doedd bosib? Cododd oddi ar y gwely a throedio'n ysgafn i agor y drws yn wyliadwrus.

Allai hi ddim credu pwy oedd yno'n sefyll o'i blaen. Gwenodd arni a'i lygaid glas yn dawnsio, a syllodd Wendi'n gegrwth ar Ioan Rhys.

'Wel? Ga' i ddod i mewn?'

Fe'th gerais di o bell

Agorodd Wendi ei llygaid. Am eiliad doedd hi ddim yn cofio lle roedd hi. Yn sicr doedd hi ddim yn ei gwely adref. Yna cofiodd. O, mam bach! Mi gofiodd y cwbl – pob manylyn bach pleserus. Dechreuodd ei chalon guro fel gordd. Roedd hi'n ymwybodol iawn ei fod yno. Gallai deimlo gwres ei gorff yn ei hymyl, ei anadlu tawel, rhythmig. Gwenodd. O, mam bach!

Roedd yr awr ddiwethaf wedi bod yn anhygoel, yn gwbwl anghygoel o ffantastig. Doedd pethau fel hyn ddim yn digwydd go iawn, dim ond mewn rhyw nofelau ceiniog a dima. Ond ddim mewn bywyd go iawn, ddim i Wendi Anne Jones. Yn ystod yr holl flynyddoedd y buodd hi efo Mal, phrofodd hi erioed y fath garu, y fath angerdd. Doedd Mal ddim yn yr un cae, ddim yn yr un gynghrair o bell ffordd! OMG!! Ni wyddai Wendi fod y fath garu'n bosib.

Pan welodd Wendi Ioan yn sefyll yn y drws bu bron iawn iddi gael hartan. Syllodd arno'n fud, yn methu credu ei fod yno. Synhwyrodd Ioan ei syfrdandod a chymerodd yr awenau'n syth. Camodd i mewn i'r stafell gan edrych o'i gwmpas, yn amlwg wedi'i blesio.

'Dwi wastad wedi meddwl tybed sut stafelloedd gwely sydd yn y Ritz,' gwenodd. 'Ew, mae'n rhaid dy fod ti wedi ennill y loteri i aros mewn lle fel hyn,' meddai, â thwincl cellweirus yn ei lygaid. Mae'n amlwg fod Harri Edwards wedi gadael y gath allan o'r cwd unwaith eto.

'Sut oeddat ti'n gwbod mod i yma?' holodd Wendi, wedi cael hyd i'w thafod o'r diwedd.

'Da ydi Facebook.'

'Ond rŵan, fan hyn, ganol pnawn?'

'Ro'n i angen recordio cyfweliad yma ac ar fy ffordd allan mi 'nes i holi fyswn i'n cael gadael nodyn i chdi; meddwl o'n i y basen ni'n gallu cyfarfod tra oeddat ti draw 'ma. Feddylies i erioed y bysat ti yn dy stafell yr adeg yma o'r dydd. Ond dyma'r hogan hynod o glên 'ma tu ôl i'r ddesg yn deud dy fod ti. Er, dwi'n ama'n gry nad o'dd hi i fod i ddeud wrtha i ond ...'

'Ond ma Ioan Rhys wastad yn llwyddo i gael ei ffordd ei hun.'

'Ddim bob tro.'

Roedd ei ddau lygad glas yn treiddio i mewn i'w dyfnderoedd. Llyncodd Wendi ei phoer – roedd yn rhaid iddi gael gwybod. Doedd ganddi ddim byd i'w golli wrth ofyn.

'Ti'n gwbod pan oeddan ni yn 'rysgol?'

'Ia?'

'Oeddach chdi'n ffansïo fi?' Byrlymodd y geiriau allan o'i cheg.

Gwenodd Ioan, 'Blydi hel, o'n.'

'Ond pam 'nest ti ddim gofyn i fi fynd allan efo chdi 'ta?'

'O'n i rhy swil. Methu cael digon o gyts. Ofn i chdi ngwrthod i. A phan o'n i wedi magu digon o blwc i ofyn i chdi ym mharti Bedwyr Roberts, mi landis di yna efo Mal. Ac ma'r gweddill yn hanes, fel maen nhw'n ei ddeud.'

'Reit. Ym ... reit, dwi'n gweld,' er ei bod hi'n gwbwl amlwg nad oedd Ioan yn gweld. Rhedodd ei ddwy law drwy ei wallt a chrafu ei wddw. 'Wel, os mai fel'na ti'n teimlo ...'

'Ia, fel'na dw i'n teimlo,' torrodd Wendi ar ei draws. Damia! Roedd ganddi *ladder* yn ei theits. Ond dyna'r lleiaf o'i phroblemau ar y funud.

'Ond o'n i'n meddwl ...' triodd Ioan eto. Doedd o ddim yn un oedd yn arfer cael ei roi yn ei le.

'Wel, o'n innau'n meddwl hefyd. Ond ma hi'n ber-ffaith amlwg nad oeddan ni'n dau ddim yn meddwl yr un fath â'n gilydd,' torrodd Wendi ar ei draws gan estyn am ei bag a'i chôt. 'Dwi'n meddwl mai'r peth gora ydi i ni'n dau anghofio be ddigwyddodd pnawn 'ma. Cau'r drws ar dy ôl di, 'nei di.'

Ac felly y gadawodd hi Ioan Rhys, y cyflwynydd teledu adnabyddus, yn noeth mewn *suite* yn y Ritz yn hollol gegrwth am y tro cyntaf yn ei fywyd.

Eisteddai Wendi yn y theatr dywyll yn trio'i gorau glas i ganolbwyntio ar y sioe, ond yn ofer. Gan ei bod wedi colli'r rhan gyntaf roedd hi yn y niwl yn lân. Ond pan ddechreuodd rhyw ddyn o'r enw Jean Valjean ganu am ddod â rhywun adref, am ryw reswm meddyliodd Wendi'n syth am Ioan. Dychmygodd ei freichiau yn dynn amdani unwaith eto, teimlo'i wefusau'n dyner ar ei gwefusau, teimlo'i ddwylo'n mwytho pob modfedd ohoni hi. Daeth lwmp mawr i'w gwddw. Ceisiodd feddwl am rywbeth arall; ciledrychodd draw i gyfeiriad ei thad, ond roedd hwnnw a'i ben i lawr yn cysgu'n braf ers meitin. Edrychodd draw wedyn i gyfeiriad Gari, oedd wedi'i fesmereiddio'n llwyr a'r dagrau'n powlio i lawr ei

Ar ôl cawod sydyn, gwisgodd Wendi'r *dressing gown* claerwyn oedd yn hongian ar y bachyn. Roedd hi ar fin agor y drws pan glywodd hi Ioan yn siarad ar ei fobeil. Agorodd y drws yn dawel a chlustfeinio ar y sgwrs, er y gwyddai na ddylai hi. Ac, o edrych yn ôl, roedd rhan ohoni hi'n difaru ei bod wedi gwneud.

'Of course I won't be late, Freya,' pwysleisiodd Ioan yn gariadus. 'Miss you loads too, sweetheart. Bye, love you ...'

Suddodd calon Wendi fel carreg i waelod pwll. Y ci drain iddo fo! Fuodd o fawr o dro'n cael hyd i rywun arall yn lle'r fodel pry pric Marissa yna, meddyliodd, yn berwi. Roedd y sglyfaeth wedi rhaffu celwyddau efo hi'n gynharach er mwyn cael i mewn i'w nicyr hi! Deud pethau fel doedd 'na neb arall iddo fo. Y malwr cachu uffar! Ond doedd hi ddim am ddangos iddo fo ei bod hi'n ypsét. O na. Roedd ganddi fwy o hunan-barch a balchder na hynny. Roedd un dyn wedi gwneud ffŵl iawn ohoni hi'n barod, ac roedd hwn rŵan yn trio'i orau i wneud yr un peth.

'O'n i'n dechrau meddwl lle roeddat ti.'

Eisteddai Ioan i fyny yn y gwely yn gwenu arni, ei ddwylo tu ôl i'w ben. Roedd y cynfasau gwely o gotwm Eifftaidd wedi'u mowldio o gwmpas ei gorff cyhyrog.

'Fysa'n well i ti fynd,' meddai'n sych. Anodd credu bod y ddau, lai nag awr yn ôl, wedi bod yn caru'n nwydus. Gwisgodd amdani'n frysiog.

'Be? Be sy?'

'Jyst dos, 'nei di!'

'Ond dwi'm yn dallt ...'

'Yli, mistêc o'dd be ddigwyddodd gynna. Ddylian ni ddim fod ...'

wyneb heb unrhyw gywilydd o fath yn y byd. Estynnodd Wendi am hances boced i sychu'r dagrau oedd yn mynnu rhedeg i lawr ei bochau hithau.

Wrth i'r trên adael Euston 'nôl am Fangor, edrychai Wendi ymlaen at y tawelwch a'r llonyddwch ar ôl bwrlwm Llundain. Cael paned bach o de a chysgu yn ei gwely ei hun, heb sôn am y caru mawr gan Bradley bach. Efo pob milltir roedd hi'n ei agosáu at Fangor ceisiai ei gorau i wthio'r hyn brofodd hi yn y *suite* honno yn y Ritz o'i meddwl – atgof breuddwydiol, melys, oedd yn ddim byd ond celwydd hyll.

'Wel, sgin i ond diolch yn fawr i chdi,' meddai ei thad wrth iddo fustachu allan o'r car ar ôl i Wendi ei ddanfon yn ei ôl i Breswylfa. 'Ella cawn ni'n tri fynd am drip eto. Iwerddon yn lle braf 'fyd – fedran ni fynd am y diwrnod i fanno.'

Gwenodd Wendi ar ei thad. Roedd Harri Edwards yn amlwg wedi cael blas ar y trafeilio 'ma.

'Pam lai.'

'Dim ond i'r hen fôr 'na fod fel gwydr, fyddan ni'n iawn. Neu weli di mo lliw fy nhin i, dallta.'

'Mi tsiecian ni'r rhagolygon cyn mynd, Taid.'

'Hen hogyn iawn ydi hwn,' nodiodd Harri ei ben i gyfeiriad ei ŵyr, 'er ei fod o rêl pen bach weithia. Ond ti'n rhyfeddol, o ystyried pwy ydi dy dad di, ngwas i.'

'Diolch, Taid.'

'Tyd 'ta, Gari, i ni ga'l nôl Bradley bach.'

Ond pan gyrhaeddodd Wendi a Gari dŷ Gwyn a Nicola, doedd 'na dim golwg o'i hŵyr bach.

'Tydi o ddim yma,' meddai Nicola.

'Ddim yma? Be ti'n feddwl "tydi o ddim yma"? Lle

ddiawl ma o 'ta?' mynnodd Wendi gan feddwl bod agwedd Nicola a Gwyn yn llawer rhy cŵl o feddwl bod y plentyn bach a adawsai hi yn eu gofal bellach ddim efo nhw.

'Pwylla, wir Dduw,' meddai Gwyn wrth weld y panig yn cynyddu yn ei chwaer. 'Mae o efo'i fam.'

'Ei fam? Karen?'

'Hi ydi ei fam o, 'de?'

'Karen ni? Be? Ydi hi'n ei hôl?'

'Newydd landio ddoe. Y hi a'r dyn 'na sy ganddi.'

'Hogyn neis. Ac yn bishyn,' ychwanegodd Nicola.

'Methu dallt lle roedd pawb. Ro'dd hi wedi colli ei ffôn rwla rhwng Heathrow a Manchester, ac yn methu ca'l gafal ar neb. A'th hi i Preswylfa yn y diwedd ac mi gafodd hi wybod lle ro'dd pawb gin y merched yn fanno.'

Do, mwn, meddyliodd Wendi. 'Lle ma nhw rŵan?'

'Wedi mynd â'r bychan am dro i lan y môr.'

Pam roedd y ddau wedi dod 'nôl bob cam o Mauritius, tybed? Roedd Wendi'n amau bod rhywbeth ar droed.

Newid byd

Roedd amheuon Wendi'n iawn. Doedd dim raid iddi aros yn hir iawn chwaith hyd nes y cafodd wybod beth oedd yn mynd ymlaen.

Wrthi'n rhoi dillad ar y lein y bore wedyn roedd hi pan ddaeth Karen ar ei hôl hi. Yn hytrach na'i helpu i begio'r dillad, eisteddodd ar y *sun lounger* gerllaw a dechrau pigo'i hewinedd fel roedd hi'n dueddol o'i neud pan oedd ganddi rywbeth ar ei meddwl.

'Ma Alistair wedi ca'l job yn y Cayman Islands.'

'Cayman Islands? Lle ma fanno, dwa'?'

'Yn y Caribî.'

'Ew, braf iawn.'

''Dan ni wedi ca'l apartment a bob dim.'

'Pryd dach chi'n symud?'

'Dydd Llun nesa. Ma Alistair yn dechrau ei job newydd ymhen pythefnos.' Daliai Karen i bigo ei hewinedd.

''Dan ni'n meddwl priodi allan 'na ym mis Awst.'

'Mis Awst! Ond tydi hynny 'mond tri mis i ffwrdd!'

'Paid â phoeni, ma pob dim wedi'i sortio. Ma'r feniw wedi'i fwcio, dwi 'di ca'l fy ffrog a bob dim.'

'O, reit.'

Methai Wendi guddio'i siom. Fel pob mam, roedd hi wedi edrych ymlaen at y diwrnod y câi fynd efo'i merch i ddewis y ffrog ar gyfer y diwrnod mawr.

Doedd ei mam hi ei hun ddim yn fyw i fynd efo hi i chwilio am ffrog briodas. Cafodd Wendi yn hytrach gwmni Anti Jean, chwaer ei thad, oedd wedi hwrjio rhyw ffrog feráng yn ffrils ac yn fflownsys i gyd arni.

'Ti angan digon o fanylion i dynnu sylw oddi ar y bol, ti'n gweld,' meddai honno heb owns o dact.

Er nad oedd 'na ddim arlliw o fol i'w weld a Wendi fel styllan o denau, boddwyd y graduras yng nghanol yr holl ffrils. Roedd Wendi wedi llygadu ffrog blaenach, symlach yn ffenest y siop, ac roedd hi'n difaru hyd y dydd heddiw na wnaeth hi ofyn am gael trio honno. Ond, wrth gwrs, ddeudodd Wendi ddim byd, dim ond gadael i Anti Jean estyn am feil a'i bloncio ar ei phen i gwblhau'r *ensemble* baflofaidd.

'Mi wyt ti a Gari am ddod, tydach?' Torrwyd ar feddyliau Wendi gan symans ei merch. 'Mi fydd yn rhaid i mi ofyn i Dad a Gwyneth, ma'n siŵr. Dwi ddim yn gweld Taid na Nain Llan ac Anti Sonia'n dŵad ...'

'A Bradley. Mi fydd Bradley bach yn dŵad, yn bydd,' meddai Wendi ar ei thraws, yn methu coelio bod Karen wedi hepgor ei mab bach.

'Wel, dyna be arall o'n i isio ca'l gair efo chdi amdano fo. 'Dan ni'n mynd â Bradley bach yn ôl efo ni.'

Teimlai Wendi fel petai rhywun wedi rhoi anferth o ddwrn yn ei chalon. Rhewodd yn y fan a disgynnodd y trowsus *linen* gwyn oedd yn ei llaw yn glewt i'r llawr.

'Mynd â fo efo chdi?'

Yna cysurodd Wendi ei hun ei bod wedi camglywed.

'Ia. Efo fi ma'i le fo.'

Na, doedd hi ddim wedi camglywed Karen.

'Rŵan bydd Alistair a fi'n priodi mi fydd pethau'n wahanol, yn byddan? Ma Alistair wedi mopio efo

Bradley a ma Bradley i'w weld wedi cymryd at Alistair yn grêt.'

'Ers tridiau dach chi yma.'

Anwybyddodd Karen sylw Wendi a mynd yn ei blaen. 'Ti'n meddwl y medri di ddechrau hel pethau Bradley at ei gilydd? 'Dan ni am fynd i Gaer bora 'ma i brynu dillad newydd iddo fo. Dim offens, Mam, ond ma dy dast di mewn dillad braidd yn henffasiwn.'

'Dim offens! Dim offens!' ffrwydrodd Wendi. 'Asu, ma gin ti wyneb, mechan i! Dyma'r diolch dwi'n ei ga'l am fagu Bradley am yr holl fisoedd yma. Ti'n landio yma, *large as life*, yn deud dy fod ti isio fo. Fel tasat ti wedi dod i nôl rhyw hen gi roeddat ti wedi'i adael mewn cenel.'

Syllodd Karen yn fud ar ei mam. Doedd hi erioed wedi'i gweld yn troi arni hi fel hyn.

'Y fi ydi ei fam o!' pwysleisiodd pan ddaeth ati ei hun.

'Wel, biti na fyddat ti wedi meddwl hynny pan 'nest ti droi dy gefn arno fo a'i g'luo hi am Mauritius.'

''Nes i ddim troi nghefn arno fo! O'dd gin i ddim dewis. Roeddat ti'n gwybod yn iawn mai dim ond dros dro o'n i'n ei adael o. O'n i wastad wedi bwriadu dod i'w nôl o, munud o'n i'n gwybod bod Alistair a finnau am fod efo'n gilydd go iawn – priodi, 'lly.'

'Ac ydi Alistair yn gwybod hanes tad Bradley?'

'Ma Alistair yn gwybod pob dim.'

'Pob dim?'

'Pob dim.'

'Are you ready then, Karen?' holodd y gŵr dan sylw gan gerdded tuag at y ddwy. Yn ei freichiau roedd Bradley bach yn wên o glust i glust.

'Coming now. I was just telling Mum that we're taking Bradley back with us.'

'We're so looking foward to having him living with us. He's so adorable. Aren't you, tiger?'

'We'd better be off then,' meddai Karen gan gymryd Bradley o freichiau Alistair cyn troi at ei mam a deud, 'Os bysa ti'n medru hel ei betha fo, plis.'

Syllodd Wendi ar y tri yn mynd yn ôl i mewn i'r tŷ, yn un uned deuluol fach hapus. Cododd y trowsus gwyn oddi ar y llawr. Roedd yn stremps mwdlyd i gyd. Ochneidiodd, byddai'n rhaid iddi ei ailolchi.

Hyd at y funud ola un, gobeithiai Wendi yn ei chalon y byddai Karen, fel y gwnaeth cymeriad Meryl Streep yn y ffilm *Kramer vs. Kramer*, yn newid ei meddwl ac yn penderfynu peidio â mynd â Bradley efo hi. Ond nid ffilm oedd hon.

Y tro hwn, aeth Wendi ddim i'r maes awyr. Ffarweliodd â'r tri yn Llys Alaw. Nid gormodiaith oedd dweud bod ei chalon yn torri. Gwyddai'n iawn mai efo'i fam yr oedd lle Bradley, ond eto doedd hynny'n llinaru dim ar y boen o orfod ffarwelio efo'r bychan. 'Doedd hi wedi'i fagu o fel ei mab? A rŵan roedd y cwlwm emosiynol oedd mor gryf rhwng y ddau yn gorfod cael ei dorri mor greulon.

'Right, we'll see you in three months time for the wedding, Wendi,' meddai Alistair wrth lwytho'r cesys i fŵt y car llog.

'Ydi pob dim ganddoch chi – pasborts a ballu?' Deuai siarad gwag o'i genau, unrhyw beth i ddal arni rhag gorfod gollwng Bradley o'i breichiau.

'Yndyn. Paid â ffysian, Mam,' meddai Karen yn bigog. 'Will you put Bradley in the car, Alistair?'

'Come here, tiger,' meddai hwnnw gan ei gymryd o'i breichiau. Brwydrai Wendi'n galed i geisio atal y dagrau rhag dechrau llifo.

Mae'n rhaid bod y bychan wedi synhwyro anhapus-rwydd ei nain a'r newid mawr oedd ar fin dod i'w ran gan iddo yntau ddechrau beichio crio a'r dagrau'n powlio i lawr ei wyneb bach o.

'Mama! Mama!' bloeddiodd dros y lle gan droi ei gorff bach yn ôl at Wendi ac estyn ei ddwy fraich gnydiog tuag ati.

''Im isio! 'Im isio!' medda fo wedyn gan ysgwyd ei ben yn wyllt.

Cael a chael oedd hi rhag i Wendi ei gipio yn ôl o freichiau'r Sais a rhedeg i'r tŷ efo fo nerth ei thraed a bolltio'r drws ar eu holau. Ond gwyddai mai peth ynfyd fyddai hynny. Doedd ganddi ddim hawl. Karen oedd ei fam o, nid hi.

Felly, yn hytrach na gwneud hynny, dyma hi'n dweud mewn llais hollol ddigynnwrf, er bod ei thu mewn yn troi. 'Dos di rŵan, hogyn da. Mi welith Nain chdi'n fuan. A bydd yn hogyn da i mam.'

Yn y diwedd, rywsut, efo help Karen, mi lwyddodd Alistair i gau Bradley yn ei sedd er gwaetha'i holl strancio.

Cusanodd Alistair Wendi ar ei boch, 'Don't worry, we'll take good care of him.'

Gwenodd Wendi'n wantan yn ôl arno fo. Well i ti neud, washi, meddai wrthi ei hun.

'Welwn ni chdi yn y briodas,' meddai Karen gan gusanu'r aer oedd rhwng ei mam a hithau.

'Ffoniwch y munud dach chi 'di landio. Ti'n nghlwad i?'

'Mi fydd Alistair yn dad ffantastig.'

Gwyddai Wendi fod hynny'n wir. Gwyddai hefyd fod cael Alistair yn llystad i'r bychan ganmil gwell na chael Liam yn dad iddo fo. Ond doedd hyd yn oed hynny'n fawr o gysur iddi ar y funud.

'Mae o'n methu ca'l plant,' meddai Karen wedyn yn dawel gan syllu i fyw llygaid ei mam.

'Come on Karen, we'd better go. We don't want to miss the plane, do we?'

Heb loetran dim mwy, neidiodd Karen i mewn i'r car. Taniodd Alistair yr injan a gyrrodd y car i ffwrdd ar sbid gwyllt a Bradley bach yn dal i grio yn y cefn.

Pan aeth hi'n ôl i'r tŷ, drwy niwl ei dagrau gwelodd Wendi'r tedi bêr bach hwnnw roedd hi wedi'i brynu'n anrheg i Bradley yn Llundain wedi'i adael ar ôl ar lawr y cyntedd, y tedi bêr doedd o ddim wedi'i adael o'i olwg ers iddo'i gael o. Cododd y tedi a'i wasgu at ei bron. Pwysodd yn ôl ar y wal a llithro'n araf i'r llawr a chrio, crio a chrio – crio fel na chriodd hi erioed o'r blaen. Chriodd hi ddim fel hyn pan fu farw ei mam, na phan ffeindiodd hi yn un ar bymtheg oed ei bod hi'n disgwyl, na phan aeth Gari i ffwrdd i Bennetts, na phan ffeindiodd hi fod Mal yn mocha.

Bu'n beichio crio felly am sbel. Yna dechreuodd ei mobeil ddirgrynu a blipio yn ei hwdi. Karen oedd yna – wedi newid ei meddwl ac yn dod â Bradley bach yn ôl, meddyliodd yn syth a'i chalon yn curo. Cythrodd am ei mobeil, ond siom gafodd hi pan welodd mai dim ond neges bersonol iddi gan rywun ar Facebook oedd hi. Sychodd ei dagrau ac er ei anhapusrwydd aeth ei chwilfrydedd yn drech na hi. Doedd 'na neb yn gadael negeseuon personol iddi ar hwnnw heblaw am un person. Doedd bosib?

Darllenodd y neges:

Haia,

Gobeithio dwyt ti ddim yn meindio mod i'n cysylltu efo chdi fel hyn. Ond o'n i jyst isio gadael i chdi wybod mod i'n dal i fethu cael be ddigwyddodd rhyngon ni'n dau'r pnawn hwnnw allan o'm meddwl i. Ond mi wnest ti'n amlwg nad wyt ti'n teimlo 'run fath â mi ac nad wyt am i bethau ddatblygu ymhellach. Mae'n rhaid i mi, felly, dderbyn a pharchu hynny. Mi fyddi di'n falch o glywed fy mod i newydd dderbyn secondiad am chwe mis i fynd i weithio i Washington. Mi gei di sbario gorfod diodde gweld fy hen wep i ar y bocs 'na! Edrycha ar ôl dy hun.

Ioan

Fedrai Wendi ddim credu'r peth. Sôn am wyneb! Roedd hi'n berffaith amlwg ei fod o wedi bwriadu cael perthynas efo hi ac efo'r Freya 'na! Heb feddwl ddwywaith felly, dyma hi'n ei ddad-wneud fel ffrind iddi ar Facebook. Hen lol wirion oedd o beth bynnag. A hen hwrgi oedd Ioan Rhys hefyd, hwrgi o'r radd flaenaf. Tŵ-teimar uffar! Wel, tŵ-teimar hyd y gwyddai Wendi; falla'i fod o'n thri- neu hyd yn oed yn ffôr-teimar! Roedd pob dyn yn union yr un fath, meddyliodd. Mal, a rŵan Ioan. Llathen o'r un brethyn oedd y ddau.

Rhyw bythefnos yn ddiweddarach derbyniodd Wendi

ddau lythyr drwy'r post. Gwahoddiad priodas Karen ni ac Alistair oedd un.

'Pam uffar ma nhw isio priodi mor bell?' meddai ei thad yn flin. 'Pam na fysa hi'n priodi yng Nghapal Sardis fatha 'nest ti a dy fam? Fflio rownd hannar y byd a'r ddau'n byw dros y brwsh yn barod. Blydi lol wirion.'

'Dwi'n cymryd nad ydach chi ddim am ddod, 'lly?'

'Ti'n llygad dy le, mechan i. Cynhebrwng dyn byw fydda i'n gweld priodasa beth bynnag neu, fel o'dd hi yn dy achos di, cynhebrwng dynas fyw. Ti'n rhydd oddi wrth y mwnci diawl bellach?'

'Bron iawn.'

'Er, 'swn i'n lecio gweld yr hen hogyn bach 'na 'fyd. Rhyfadd yma hebdda fo.'

Ond ddim hanner mor rhyfedd ag roedd hi i Wendi druan heb Bradley. Heblaw ymweld â'i thad bob dydd, wyddai hi ddim beth i'w wneud efo'i hun na'i hamser. Er mawr ryddhad iddi, roedd y bychan yn setlo'n rhyfeddol o dda efo'i fam a'i ddarpar lystad yn ei gartref diarth ac mewn gwlad ddiarth. Roedd ei weld yn chwarae efo'i deganau'n fodlon braf ar Skype yn rhyw fath o gysur ac yn rhoi tawelwch meddwl mawr iddi hi. Ond eto, doedd hynny'n lliniaru dim ar yr hiraeth mawr roedd hi'n ei deimlo amdano.

'Ci wyt ti ei angan, Mam,' awgrymodd Gari wrthi un penwythnos ar un o'i ymweliadau prin gartref o Bennetts.

'Ew, dwn 'im. Lot o waith efo peth felly, does?'

'Dyna wyt ti ei angen 'de, gwaith. Gormod o amser ar dy ddwylo sy gin ti. Mi fysach chdi'n gallu edrych ar ôl ci bach, mynd â fo am dro a ballu. Bridio efo fo falla.'

'A llnau ei hen faw o. Dim diolch.'

'Ti angan gneud rwbath efo chdi dy hun.'

'Mi ofynna i os ga' i fy hen job yn y ganolfan arddio 'nôl,' meddai hi gan hanner cellwair. 'Dwi'n siŵr y bysa Marian a'r genod wrth eu bodda ac yn fy nerbyn i â breichiau agored!'

'Pam nad ei di i'r coleg?'

'Coleg? Fi? Paid â siarad yn wirion.'

'Pam ddim?'

'Sgin i ddim Lefel A i'n enw i ddechrau.'

'Fe alli di ga'l rhai.'

'Na, dwi'm yn meddwl.'

'Wel, ma'n rhaid i ti feddwl am neud rwbath, neu mi fyddi di wedi mynd yn boncyrs yn ratlio o gwmpas yn yr hen dŷ mawr 'ma ar dy ben dy hun.'

'Ti'n iawn, Gari. Ti'n berffaith iawn.'

Ac fe dderbyniodd Wendi gyngor Gari, fwy neu lai. Ben bore Llun canlynol mi ffoniodd Wendi'r asiant gwerthu tai er mwyn rhoi Llys Alaw ar y farchnad. I beth roedd hi angen tŷ mawr pum stafell wely bellach?

Cofiai'r amser pan arferai hi fynd i siopa am fwyd a phrynu llond trol ar gyfer y pump ohonyn nhw, gan wario dros ddau gan punt yr wythnos yn Waitrose neu Marks. Bellach, roedd hi'n gallu prynu beth roedd hi ei angen yn y Spar leol. Arferai brynu prydau barod o Marks ond erbyn hyn roedd hi wedi hen ddiflasu ar y 'Dine in for two' oedd yn gneud dau bryd iddi hi. Bellach, roedd mwy o flas ar wy wedi'i ferwi neu fîns ar dost ac iogwrt i bwdin. Yr unig amser y byddai hi'n siopa bwyd go iawn oedd pan fyddai Gari adra ambell benwythnos ac yn y gwyliau, wrth gwrs. Ar yr adegau hynny byddai'n prynu pob mathau o ddanteithion a thrîts i'r ddau ohonyn nhw.

Mi chwaraeodd hi efo'r syniad o brynu un o'r fflatiau crand rheiny oedd yn y doc yng Nghaernarfon. Ond yr unig ddrwg efo'r rheiny oedd eu bod braidd yn bell o Breswylfa. Na, mi fyddai'n rhaid iddi hi sticio i'r ochor yma o'r Fenai – Biwmares neu Borth amdani.

Roedd y gwerthwr tai wedi dotio efo Llys Alaw ac wrth iddi ei dywys o gwmpas cofiodd Wendi amdani hi a Mal yn John Lewis, y ddau fatha plant bach wedi cael eu gadael yn rhydd mewn siop deganau, wedi cynhyrfu'n lân wrth iddyn nhw ddewis a dethol dodrefn ac offer ar gyfer eu tŷ newydd. Roedd o i gyd mor bwysig ar y pryd: dewis a dethol y dodrefn iawn, pob manylyn bach yn cyfri, hyd at batrwm a lliw'r dillad gwlâu, lliw'r tywelion, a cael yr union siêd iawn i'r lienni a'r bleinds. A daeth geiriau ei thad i'w chof wrth i'r gwerthwr tai bron â chael orgasm yn y fan a'r lle pan lygadodd y pwll nofio segur, 'Pobol, nid petha, sy'n bwysig'.

Cynnwys yr amlen arall oedd llythyr gan ei thwrna, Richard Lloyd-Hughes, yn datgan bod ei *decree nisi* wedi dod drwodd. Roedd ganddi chwe wythnos i newid ei meddwl ynglŷn ag ysgaru Mal, ddim fod yna unrhyw beryg yn y byd i hynny ddigwydd. Roedd yna ryw eironi od yn y ffaith y byddai'r cwlwm rhyngddi hi a Mal yn cael ei ddatod am byth ar yr adeg y byddai Karen ac Alistair yn ymrwymo i'w gilydd. Ochneidiodd Wendi wrth syllu ar y llythyr. Biti ar y diawl na fyddai hi wedi cael y gyts i ddod â'r briodas i ben flynyddoedd yn ôl, meddyliodd.

Aeth Gari a hithau draw ar y trên i Fanceinion i brynu dillad newydd ar gyfer y briodas.

'Chdi ydi'r *mother of the bride*, Mam. Ma'n rhaid i

chdi ga'l yr wow ffactor,' pwysleisiodd Gari wrth sganio'r rêls o ffrogiau sidan, shiffonaidd.

Gwyddai Wendi y byddai mam Alistair a chriw Alderley Edge mewn *couture* o'u corun i'w sawdl ond, yn bwysicach na hynny, gwyddai hefyd y byddai Gwyneth yn bresennol. A doed a ddelo, mi oedd hi'n benderfynol o edrych yn dipyn smartiach na honno o bawb. Felly, pan fynnodd Gok Gari ei bod yn trio ffrog sidan Thai lliw platinwm at y pen-glin efo *sequins* bach ar y bodis, a bolero i fynd efo hi, wnaeth hi ddim troi blewyn, er gwaetha'r pris o fil dau gant saith deg a naw o bunnoedd.

'Waw! Ti'n edrach yn ffantastig, Mam!'

'Tydi hi ddim yn ormod, nacdi?'

'Mam, ma honna wedi'i gneud i chdi. Tria'r het sy'n matsio 'fyd.'

Estynnodd gwraig y siop het â chantal fel dysgl NASA.

'You look amazing, madam. And I'm not just saying that. You look absolutely stunning. Doesn't she?' meddai'r wraig wrth Gari.

Nodiodd yntau ei ben yn gytûn. Ai dychmygu pethau roedd Wendi neu oedd hi'n gweld deigryn bach yn ei lygaid?

'I'll take it,' meddai, heb feddwl ddwywaith.

Ac wrth iddi gael cipolwg bach arall arni ei hun yn y drych gresynodd yn ddistaw bach na fyddai Ioan Rhys yn cael y cyfle i'w gweld yn y fath wisg.

Mewn priodas gynt yng Nghayman

'Ma bwyd y lle 'ma'n amêsing!'

Sglaffiai Gari'r wyau wedi'u sgramblo a'r eog mwg. Roedd Wendi ac yntau'n mwynhau eu brecwast ar falconi eu stafell. 'Ti'n joio dy Buck's Fizz, Mam?'

'Mmm, neis iawn.'

Edrychodd Wendi allan ar y traeth gwyn o'u blaenau. Roedd hi'n dda o beth doedd y briodas ddim tan yn hwyrach yn y dydd gan ei bod hi wedi cymryd ddoe ac echddoe i'r ddau ddadflino a dod dros eu *jet lag*.

Pan laniodd yr awyren ym maes awyr Owen Roberts yn George Town roedd Gari wedi dotio'n lân, a dechreuoddd gwglo ar ei iPad fel peth gwyllt.

'Be ti'n neud, Gari? Tyd yn dy flaen. Ddim rŵan ydi'r amsar i stwna efo hwnna,' meddai Wendi, yn ceisio'i gorau i lygadu'r cesys ar y carwsél.

'Owen Roberts! Ma'n rhaid mai Cymro oedd o. Sgwn i o ble o'dd o'n dod o?'

'Dod, Gari. Deryn wedi marw ers blynyddoedd ydi dodo.'

'Ia, ia. Digri iawn. A dyma ni.'

Dechreuodd Gari ddyfynnu Wikipedia: "Owen 'Bobby' Roberts, aka 'The Commander', *circa* 1912–10 April 1953, was a British Royal Air Force (RAF) Wing Commander and noted 20th-century aviator and founder of Caribbean International Airways. Owen

Roberts International Airport in George Town on Grand Cayman is named after him." Tydi o ddim yn sôn lle cafodd o ei eni chwaith,' medda fo wedyn yn siomedig.

Ddim y fo oedd yr unig un a gafodd ei siomi. Roedd Wendi yn naturiol ar dân isio gweld ei hŵyr bach ar ôl bod ar wahân oddi wrtho ers bron i dri mis ac wedi cymryd y byddai Karen a Bradley bach yno yn y maes awyr i'w croesawu nhw. Ond, doedd dim siw na miw o 'run o'r ddau. Rhy brysur efo trefniadau'r briodas beryg, cysurodd ei hun, wrth geisio cael gafael ar dacsi i'w hebrwng i'r gwesty.

Roedd y gwesty ar draeth enwog Seven Mile Beach, sef cilgant o dywod claerwyn ar lannau gorllewinol ynys Grand Cayman.

'Oeddat ti'n gwbod,' meddai Gari wrth i'r tacsi droi i mewn i ddreif y gwesty, 'mai dim ond rhyw bump pwynt pump milltir ydi'r traeth 'ma go iawn er ei fod o'n cael ei alw'n "seven mile". Mae o wedi ennill y wobr am y traeth gorau yn y Caribî hefyd. Ac mi gafodd lot o lefydd o gwmpas fama eu dinistrio adag corwynt Ivan ym mis Medi dwy fil a phedwar, ond ma pob dim 'nôl i drefn erbyn hyn,' meddai'r gwyddoniadur ar ddwy droed.

Gweddïai Wendi nad oedd hi'n dymor y corwyntoedd neu mi fyddai'n llawer iawn gwell ganddi hi fod ar ynys arall, sef Ynys Môn!

'Be 'dan ni am neud bora 'ma?' holodd Gari, oedd wedi hen sglaffio'r wyau wedi sgramblo ac yn estyn am *croissant* erbyn hyn.

'Wel, dwi isio mynd i brynu presant i dy daid. Meddwl ca'l wats iddo fo o'n i. Rolex. Neith hi'n bresant Dolig a phen-blwydd iddo fo.'

'Cŵl.'

Brwsiodd Gari friwsion y *croissant* oddi ar ei *dressing gown* tywel gan wenu wrth feddwl am ei daid yn fflasio'i Rolex yn y Cartref i bawb ei gweld gan frolio, 'Rolex ydi hi. Un go iawn. Dim ffêc, wchi. Ddy rial McCoy, dalltwch.'

Felly, ar ôl cael cawod a gwisgo, aeth Wendi a Gari efo Bradley bach draw i un o'r myrdd o'r *plazas* siopa yn George Town. Roedd Karen wedi gofyn i'w mam a fyddai hi'n fodlon gwarchod Bradley y bore hwnnw er mwyn iddi hi gael dechrau gwneud ei hun yn barod. Methai Wendi yn lân â deall pam fod Karen angen cymaint o amser i ymbaratoi a hithau ddim yn priodi tan bedwar. Ond ddeudodd Wendi ddim byd gan ei bod wrth ei bodd yn cael cyfle i dreulio amser efo'i hŵyr bach unwaith eto, ac roedd hi'n amlwg fod Bradley bach wrth ei fodd yng nghwmni ei nain hefyd.

Roedd Gari yn ei seithfed nef yng nghanol yr holl siopau – o'r holl siopau gemwaith i'r bwtîcs ecsclwsif – a phrynodd Wendi oriawr Rolex i'w thad. Gobeithiai y byddai'r sefyllfa ariannol rhyngddi hi a Mal yn cael ei datrys yn fuan – peth cas oedd bod heb arian parod. Diolch byth am gerdyn credyd di-log a banc oedd yn deall yr amgylchiadau.

Doedd hi byth wedi gweld Mal na Gwyneth. Ddim ei bod hi ar unrhyw frys i'w gweld nhw, chwaith. Yn hwyr neithiwr roedd y ddau wedi cyrraedd ac felly fe lwyddodd Wendi i'w hosgoi nhw yn y cinio rihyrsal. Ond gwyddai y byddai'n amhosib osgoi'r ddau y prynhawn hwnnw yn y briodas.

Mi gafodd ei chip cyntaf ar Gwyneth o gornel ei llygad pan oedd hi a Gari yn cael eu hebrwng i'w seddi. Roedd Wendi a Gari yn ymwybodol o'r edrychiadau edmygus roedd yn ddau yn eu cael yn eu rig-owts newydd: Gari yn ei siwt dri darn las golau Alexander McQueen a hithau yn yr *ensemble* platinwm. Diolch byth, roedd rhywun yn rhywle wedi bod yn ddigon hirben i roi Gwyneth i eistedd yn y pen pella posib oddi wrth Gari a hithau.

Mewn pafilwn bychan yng ngerddi'r gwesty roedd y seremoni'n cael ei chynnal. Roedd llenni gwyn rhwyllog yn ei addurno'n hynod o chwaethus a'r môr gwyrddlas yn gefnlen i'r cwbwl. O flaen y pafiliwn roedd seddau wedi'u gosod, a'r rheiny hefyd wedi'u gorchuddio â deunydd gwyn a phetalau rhosod coch wedi'u gwasgaru ar hyd y llawr. Doedd Wendi ddim yn lecio meddwl faint roedd hyn i gyd yn ei gostio. Pan glywodd hi am drefniadau'r briodas, roedd Wendi wedi esbonio'r sefyllfa ariannol i Karen yn syth.

'O, sdim isio chdi boeni dim. Ma mam a tad Alistair yn mynnu talu am bob dim. Ma nhw wedi bod mor ffeind efo ni,' medda honno.

'Fysa fo'n ddim problam o gwbwl, ond oherwydd yr hen *injunction* 'ma dwi'n methu ca'l gafal ar y pres ar hyn o bryd, ti'n gweld. Dŵad i mi, wyt ti ac Alistair wedi gneud *prenup*?' holodd Wendi ar yr un gwynt.

'*Prenup*? *Prenup*?' meddai Karen yn llawn dirmyg fel petai Wendi wedi awgrymu ei bod hi ac Alistair yn ymdrybaeddu mewn orji o leia unwaith yr wsnos. 'Hy! 'Dan ni ddim angan hen beth felly, siŵr!'

'Meddwl y bysa fo'n syniad o'n i. Dwyt ti, na fo, ddim yn brin o geiniog neu ddwy.'

Roedd yr edrychiad roddodd Karen i'w mam yn dweud y cwbwl.

''Dan *ni* ddim yn bwriadu cael difôrs.'

'Ti meddwl mod i wedi bwriadu cael un?'

'Wel, doeddach chdi a Dad rioed yn siwtio'ch gilydd.'

'Be ti'n feddwl?'

'Oeddach chi ddim fel tasech chi'n gwpwl, rywsut. A doedd ganddoch chi ddim byd yn gyffredin o gwbwl.'

Falla fod Karen yn deud y gwir, meddyliodd Wendi. Roedd Mal a hithau fel darnau o lo a rhew.

Daeth lwmp mawr i'w gwddw pan ddechreuodd y pedwarawd llinynnol chwarae'r ymdeithgan briodasol a chafodd gryn drafferth i'w lyncu pan welodd hi Karen yn cael ei hebrwng ar hyd y carped coch. Roedd y ffrog organsa a les Vera Wang yn edrych yn hollol wych amdani. Piti am y tatŵ ar ei braich, hefyd.

Rhoddodd Gari bwniad hegar iddi. 'Sbia ar Dad!'

Edrychodd Wendi i gyfeiriad Mal, a bu bron iawn iddi gael ffit. Prin y byddai hi wedi'i adnabod o! Ers y tro diwethaf iddi hi ei weld o, roedd o wedi colli llwyth o bwysau, ac am y tro cyntaf ers blynyddoedd roedd o wedi siafio ac yn edrych yn weddol drwsiadus. Yn wir, roedd o wedi'i sbriwsio drwyddo. Gwisgai siwt olau oedd yn ei ffitio fel maneg. Roedd hi'n amlwg nad unrhyw hen siwt oddi ar unrhyw hen beg o unrhyw hen siop oedd hon. Fel hithau, roedd Mal yn amlwg yn dibynnu ar y 'flexible friend'. Roedd Gwyneth i'w llongyfarch, meddyliodd, roedd hi'n amlwg wedi llwyddo lle roedd Wendi wedi methu.

Pan gyrhaeddodd Gari a hithau leoliad y brecwast priodas roedd y ddau'n gegrwth. Ar y traeth roedd *gazebos* wedi'u gosod a'u harddurno efo llenni gwyn *tulle*.

'Mae o fatha rwbath allan o set ffilm,' sibrydodd Gari

gan wneud ei hun yn gyfforddus iawn wrth un o'r byrddau agosa at y môr.

Tarfwyd rhywfaint ar y gyfeddach pan dorrodd Mal wynt nerthol rhwng y prif gwrs a'r pwdin. Doedd rhai pethau byth yn newid, meddyliodd Wendi.

Mi gafodd hi hefyd eiliad fach letchwith yn y tŷ bach ar ôl y ddawns gyntaf pan ddaeth hi wyneb yn wyneb efo Gwyneth, er ei bod wedi llwyddo i osgoi'r ddau drwy'r dydd tan hynny. Roedd Wendi ynghanol golchi ei dwylo pan glywodd lais cyfarwydd yn damio o un o'r ciwbicls.

'*Magic knickers* o ddiawl!' ebychodd Gwyneth yn amlwg yn bustachu i godi ei *power control* nicyrs i fyny. Rhewodd yn y fan pan agorodd y drws a gweld gwraig ei dyn o'i blaen.

'Tasat ti'n prynu ffrog sy'n dy ffitio di, yna fysat ti ddim angan gwisgo nicyrs Spanx,' meddai Wendi gan droi ar ei sawdl a cherdded allan a gadael ei arch nemesis yn gegrwth.

Curai calon Wendi fel gordd; aeth yn syth at y bar ac archebu fodca a thonic mawr iddi ei hun er mwyn sadio rhywfaint.

'Dwi newydd weld Gwyneth yn y toilet,' meddai hi wrth Gari wrth gyrraedd 'nôl at eu bwrdd. 'Dwi ddim yn coelio be dddudis i wrthi hi.'

'Pam? Be ddudist ti, 'lly?'

'Tasat ti'n prynu ffrog sy'n dy ffitio di, yna fysat ti ddim angan gwisgo nicyrs Spanx.'

''Nest ti ddim! Blydi wariar, Mam! Yli'r ddau ohonyn nhw'n trio dawnsio. Mega cwilydd, 'ta be.'

Edrychodd Wendi i gyfeiriad y llawr dawnsio a dyna lle roedd Mal yn meddwl ei fod o'n rêl John Travolta ond yn ymdebygu fwy, yn anffodus, i fabŵn yn cael sioc drydan. Ond diolch i'r drefn, fel petai'r band yn synhwyro embaras y gwahoddedigion eraill o orfod bod yn dyst i'r fath sioe, newidiwyd y tempo ac fe glywyd melodi baled sentimental yn cael ei chwarae nesaf.

Gwyliodd y cyplau'n gafael yn dynn yn ei gilydd ac yn siglo'n rhythmig i'r gerddoriaeth. Caeodd ei llygaid, a dychmygu Ioan a hithau ar y llawr yn dawnsio, ei freichiau'n dynn amdani, ei gorff cyhyrog yn pwyso yn ei herbyn.

'Mam! Ti'n iawn?'

Dadrebodd Wendi, ac agor ei llygaid.

'Sgin ti gur yn dy ben?'

'Be? Nagoes.'

'Pam oeddat ti wedi cau dy llygada, 'ta?

'Wedi blino dwi.'

Efallai oherwydd yr holl siampên a'r fodca a'r tonics roedd hi wedi'u hyfed, mi laciodd Wendi fymryn ar ei thafod.

'Mi oedd Ioan Rhys a fi yn 'rysgol efo'n gilydd, sdi.'

'Dwi'n gwybod.'

'O'dd o'n ofnadwy o glyfar yn 'rysgol. Fatha chdi.' Aeth Wendi yn ei blaen. 'Mi fysan ni'n dau wedi medru bod yn gariadon.'

'Be? Chdi ac Ioan Rhys? Paid â malu! Be ddigwydd-odd, 'lly?'

'Dy dad. Dyna be ddigwyddodd,' slyriodd Wendi.

'Blydi hel! Mi fysa Ioan Rhys wedi medru bod yn dad i fi!'

'Paid â siarad yn wirion. Ddim y chdi fysach chdi wedyn, naci?'

'Ti'n gwybod be dwi'n feddwl. Blydi hel! Chdi ac Ioan Rhys!'

'Welis i o yn Llundain. Ddoth o draw i ngweld i.'

'Pryd?'

'Y pnawn hwnnw pan oeddat ti a dy daid yn yr Imperial War Museum. Dyna pam o'n i'n hwyr i'r sioe. O'n i ac Ioan yn ... siarad.'

Doedd Wendi ddim yn fodlon datgelu pob manylyn o'u cyfarfyddiad wrth Gari chwaith.

'Chdi ac Ioan Rhys!' Roedd yr wybodaeth yma yn ormod i Gari ei chymryd i mewn. Doedd y dyn yn *legend* yn ei lygaid? 'Ffw ... fflamia!'

Doedd Gari ddim am regi o flaen ei fam chwaith.

'Ond, erbyn dallt, mi o'dd gan boio gariad arall yn barod, doedd? Freya. Dyna i ti enw – Freya.'

'Freya?'

'Ia. Fflipin Freya. Glywis i o'n siarad ar y ffôn efo hi pan o'n i yn y tŷ bach. Wnes i erioed feddwl y bysa fo'r teip i fynd efo dwy chwaith.'

'Mam, Freya ydi enw'i hogan fach o.'

'Be?'

'Go iawn rŵan. Freya Branwen, pedair oed. Os nad ydi hi'n bump neu chwech bellach.'

'Paid â malu! Sut wyt ti'n gwybod hyn?' Roedd Wendi wedi sobri drwyddi.

'Wikipedia, 'de.'

'Pryd ddarllenest ti hynna?'

'Dwi'm yn cofio rŵan – pan ddechreuodd o gyflwyno *Newsnight*, falla. So, 'nest ti ac Ioan Rhys ...' Roedd Gari dal wedi'i syfrdanu.

'Mam bach, be dwi wedi'i neud?' ebychodd Wendi, yn gwelwi. Roedd hi wedi cam-ddallt pethau'n llwyr! Roedd hi wedi meddwl y gwaetha'n syth ac felly wedi gwneud llanast go iawn o bethau. Cododd Wendi o'i sedd. Roedd yr holl le'n troi ac fe deimlai'n sâl. Ond nid effaith yr alcohol roedd hi wedi'i yfed oedd y rheswm am hynny chwaith.

'Mam? Ti'n iawn?'

'Dwi'm yn teimlo'n dda iawn. Lle ma'r lle chwech, dwa'?' Roedd arni hi angen bod ar ei phen ei hun. Roedd sŵn a dwndwr y band yn ormod iddi.

Gwyliodd Gari ei fam yn ymlwybro i gyfeiriad y lle chwech. Doedd o ddim yn wirion o bell ffordd a gwyddai fod ei fam a'r cyflwynydd teledu wedi gwneud mwy na 'sgwrsio' yn y Ritz y pnawn glawog hwnnw. Y munud y cafodd Gari gefn ei fam, cymerodd lowc o'i fodca. Roedd arno angen rhywbeth i ddod dros sioc cyfaddefiad ei fam. Ei fam ac Ioan Rhys! Blydi hel! Cymerodd lowciad mawr arall a gorffen y fodca ar ei ben.

Cyn i Wendi gyrraedd y lle chwech daeth Susan, mam Alistair, o rywle a'i chyfarch yn gynnes. 'Hasn't it been a perfect day?'

Nodiodd Wendi gan frwydro'n galed yn erbyn y beil oedd yn codi yn ei stumog.

'Karen looked so beautiful. You've got a wonderful daughter, Wendi. And Bradley! Isn't he just gorgeous? Alistair absolutely adores him and Bradley clearly adores Alistair.'

'Yes,' meddai Wendi'n wan.

'Alistair has been very fortunate meeting such a lovely girl as Karen.'

'Karen is the fortunate one.' Dwyt ti yn gwybod pa mor lwcus, Susan bach, meddyliodd Wendi gan wenu'n ôl.

Aeth Susan yn ei blaen i sôn am drefniadau'r diwrnod canlynol. Roedd Jeremy, ei gŵr, wedi llogi *yacht* iddyn nhw i gyd, a Susan wedi trefnu picnic i bawb.

'It's going to be such fun!' meddai'n llawn brwdfrydedd.

Roedd Susan a Jeremy, chwarae teg, yn glên iawn, ac wedi derbyn Karen a'i thylwyth â breichiau agored ac roedd Wendi'n gwerthfawrogi hynny'n fawr.

Ond chafodd Wendi ddim cyfle i ymateb gan iddi gael ei tharfu gan gri ei mobeil yn ei *clutch bag.* Esgusododd ei hun a symud i gornel dawelach o'r teras er mwyn ei ateb. Karen oedd yn ei ffonio, mwy na thebyg, isio'i help i setlo Bradley bach. Roedd o'n gallu bod yn rêl tincar bach pan oedd o wedi gorflino. Ond pan estynnodd ei ffôn, rhif Gwyn oedd yn fflachio ar y sgrin.

'Gwyn?'

'O, Wendi. Diolch i Dduw.'

'Be sy?'

'Gwranda, well i ti ddod adra.'

'Pam? Be sy? Be sy wedi digwydd?'

'Dad ... yli, well i ti ddod adra.'

Hiraeth yn fy nghalon

Cariodd Wendi'r llwyth olaf i fŵt y car. Roedd y Cartref wedi bod yn glên iawn, chwarae teg, ac wedi dweud wrthi doedd 'na ddim brys o gwbl iddi glirio stafell ei thad. Ond gwell hwyr na hwyrach. A gwyddai hefyd fod 'na restr aros hirfaith am le ym Mhreswylfa, ac nid gormodiaith oedd dweud y byddai ambell un yn fodlon saethu neu wenwyno un o'r hen gojars er mwyn sicrhau lle i'w fam neu ei dad.

Sylwodd ar y bws mini oedd wedi'i barcio'n dwt wrth y drws ffrynt. Gwenodd. Diolch i rodd hael ei thad, roedd y Cartref wedi gallu prynu'r siarabáng. Ond cofiodd hefyd mai'r un bws oedd yn gyfrifol am chwalu ei phriodas hi pan ddechreuodd y glamorys Gwyneth dincrian efo gêr stic yr hen Mal.

Caeodd y bŵt yn glep a throdd yn ôl i edrych ar y Cartref y bu ei thad mor hapus ynddo. Diolch i'r drefn, mi gafodd Harri Edwards fynd fel y bysa fo wedi dymuno cael mynd, yn ista yn ei gadair un noson yn gwylio un o'i hoff raglenni ar y teledu, ailddarllediad eto fyth o *C'mon Midffîld*. Mi gafodd fynd yn dawel ac yn ei hwylia yn hytrach na dioddef am fisoedd neu flynyddoedd fel llawer un, yn anffodus. Roedd hynny yn rhyw fath o gysur iddi.

Cafodd gynhebrwng teilwng iawn hefyd. Er, roedd Wendi wedi gorfod troedio'n ofalus iawn efo'r ymgymerwyr, gan obeithio na fydden nhw'n dwyn achos llys yn ei herbyn ar sail gwahaniaethu ar sail rhyw. Y drwg oedd fod gan Harri Edwards chwilen gwbwl secsist yn ei ben, sef ei fod o'n beth gwbwl wrthun i ferch weithio fel ymgymerwr.

'Tydi o ddim yn beth i fod, yli,' medda fo drwy'i ddannedd ar ôl iddo fo gael ei hebrwng i'w sedd yn angladd Dafydd Pritchard, oedd yn arfer gweithio yn yr iard goed efo fo, gan Lona Ellis, yr 'a'i Ferch' yng nghwmni trefnwyr angladdau Robert Ellis a'i Ferch.

'Be?'

'Hon, 'te.'

'Sh! Cadwch eich llais i lawr!'

'Hon, 'te,' ailadroddodd Harri gan sibrwd yn uchel.

'Pwy?'

'Wel, hon! Hon yn fama fel hyn. Glywis i rioed am ddynas yn yndyrtecar. Tydi o ddim yn beth i fod, siŵr Dduw.'

'Pam ddim?'

'Am nad ydi o ddim. Gofala di does 'na ddim dynas yn dod ar fy nghyfyl i.'

'Pa oes dach chi'n byw ynddi hi, dwch?'

'Gaddo i mi.'

Pan ddeallodd Wendi mai cwmni Robert Ellis a'i Ferch oedd yr ymgymerwyr, bu'n rhaid iddi grybwyll, yn ddelicet iawn, gais yr ymadawedig. Ond, diolch i'r drefn, roedd ganddynt gynhebrwng arall, yn digwydd bod, yr un diwrnod ac roedd Lona Ellis yn gyfleus iawn yn drefio'r hers arall.

Rhoddwyd Harri i orffwys ym mynwent Sardis efo Meg, ei wraig, y ddau wedi bod yn briod am gyfnod rhy fyr o lawer. Rhoddodd Wendi botelaid fach o'r 'calad' a phaced o Marie Biscuits yn yr arch efo fo ac mi oedd y wats Rolex am ei fraich hefyd.

Er ei fod yn hen ddiwrnod gwlyb a thamp, daeth criw da i dalu'r gymwynas ola iddo. Daeth llond y bws mini o drigolion Preswylfa, y rhai abal hynny yw. Rhoddodd y Gweinidog deyrnged hyfryd iddo, a phan ganodd Meibion Marllyn 'Mi glywaf dyner lais', roedd y dagrau'n powlio i lawr wynebau Wendi a Gari, ac roedd 'na ddeigryn yn llygaid Gwyn a Nicola hefyd.

Chafwyd mo'r fraint na'r pleser o gwmni Mal, ond da o beth oedd hynny gan na chuddiodd Harri erioed y ffaith ei fod yn casáu ei gyn fab-yng-nghyfraith â chas perffaith. Byddai wedi troi yn ei fedd, yn llythrennol, petai Mal wedi sefyll ar ei lan.

Rhyw wythnos ar ôl y cynhebrwng mi gafodd Wendi ymwelydd, ymwelydd annisgwyl. Yno, yn sefyll ar garreg ei drws roedd neb llai, neu yn fwy addas yn yr achos yma, neb mwy nag Alan. Roedd gwên gydymdeimladol ar ei wyneb a photel o wisgi yn ei law.

'Meddwl 'swn i'n galw. Gweld golau.'

'O, reit,' meddai Wendi gan feddwl ei bod braidd yn od ac yntau erioed wedi galw draw o'r blaen.

'Ga' i ddod i mewn?' meddai Alan wedyn gan chwifio'r botel.

Ymddiheurodd Wendi a'i arwain i mewn i'r lolfa.

'Sut wyt ti? Dwi ddim wedi ca'l cyfle i gydymdeimlo'n iawn efo chdi,' medda fo wedyn gan wneud ei hun yn gyfforddus ar y soffa.

Ond welis i chdi yn y cynhebrwng a sgwrsio efo chdi yn y te wedyn, meddyliodd Wendi. Ro'dd hi'n ei gofio fo'n stwffio anferth o ddarn o gacen sbwnj i'w geg – ei ail ddarn. Ond ddeudodd hi ddim byd.

'Gymeri di banad?' holodd yn y gobaith y byddai'n gwrthod ac yn dweud nad oedd am aros. Ond, a fynta'n llacio'i dei, doedd 'na fawr o arwydd o hynny.

'A dweud y gwir, dwi ffansi rwbath cryfach. Waeth i ni agor y botel 'ma ddim.'

Pan welodd Alan Wendi yn dod yn ei hôl o'r gegin efo dim ond un gwydryn wisgi, holodd yn siomedig. 'Wyt ti ddim am ymuno efo fi?'

'Dwi'n iawn sdi, diolch. Dwi'm yn un am wisgi.'

Be oedd Alan isio? Gobeithiai y byddai'n yfed ei wisgi yn go handi ac yn gadael. A dweud y gwir, roedd hi'n difaru gadael iddo ddod i mewn. Trueni na fyddai hi wedi meddwl ar ei thraed a dweud ei bod ar fin mynd allan. Am ryw reswm roedd ei bresenoldeb a'r ffordd roedd yn edrych arni yn gwneud iddi deimlo'n reit anghyffforddus. Cofiodd am ei ensyniadau a'r ffordd roedd wedi ymddwyn tuag ati yn y noson blasu gwin yn nhŷ Gwenfron ac Illtud.

'Stedda i lawr, Wendi bach. Ti fatha iâr ar darana. Tyrd i ista wrth fy ochor i yn fama, yli.'

'Dwi'n iawn yn fama, sdi,' meddai Wendi gan eistedd ym mhen pella'r soffa. Bu eiliadau o dawelwch an-esmwyth rhwng y ddau tra sipiai Alan ei wisgi. Torrodd Wendi ar y mudandod.

'Sut ma Gillian?'

'Iawn, am wn i. Wel, ma'i cheg hi'n iawn, 'de.'

'Adra ma hi? O'dd hi ddim awydd dod efo chdi heno?'

'Na. Rhyw glwb blincin darllen ganddi.'

'Un wael dwi am ddarllen, cofia. Wn i ddim pryd 'nes i ddarllen llyfr ddiwetha. Yn wahanol iawn i Gari, wrth gwrs, ma hwnnw'n byta llyfra. Ma gan hwnnw wastad ddau neu dri ar y go.' Roedd Wendi'n ymwybodol iawn ei bod yn mwydro. 'Sut ma petha yn y byd adeiladu?' meddai hi wedyn.

Anwybyddodd Alan ei chwestiwn. 'Ma'n siŵr dy fod ti'n unig iawn ar ben dy hun bach yn yr hen dŷ mawr 'ma.'

'Wel, fydda i ddim yma lawer hirach, gobeithio. Mae 'na gwpwl yn dod i gael golwg eto ar y lle 'ma bora fory. Ma nhw'n swnio reit cîn.'

'Mmm. Ma'n bechod, sdi. Bechod mawr, deud y gwir.' 'Be sy'n bechod?'

'Chdi yn fama, 'te. Ar ben dy hun fel hyn. Dynes smart fatha chdi. Dydi o ddim yn iawn, sdi.'

'Dwi'n tshiampion, Alan. Rêl boi. Poeni dim arna i, deud y gwir.' Chwarddodd Wendi'n nerfus. Plis, dos rŵan, plis, meddai wrthi ei hun.

'Dwi wastad wedi meddwl dy fod ti'n hogan smart, sdi.' Symudodd Alan yn nes at Wendi ar y soffa. O, mam bach! Pam na fysa hi wedi eistedd yn y gadair? 'A deud y gwir, mi wyt ti'n mynd yn ddelach fel ti'n heneiddio.'

'Ella fysa'n well i chdi fynd rŵan, Alan.' Llyncodd Wendi ei phoer gan geisio codi oddi ar y soffa. Ond gafaelodd Alan yn ei braich fel feis a'i thynnu yn ôl i lawr.

'Tyrd 'laen, Wendi. Dwi'n gwybod dy fod ti isio yn y bôn,' meddai Alan yn floesg a cheisio swsio'i chlust, ag oglau wisgi mawr ar ei wynt. Roedd hi'n amlwg ei fod o wedi cael mwy na un gwydriad y noson honno. 'Dwi'n gwybod bod gin ti anfarth o grysh arna i erstalwm. Tyd 'laen, Wends ... '

'Paid, Alan! Na!' Gyda phob eiliad roedd ei phanig yn

cynyddu. O Dduw mawr, beth oedd hi'n mynd i'w wneud? Roedd o ddwywaith ei maint ac yn gryfach na hi. 'Callia, Alan! Paid, medda fi!'

'*Playing hard to get*, ia?' chwarddodd Alan gan geisio mwytho'i bronnau. 'Ffwc ...!' ebychodd, yn rowlio ar y llawr gan afael yn ei gwd mewn poen.

'Gad lonydd i mi!' gwaeddodd Wendi a bachu ar y cyfle i godi oddi ar y soffa. 'Dos allan o'r tŷ 'ma rŵan!'

Yna, a'r amseru'n berffaith, clywyd cloch y drws ffrynt yn canu. Rhuthrodd Wendi i'w agor. Fuodd hi erioed mor falch o weld ei chyn-ŵr.

'Mal! Tyd i mewn. Tyd i mewn.'

Synnodd Mal o dderbyn y fath groeso gan ei gyn-wraig. Synnodd fwy fyth o weld Alan yn y lolfa yn ei ddyblau ac yn ei ddagrau.

'Yn mynd rŵan o'dd Alan, 'te Alan?'

Nodiodd Alan ei ben gan geisio'i orau glas i godi a rhoi un droed o flaen y llall.

'Be o'dd hwnna isio yma?' holodd Mal ar ôl i Wendi ddanfon Alan at y drws a'i siarsio fo i gadw'n glir oddi wrthi hi neu fyddai ganddi ddim dewis ond dweud wrth Gwyn a Gillian beth oedd wedi digwydd. Llygadodd hefyd y gwydryn wisgi gwag.

'Paid â gofyn. Jyst paid â gofyn,' ebychodd Wendi.

'Be sy? Ti'n crynu? Be ddigwyddodd gynna efo hwnna? Nath o drio rwbath?'

Dechreuodd Wendi feichio crio.

'Hei, tyrd yma. Tyrd yma, Wends.'

Ac am y tro cyntaf ers rhai blynyddoedd, gafaelodd Mal yn dynn, dynn yn ei gyn-wraig.

Dros baned o de adroddodd Wendi'r helynt wrth Mal.

'Y bastyn iddo fo! Mi sbadda i'r ffycar! Rhaid ti fynd at y polîs, Wend. Cheith o ddim get-awê efo hyn. Mi geith o ei neud am *attempted rape*!'

Ysgydwodd Wendi ei phen, 'Na, Mal, gad lonydd. Ddaw o ddim ar fy nghyfyl i eto.'

'Fysa fo 'di ca'l cic yn ei fôls gin innau, 'swn i'n gwybod. Ac mi fysa fo'n cysgu mewn tent.'

'Tent?'

'Tent ocsigen yn Ysbyty Gwynedd.'

Gwenodd Wendi. 'Fues i rioed mor falch o dy weld di, cofia.'

'O'n i ddim yn disgwyl y croeso ges i gin ti, rhaid i mi gyfadda. Wynab tin a "be ti isio?" o'n i'n ei ddisgwyl.'

'Be oeddat ti isio eniwê? Pam oeddat ti 'di galw?' holodd Wendi, gan feddwl ei bod hi bron fel yr hen ddyddiau a'r ddau'n eistedd rownd bwrdd y gegin yn yfed paned.

'Wedi dod i nôl y lectrig dril o'n i. Ma Gwyneth yn swnian ers wsnosa arna i i roi rhyw silffoedd i fyny iddi.'

'A sut ma Gwyneth ?' holodd Wendi'n sych.

'Iawn,' ochneidiodd heb fawr o frwdfrydedd. Roedd Wendi'n cael yr argraff nad oedd pethau'n hynci-dori o bell ffordd rhwng Mal a'i glamorys Gwyneth.

Edrychodd Mal o'i gwmpas. 'Ma hon yn ffantastig o gegin, tydi?'

'Yndi, ma hi.' Gwenodd Wendi wrth i'w llygaid daro ar y peiriant gwneud coffi. 'Wnaethon ni erioed iwsio'r peiriant coffi 'na, naddo.'

'Naddo. Ti'n casáu coffi ac ma'n well gin innau fygiad o Nescafé na'r stwff ponslyd, cry arall 'na.'

'Ddefnyddion ni erioed *yr integrated wine cooler* na'r Bain Marie peth 'ma chwaith. A fedra i gyfri ar un llaw

sawl gwaith fuodd Gari a finnau i mewn yn y pwll nofio
'na 'fyd,' meddai hi wedyn.

'Fues i rioed yn y diawl.'

Ar ôl gwers nofio drychinebus ym Mhwll Nofio Plas
Arthur, Llangefni, pan oedd yn saith oed, lle bu bron
iawn i Mal foddi, roedd ganddo ffobia am byllau nofio.

'Be ddoth dros 'yn penna ni i brynu'r fath le, dwa'?'

'Ennill y loteri naethon ni, 'de.' Ac meddai Mal wedyn,
â thinc o edifar yn ei lais, 'Ac yli be ddigwyddodd i ni
wedyn. Ma Gwyneth isio i ni symud i Torremolinos.'

'Torremolinos?'

'Ia, yn Sbaen? Mae hi wedi gweld rhyw gartra nyrsio
ar gyfer yr *ex-pats* ar werth 'na. Mae o'n uffernol o
ddrud.'

'Ti ddim i'w weld yn cîn iawn?'

'Poeth 'na, tydi?'

'Wel, yndi, yn yr ha'.'

'Dwi'n meddwl mod i'n alyrjic i dywydd poeth.'

Daeth Mal a'i wres pigog a'i frathiadau mosgitos yn
Mauritius yn ôl i gof Wendi a chwarddodd.

'Pam ti'n chwerthin?'

'Cofio amdanat ti yn Mauritius dwi. A ti'n cofio'r
coconyt 'na yn disgyn ar dy ben di? Fuest ti'n lwcus
iawn na chest ti ddim mwy o niwed.'

'Ella dyna be ffeithiodd arna i, sdi.'

'Be ti'n feddwl?'

'Y cnoc 'na ffeithiodd ar fy mrên i. Gneud i mi neud
pethau gwirion.'

'Fel be felly?'

'Cyboli efo Gwyneth. Asu, dwi'n difaru, Wendi. Can
croeso i Dyfed ei cha'l hi'n ôl! Ma'n wir, sdi, dwyt ti ddim
yn sylweddoli be sgin ti nes wyt ti'n ei golli fo ... Dwi'n

sori, Wend... rili rili sori. Ma dy weld di heno ...' Roedd dagrau yn llygaid Mal.

'Dwi'n meddwl dy fod ti'n romansio ychydig bach. Y gwir amdani ydi dwi'm yn meddwl y bysan ni wedi priodi heblaw mod i wedi mynd i ddisgw'l. A tithau'n gwybod hynny hefyd. Deud y gwir, mi naethon ni'n dau yn dda i bara faint naethon ni.'

'O'n i ddim rili'n meddwl be ddudis i, sdi.'

'Be ddudist ti felly? 'Dan ni wedi cega ac edliw cymaint i'n gilydd yn ystod y misoedd diwetha 'ma.'

'Mai'r unig reswm 'nes i ofyn i chdi fynd allan efo fi oedd er mwyn stopio Ioan Rhys rhag mynd allan efo chdi. O'n innau'n dy ffansïo di 'fyd. Ella ddim gymaint â fo ond ... '

'Dŵr dan bont bellach, tydi?'

Clywyd cri tecst swnllyd o fobeil Mal ac edrychodd ar y sgrin. Ochneidiodd yn flinedig.

'Gwyneth. Holi lle ydw i. Well i mi fynd. Ydi hi'n iawn i mi biciad i'r garej i nôl y dril?'

'Yndi, siŵr.'

Cododd Mal oddi wrth y bwrdd. 'Diolch am y banad.'

'Mal,' galwodd Wendi yn ôl arno fel roedd yn mynd drwy'r drws.

'Ia?' Trodd Mal yn ei ôl syth bin â golwg obeithiol ar ei wyneb.

'Dwi 'di penderfynu. Dwi am fynd i weld fy nhwrna ben bora fory. Ma'r miri pres 'ma rhyngon ni'n dau yn wirion. Ma'n iawn i ti ga'l hannar.'

'Be? Ti'n siriys?'

'Ma bywyd yn rhy fyr i ffraeo am bres. Hyd yn oed ar ôl ei haneru o, mi fydd ganddon ni fwy na digon. Mi fyddan ni'n dau'n dal yn filionêrs.'

Roedd Mal yn gegrwth.

'Asu, diolch, Wends. Diolch yn fawr.'

'Fel ddeudodd fy nhad – pobol, nid pethau, sy'n bwysig.'

'Mi fysa hwnnw'n deud rwbath fel'na, yn bysa,' mwmialodd Mal o dan ei wynt. 'Diolch, Wends. Blydi briliant!' Yna'n sydyn fe wawriodd ar Mal. 'O shit,' griddfanodd.

'Be sy?'

'Blydi Torremolinos, here I come.'

Nadolig Llawen?

Tri mis yn ddiweddarach, caeodd Wendi'r drws am y tro olaf ar Lys Alaw. Roedd hi wedi prynu tŷ ar yr un stad â Gwyn a Nicola, y rhai tair llofft, yn y gobaith prin y dôi Karen, Alistair a Bradley bach draw am wyliau weithiau. Peilot yn gweithio i gwmni British Airways a'i deulu oedd wedi prynu Llys Alaw. Roedd yn ddigon agos i faes awyr Manceinion ond ddim yn rhy agos chwaith. Gobeithiai Wendi y bydden nhw'n hapusach yno nag y buon nhw.

Roedd ganddi ddigonedd o amser ar ei dwylo bellach gan fod ganddi neb na dim yn galw arni. Felly roedd Wendi wedi derbyn awgrym Gari ac wedi dechrau mynychu dosbarthiadau nos i astudio cwrs Lefel A mewn Saesneg a Hanes. Roedd hi wedi bod yn meddwl efallai y byddai'n gallu mynd ymlaen i wneud cwrs nyrsio gan fod ganddi ddigonedd o brofiad o ofalu am yr henoed ac am blant!

Er mwyn cadw ei hun yn brysur yn ystod y dydd roedd hi'n gwneud gwaith gwirfoddol efo'r WRVS ac ym Mhreswylfa. Er cof am ei thad, roedd hi wedi rhoi cyfraniad ariannol helaeth i'r Cartref ac roedden nhw wedi penderfynu adeiladu estyniad efo pum ystafell wely arall a lolfa fawr braf efo teledu Sky ynddi.

Ac nid Preswylfa yn unig brofodd haelioni Wendi.

'Mae'n ddrwg gin i na fedrwn i dy helpu di pan oeddat

ti wirioneddol angan y pres, Gwyn, ond gobeithio neith y siec yma helpu rhywfaint arna chdi i ddod yn ôl ar dy draed.'

Syllodd Gwyn ar y swm anrhydeddus gan ysgwyd ei ben mewn anghrediniaeth. Roedd Wendi'n amau'n gry fod 'na ddeigryn bach yn ei lygaid.

'Mi dala i bob ceiniog yn ôl i chdi, Wendi. Dwi'n gaddo.'

'Does 'na ddim brys. Be ma teulu'n dda ond i helpu'n gilydd, 'te?'

Cofleidiodd y brawd a'r chwaer ac er mawr syndod iddi cyhoeddodd Nicola, a'i llais hithau'n crynu, 'Te 'ta coffi? 'Ta gymri di rwbath cryfach?'

Er bod Wendi'n trio'i gorau glas i'w chadw ei hun yn brysur, y gwir plaen amdani oedd ei bod hi'n unig. Er ei holl gyfoeth roedd hi'n dal yn unig, a gyda'r Nadolig ar y gorwel teimlai'r unigrwydd yn saith gwaeth.

Yr unig beth yr edrychai Wendi ymlaen ato yn ystod yr ŵyl oedd cael cwmni Gari unwaith eto. Mi oedd hi wedi rhyw obeithio falla y byddai Karen, Bradley ac Alistair yn treulio'r Nadolig efo nhw yng Nghymru fach ond roedd y tri, efo rhieni Alistair, yn bwriadu treulio'r ŵyl yn St Lucia. Hwn fyddai'r Nadolig cyntaf iddi heb ei thad a Bradley bach, a doedd hi ddim yn edrych ymlaen o gwbl. Fyddai 'na ddim Siôn Corn a'i bresantau a'i hud y Nadolig yma. Na Harri Edwards yn gwisgo het Siôn Corn am ei ben yn clecio'r Glenfiddich, wrth ei fodd yn tynnu'r cracers ond ar yr un gwynt yn cwyno am y jôcs a'r "presanta cachu rwj" tu mewn iddyn nhw.

Weithiau byddai'n meddwl amdano fo. Ioan. Be oedd ei hanes o bellach? Oedd o'n dal yn Washington?

Unwaith roedd *high-flyer* fatha fo yn cael blas ar weithio dramor, anaml iawn y byddai'n dychwelyd. Weithiau byddai rhyw ysfa'n dod drosti i gysylltu efo fo – i esbonio, i ymddiheuro, ei bod wedi cam-ddallt. Ond i be, roedd hi'n rhy hwyr bellach, yn llawer rhy hwyr.

'Ti ffansi mynd i'r Borth neu Biwmares am banad pnawn 'ma?' gofynnodd Gari iddi'r dydd Sadwrn cyn y Nadolig.

'Dwi isio mynd â blodau i'r fynwent.'

'Awn ni wedyn 'ta.'

'Sgin i fawr o awydd, cofia.'

'Tyrd 'laen, *cappuccino* a *caramel latte* a theisen fach yr un.'

'Dim heddiw, Gari.'

'Pam ddim? Paid â bod yn boring.'

'Gad lonydd, 'nei di!'

Gwyddai Gari pryd i stopio swnian. Gwyddai hefyd doedd hyn ddim fel ei fam o gwbl.

Tynnodd Wendi'r blodau oedd wedi hen wywo oddi ar y bedd a gosod rhai ffres yn y potyn yn eu lle. Roedd yr hiraeth am ei thad bron â'i llethu ambell ddiwrnod ac roedd heddiw yn un o'r dyddiau rheiny. Roedd ganddi hiraeth ar ôl ei gwmnïaeth ffraeth, ei siarad plaen, ei onestrwydd, er gwaetha'i syniadau mympwyol ambell dro. Gwyddai yn ei chalon hefyd y byddai'n rhoi pryd o dafod go iawn iddi am sefyllian mewn mynwent a magu'r felan fel hyn.

'Gad i'r meirw gladdu'r meirw.' Dyna be fyddai'n ei ddweud bob tro y byddai Wendi, pan oedd hi'n fengach, yn gofyn iddo fo pam na fydda fo byth yn mynd draw at fedd ei mam, hyd yn oed ar ddiwrnod ei phen-blwydd, neu adeg y Nadolig.

'Be haru ti, hogan, yn stwna yn fama fel hyn?' Gallai ei glywed yn tantro rŵan. 'G'lua hi o 'ma cyn i ti ga'l niwmonia!'

Gwenodd Wendi iddi ei hun a thynnu ei chôt yn dynnach amdani. Ymlwybrodd yn ôl yn araf i gyfeiriad y giât, ond yn hytrach na mynd i'r dde am y car trodd Wendi i'r chwith i gyfeiriad y pentref a dechrau cerdded. Roedd y gwynt yn fain, nes achosi i'w llygaid ddyfrio ac i du mewn ei chlustiau bigo'n frwnt. Mi ddylai fod wedi gwisgo het. Ond daliodd i gerdded yn ei blaen, cerdded hyd nes iddi gyrraedd stad o dai cyfarwydd iawn iddi, stad tai cyngor Min-y-nant. Cerddodd heibio'r tai cyntaf tua'r *cul-de-sac*. Yna stopiodd tu allan i'r tŷ: roedd drws rhif 11 wedi'i beintio'n las tywyll bellach ac roedd hi'n amau ei fod wedi cael ffenestri newydd hefyd.

Eisteddodd ar y wal gyferbyn a syllu ar ei hen gartref. Daeth llu o atgofion yn ôl iddi hi: yr holl hwrlibwrli. Karen a Gari'n dechrau'r ysgol, y ddefod flynyddol o dynnu lluniau'r ddau yn eu hiwnifform newydd, Mal yn rhedeg allan o'r tŷ yn hwyr i'w waith, yn gweiddi ar dop ei lais, 'Eith y bỳs ddim hebdda fi; y fi'n sy'n drefio'r bastyn peth!' Y cyffro pan ddaeth Karen â Bradley bach adra o'r ysbyty ar ôl ei eni a phawb wedi dotio. Ac un o'i hatgofion olaf un ym Min-y-nant, sef pawb yn neidio fel pethau o'u coeau yn y gegin pan ffeindion nhw eu bod nhw wedi ennill y loteri.

Cymaint roedd Wendi wedi ymgolli yn ei hatgofion fel na chlywodd hi na sylwi ar gar yn dod rownd y gornel ac yna'n stopio gerllaw. Chlywodd hi mo ddrws y pasenjyr yn agor.

'O'n i'n amau mai yn fama fysat ti,' meddai'r llais cyfarwydd.

'Roeddan ni'n hapus yn fama, doeddan?'

'Oeddan ni?'

Eisteddodd Gari ar y wal wrth ochor ei fam.

'Roedd pob dim yn iawn pan oeddan ni'n byw yn fama.'

'Oedd o? Rili?'

'Taswn i heb ennill y blincin loteri 'na, ella fysan ni i gyd yn dal efo'n gilydd.'

Bu eiliadau o ddistawrwydd wedyn rhwng y ddau.

'Naethon ni banicio ychydig bach. Gweld dy gar di wrth y fynwent ond dim golwg ohonach chdi. Ond wedyn dyma fi'n ca'l brenwêf a meddwl ella y bysach chdi wedi dŵad i fama.'

Dadrebodd Wendi fymryn. 'Ni? Be ti'n feddwl – ni?'

Amneidiodd Gari i gyfeiriad y car.

'Ges i lifft.'

Cododd Wendi ei golygon a sylwi am y tro cyntaf ar y Mercedes arian. Yna agorodd drws y dreifar a chamodd y gyrrwr allan i'r stryd. Na, doedd bosib?

'Dyna pam o'n i isio i ni fynd am banad. Roeddan ni wedi trefnu i roi syrpréis i chdi,' meddai Gari gan wenu ar ei fam.

Fedrai Wendi ddim credu ei llygaid. Yno, yn sefyll o'i blaen, roedd Ioan Rhys.

Os mêts ...

Er mwyn rhoi llonydd i'w fam ac Ioan roedd Gari wedi ymneilltuo i'r Mercedes gan smalio stwna efo'i iPhone ond yn cadw un glust ac un llygad ar yr hyn oedd yn digwydd y tu allan. Hogia mewn hwdis fyddai'n eistedd ar y wal fach fel arfer, nid dynes yn tynnu am ei deugain a chyflwynydd rhaglen newyddion cenedlaethol.

Erbyn dallt, ar ôl i Gari ddarganfod beth oedd teimladau ei fam tuag at Ioan Rhys a'i chamgymeriad dybryd ynglŷn a'r alwad ffôn yn y Ritz, mi anfonodd neges bersonol ato ar Twitter i esbonio'r camddealltwriaeth a thrwy hynny geisio unioni'r cam. Bu'r ddau'n gohebu'n rheolaidd efo'i gilydd wedi hynny gan ddod yn dipyn o fêts.

'Doedd gan Gari ddim hawl,' meddai Wendi, er ei bod hi wrth ei bodd yn dawel bach fod Gari wedi bod mor hy.

'Diolcha ei fod o wedi cysylltu efo fi.'

'Dwi mor sori ond pan glywis i chdi ar y ffôn efo rhyw Freya, mi gymeris i mai ...'

'Heb roi cyfla i mi esbonio.'

'Sori.'

'Mi fydd yn rhaid i chdi ei chyfarfod hi.'

'Wyt ti 'nôl o Washington rŵan, 'lly?'

'Yndw. Landis i yn fy ôl bnawn ddoe. Mi wnes i ddreifio i fyny o Lundain bora 'ma.'

'Bora 'ma?'

Roedd hi'n dal i fethu credu'r peth, yn dal i fethu credu bod Ioan yn eistedd wrth ei hochor hi, yn eistedd ar wal dros y ffordd i 11, Min-y-nant.

'Roedd yn ddrwg gin i glywad am dy dad.'

'Diolch.'

'Ro'dd gin i feddwl ohono a pharch mawr ato fo.'

'Ro'dd ganddo fo dipyn o feddwl ohonat titha hefyd.'

'Ddudodd o wrtha i, sdi.'

'Deud be?'

'Mai "efo chdi ddylia'r hogan 'ma fod wedi priodi, ddim efo'r colbar Malcolm 'na".'

'Ddudodd o rioed hynny?'

Roedd gan ei thad y gallu i godi cywilydd arni hi, hyd yn oed o'r tu hwnt i'r bedd.

'Ddylat ti ddim fod wedi cymryd sylw o hannar y petha ro'dd o'n eu deud.'

'Dwi'n cytuno efo fo. O'n i isio chdi yr amsar honno a dwi dal isio chdi.'

O, mam bach, doedd hyn ddim yn digwydd. Roedd angen i rywun ei phinsio hi rŵan, y munud 'ma.

'Symuda i fyw ata i i Lundain. Does 'na neb na dim i dy gadw di yn fama bellach.'

'Ond be am Gari?'

Cododd hwnnw ei ben o sêt y pasenjyr pan glywodd ei enw'n cael ei ynganu ac yna ei ostwng syth bin wedyn gan smalio ffidlian yn brysur efo'i ffôn unwaith eto.

'Waeth iddo fo ddod i Lundain ar benwythnosau mwy na Sir Fôn.'

'Wn 'im.'

'Yli, os mai symud i Lundain ydi'r broblem, dwi'n

fodlon symud. Ella 'swn i'n ca'l swydd efo'r adran newyddion yng Nghaerdydd neu ella y bysa Bangor yn ystyried rhoi job i mi.'

Gwenodd Wendi.

'Sdim rhaid i chdi neud hynny, siŵr. Ond ma dy fyd di a fy myd i mor wahanol. Mi wyt ti'n gyflwynydd teledu, yn cyf-weld arweinyddion y byd. Be dwi? Mam, nain a pherchennog siop trin gwallt.'

'Be am hynny? Ar ddiwedd y dydd, fel ma'r gwleidyddion 'ma mor hoff o ddeud, job ydi job.'

'Ia, wel, ma 'na jobsys, a ma 'na jobsys, does?'

'Yli, madam, paid ti â thrio dechrau dadlau efo fi. Enilli di byth, dallta.'

'Hy! Tisio bet? Ella dy fod ti'n medru ca'l y gora ar y gwleidyddion ond chei di ddim y gora arna i, mêt.'

'Tisio bet, mêt?'

Yna gwenodd y ddau'n bryfoclyd swil ar ei gilydd.

Oh my God! Ma nhw'n snogio! Ma nhw'n snogio! Agorodd llygaid Gari fel dwy soser fawr wrth iddo fod yn dyst sedd flaen i'r clinsh. Ma mam ac Ioan Rhys yn actiwli snogio yn y stryd o flaen pawb. O, ma hyn yn masif cwilydd! Suddodd Gari i lawr yn ara deg bach yn ei sedd.

Wrth i drigolion Min-y-nant gyrraedd adref yn flinderog a llwythog ar ôl pnawn o siopa Dolig prysur, syllent yn gegrwth ar Ioan Rhys, neb llai, ar eu wal bach yn snogio o'i hochor hi efo Wendi Jones.

Fuodd Wendi Anne Jones erioed yn berson lwcus.

Enillodd hi erioed raffl, tombola, lyci dip, na *grand prize draw*. Heb sôn am gystadleuaeth ar raglen deledu, er ei bod hi wedi cystadlu sawl tro ar y rhaglenni boreol rheiny am wyliau tramor ecsotig neu fotorhôm neu gar go grand. Ond mi enillodd hi'r loteri a phriodi Ioan Rhys.